Mark Haddon

# Supergute Tage
# oder
# Die sonderbare Welt des
# Christopher Boone

Mark Haddon

# Supergute Tage
# oder
# Die sonderbare Welt des Christopher Boone

ROMAN

Aus dem Englischen von
Sabine Hübner

Karl Blessing Verlag

Originaltitel: The Curious Incident of the Dog in the Night-Time
Originalverlag: Jonathan Cape, London

Die Arbeit der Übersetzerin wurde gefördert vom
Deutschen Übersetzerfonds

Der englische Originaltitel ist ein Zitat aus diesem Dialog einer
Sherlock-Holmes-Geschichte:

»Gibt es sonst noch etwas, worauf Sie meine Aufmerksamkeit lenken wollen?«
»Der sonderbare Umstand mit dem Hund in der Nacht.«
»Aber der Hund hat in der Nacht doch gar nichts getan.«
»Das ist ja gerade das Sonderbare«, meinte Sherlock Holmes.

(Arthur Conan Doyle, *Silver Blaze*)

*Umwelthinweis:*
Dieses Buch und sein Schutzumschlag wurden auf
chlorfrei gebleichtem Papier gedruckt.
Die vor Verschmutzung schützende Einschrumpffolie ist aus
umweltschonender und recyclingfähiger PE-Folie.

Der Karl Blessing Verlag
ist ein Unternehmen der Verlagsgruppe Random House GmbH

4. Auflage

Umschlaggestaltung: Design Team München
Satz: Uhl + Massopust, Aalen
Druck und Bindung: GGP Media, Pößneck
Printed in Germany
ISBN 3-89667-228-2
www.blessing-verlag.de

Dieses Buch ist Sos gewidmet.

Mit einem Dankeschön an Kathryn Heyman,
Clare Alexander, Kate Shaw und Dave Cohen

# 2

Es war 7 Minuten nach Mitternacht. Der Hund lag mitten auf dem Rasen vor Mrs. Shears' Haus, und seine Augen waren geschlossen. Obwohl er auf der Seite lag, sah es aus, als würde er rennen, so wie Hunde rennen, wenn sie im Traum einer Katze nachjagen. Aber dieser Hund rannte weder noch war er am Schlafen. Er war tot. Eine Mistgabel ragte aus dem Fell hervor. Die Zinken mussten sich ganz durch den Hund bis in den Boden gebohrt haben, denn die Gabel stand senkrecht. Ich dachte mir, dass man den Hund wahrscheinlich mit der Mistgabel getötet hatte, denn andere Wunden waren an seinem Körper nicht zu sehen; und ich glaube, niemand würde eine Mistgabel in einen Hund rammen, wenn dieser schon an etwas anderem gestorben ist, zum Beispiel an Krebs oder durch einen Verkehrsunfall. Aber so richtig sicher war ich mir natürlich nicht.

Ich trat durch das Gartentor von Mrs. Shears und machte es hinter mir zu. Dann ging ich über den Rasen und kniete mich neben den Hund. Ich legte die Hand auf seine Schnauze. Sie war noch warm.

Der Hund hieß Wellington. Er gehörte Mrs. Shears, einer Freundin von uns. Sie wohnte auf der anderen Straßenseite, zwei Häuser weiter links.

Wellington war ein Pudel. Aber nicht einer dieser kleinen Pudel, denen man das Fell trimmt, sondern ein großer. Er hatte lockiges schwarzes Fell, aber wenn man näher heranging, konnte man sehen, dass die Haut unter dem Fell ganz hellgelb war, wie bei einem Hühnchen.

Ich streichelte Wellington und überlegte, wer ihn wohl umgebracht hatte, und warum.

# 3

Ich heiße Christopher John Francis Boone. Ich kenne alle Länder der Welt und ihre Hauptstädte und sämtliche Primzahlen bis 7.507.

Vor einigen Jahren, als ich Siobhan kennen lernte, zeigte sie mir dieses Bild

und ich wusste, es bedeutete »traurig«; genauso fühlte ich mich, als ich den toten Hund fand.

Dann zeigte sie mir dieses Bild

und ich wusste, es bedeutete »glücklich«; so fühle ich mich zum Beispiel, wenn ich etwas über die Apollo Weltraum-Missionen lese oder wenn ich um 3 oder 4 Uhr morgens noch wach bin und die Straße auf und ab gehen und so tun kann, als sei ich der einzige Mensch auf der ganzen Welt.

Dann malte sie noch ein paar andere Bilder,

aber ich konnte nicht sagen, was sie bedeuteten.

Ich ließ Siobhan viele solcher Gesichter malen und daneben genau hinschreiben, was sie bedeuten. Den Zettel steckte ich in die Tasche und zog ihn jedes Mal heraus, wenn ich nicht verstand, was jemand sagte. Aber es war sehr schwierig zu entscheiden, welche Abbildung der jeweiligen Miene am meisten entsprach, weil die Mimik der Menschen ja sehr rasch wechselt.

Als ich Siobhan davon erzählte, nahm sie einen Stift und noch einen Zettel und sagte, die Leute fühlten sich dann wahrscheinlich sehr

und dann lachte sie. Ich zerriss den ersten Zettel und warf ihn weg. Siobhan entschuldigte sich. Und wenn ich jetzt mal jemanden nicht verstehe, dann frage ich ihn, was er meint, oder ich gehe einfach weg.

# 5

Ich zog die Mistgabel aus dem Hund, nahm ihn in die Arme und drückte ihn an mich. Aus den Wunden tropfte Blut.

Ich finde Hunde gut. Man weiß immer, was sie denken. Sie haben nur vier Stimmungen: glücklich, traurig, ärgerlich und aufmerksam. Außerdem sind sie treu. Und Hunde lügen nicht, weil sie nicht sprechen können.

Ich hatte den Pudel 4 Minuten lang an mich gedrückt, als ich jemanden schreien hörte. Ich schaute auf und sah Mrs. Shears von der Terrasse her auf mich zurennen. Sie trug Schlafanzug und Morgenrock. Ihre Zehennägel waren hellrosa lackiert, und sie lief barfuß.

»Scheiße!«, schrie sie, »Was hast du mit meinem Hund gemacht?«

Ich kann es nicht leiden, wenn Leute mich anschreien. Ich kriege dann immer Angst, dass sie mich schlagen oder anfassen, und weiß nicht, was als Nächstes passieren wird.

»Lass den Hund los!«, schrie unsere Nachbarin. »Verdammt noch mal, lass ihn los!«

Ich legte Wellington auf den Rasen und rutschte einen Meter zurück.

Sie beugte sich hinunter. Ich dachte, Mrs. Shears würde den Hund jetzt auch aufheben und in den Arm nehmen, aber das tat sie eben nicht. Vielleicht hatte sie das viele Blut bemerkt und wollte sich nicht schmutzig machen. Stattdessen begann sie jetzt wieder loszuschreien.

Ich hielt mir die Ohren zu, schloss die Augen und rollte mich nach vorn, bis ich zusammengekauert dalag, die Stirn ins Gras gepresst. Das Gras fühlte sich nass und kalt an. Das war schön.

# 7

Dies ist ein Kriminalroman, in dem ein Mord passiert.

Siobhan hat mir gesagt, ich solle etwas schreiben, das ich selber gern lesen würde. Meistens lese ich Bücher über Wissenschaft und Mathematik. Romane dagegen gefallen mir nicht so gut. In richtigen Romanen sagen Leute zum Beispiel: ›Ich bin mit Eisen und Silber geädert, mit Dreck gemasert. Ich kann mich nicht zu jener starken Faust schließen, zu der jene sich ballen, die nicht vom Ansporn abhängig sind.‹[1] Was soll das heißen? Ich habe keine Ahnung. Vater weiß es auch nicht. Siobhan und Mr. Jeavons ebenfalls nicht. Ich habe sie alle gefragt.

Siobhan hat langes blondes Haar und trägt eine Brille aus grünem Kunststoff. Und Mr. Jeavons riecht nach Seife und trägt braune Schuhe mit jeweils etwa 60 winzigen kreisrunden Löchern drin.

Ja, Kriminalromane mag ich gern. Deshalb schreibe ich jetzt einen.

In Kriminalromanen geht es darum, dass jemand herausfindet, wer der Mörder ist, und ihn dann festnimmt. Es ist ein Puzzle. Wenn das Puzzle gut ist, bekommt man die Lösung manchmal schon heraus, bevor das Buch zu Ende ist.

Siobhan hat mir erklärt, dass schon der Einstieg eines Buches den Leser fesseln müsse. Daher habe ich mit dem

1 Als Mutter mich einmal in die Stadtbücherei mitnahm, habe ich diese Sätze in einem Buch gelesen.

Hund angefangen. Aber ich habe auch deshalb mit dem Hund angefangen, weil ich das selbst so erlebt habe, und ich kann mir nur sehr schwer Sachen ausdenken, die mir selbst nicht passiert sind.

Als Siobhan die erste Seite gelesen hatte, sagte sie, das müsse man anders machen. Das Wort »machen« hat sie in Gänsefüßchen gesetzt, in diese gekrümmten Anführungszeichen, die sie mit Zeige- und Mittelfingern in die Luft schreibt. Sie sagte, in Kriminalromanen würden normalerweise Menschen getötet. Ich habe erwidert, dass in **Der Hund der Baskervilles** doch gleich zwei Hunde getötet würden, der im Titel genannte Hund und James Mortimers Spaniel, aber Siobhan hat nur gemeint, die Mordopfer seien gar nicht die beiden Hunde, das Mordopfer sei Sir Charles Baskerville. Und zwar deshalb, weil man sich als Leser mehr für Menschen interessiere als für Hunde, und sobald in dem Buch ein Mensch getötet werde, würde man gern weiterlesen.

Ich erklärte ihr, dass ich gern über etwas schreiben wolle, was wirklich passiert ist, und dass ich zwar Leute kenne, die gestorben seien, aber niemanden, der umgebracht worden wäre, abgesehen von Mr. Paulson, den Vater von Edward aus der Schule, und das war kein Mord, sondern ein Unfall beim Segelfliegen, und außerdem habe ich ihn gar nicht richtig gekannt. Ich sagte ihr auch, dass ich mir sehr viel aus Hunden mache, denn sie seien treu und ehrlich und manche unter ihnen seien auch klüger und interessanter als bestimmte Menschen. Als Steve zum Beispiel, der jeden Donnerstag in die Betreuung kommt und der beim Essen Hilfe braucht und nicht mal einen Stock apportieren kann. Siobhan hat mich gebeten, so etwas nie zu Steves Mutter zu sagen.

# 11

Dann kam die Polizei. Ich mag Polizisten. Die haben Uniformen und Nummern, und man weiß genau, wozu sie da sind. Es waren eine Frau und ein Mann. Die Polizistin hatte am linken Knöchel ein kleines Loch in der Strumpfhose und mitten in dem Loch einen roten Kratzer. An der Schuhsohle des Mannes klebte ein orangerotes Blatt, das guckte seitlich raus.

Die Polizistin nahm Mrs. Shears in den Arm und führte sie zum Haus zurück.

Ich lag im Gras und hob den Kopf leicht an.

Der Polizist hockte sich an meine Seite und sagte: »Kannst du mir vielleicht mal erklären, was hier vorgeht, junger Mann?«

Ich richtete mich auf und antwortete: »Der Hund ist tot.«

»So weit war ich auch schon«, meinte er.

»Ich glaube, dass jemand den Hund umgebracht hat«, sagte ich.

»Wie alt bist du?«, fragte er.

»Ich bin 15 Jahre und 3 Monate und 2 Tage alt.«

»Und was genau hast du im Garten gemacht?«

»Ich habe den Hund im Arm gehalten«, antwortete ich.

»Und warum hast du den Hund im Arm gehalten?«

Das war eine schwierige Frage. Ich wollte ihn eben im Arm halten. Ich mag Hunde. Es hat mich traurig gemacht, dass der Hund tot war.

Polizisten mag ich auch, und daher wollte ich die Frage

auch ordentlich beantworten, aber der Polizist ließ mir nicht genug Zeit zum Nachdenken.

»Warum hast du den Hund im Arm gehalten?«, fragte er wieder.

»Ich mag Hunde.«

»Hast du den Hund umgebracht?«

»Ich habe den Hund nicht umgebracht.«

»Ist das deine Mistgabel?«

«Nein.«

»Das scheint dich ja alles sehr mitzunehmen«, meinte er jetzt.

Er fragte zu viel, und er stellte die Fragen zu schnell hintereinander. Sie türmten sich in meinem Kopf auf wie die Brotlaibe in der Fabrik, wo Onkel Terry arbeitet. Die Fabrik ist eine Bäckerei, und mein Onkel bedient die Schneidemaschinen. Manchmal arbeitet die Maschine nicht schnell genug, aber es kommt trotzdem immer mehr Brot nach, und dann gibt es eine Verstopfung. Und manchmal stelle ich mir mein Gehirn als Maschine vor, aber nicht unbedingt als Brotschneidemaschine. So kann man den anderen Leuten leichter erklären, was darin vorgeht.

Der Polizist sagte: »Ich frage dich jetzt noch einmal…«

Ich rollte mich wieder auf dem Rasen zusammen, presste die Stirn auf den Boden und machte das Geräusch, das mein Vater *stöhnen* nennt. Dieses Geräusch mache ich immer dann, wenn aus der äußeren Welt zu viele Informationen auf mich einstürmen. Das ist so, wie wenn man aufgewühlt ist und sich das Radio ans Ohr hält und es genau zwischen zwei Sendern einstellt, bis man nur weißes Rauschen hört; dreht man die Lautstärke voll auf, so hört man nur noch dieses Rauschen, und dann weiß man, dass man in Sicherheit ist, weil man kein anderes Geräusch wahrnimmt.

Der Polizist hat mich am Arm gepackt und hochgezogen.

Dass er mich so anfasste, hat mir überhaupt nicht gefallen.

Und da habe ich nach ihm geschlagen.

# 13

Das wird kein lustiges Buch. Ich kann keine Witze erzählen, weil ich sie nicht verstehe. Hier ist zum Beispiel ein Witz, den mein Vater erzählt hat:

**Sein Gesicht war gezeichnet, aber die Tränen waren echt.**

Inzwischen weiß ich, warum das lustig sein soll. Ich hab mich erkundigt. Es soll lustig sein, weil *gezeichnet* zwei Bedeutungen hat, und zwar 1) mit einem Stift gezeichnet 2) von Spuren des Leids oder Schmerzes geprägt. Bei der Formulierung im ersten Satzteil denkt man nur an Bedeutung 2), doch der zweite Satzteil verweist überraschend auf Bedeutung 1).

Wenn ich versuche, mir diesen Witz selber so zu erzählen, dass alle Bedeutungen und Bezüge gleichzeitig da sind, kommt es mir vor, als würde ich gleichzeitig lauter verschiedene Musikstücke hören, und das ist unangenehm und verwirrend und nicht so schön wie weißes Rauschen. Es ist, als versuchten mehrere Leute gleichzeitig über verschiedene Dinge mit mir zu reden.

Daher kommen in diesem Buch keine Witze vor.

# 17

Der Polizist starrte mich eine Weile schweigend an. Dann sagte er: »Ich werde dich jetzt wegen tätlicher Bedrohung eines Polizeibeamten festnehmen.«

Da war ich erst einmal beruhigt, denn genau das sagen Polizisten im Fernsehen und im Kino ja auch immer.

Dann fügte er hinzu: »Ich rate dir jetzt ernsthaft, sofort hinten in den Streifenwagen einzusteigen. Wenn du mir noch mal so kommst, kannst du was erleben, du kleines Arschloch! Kapiert?«

Ich ging zum Streifenwagen, der direkt vor dem Gartentor stand. Der Polizist öffnete die Tür, und ich stieg ein. Er selbst kletterte auf den Fahrersitz und rief über Funk die Polizistin, die sich ja immer noch im Haus befand. »Der kleine Scheißkerl wollte mir gerade eine reinhauen, Kate«, sagte er. »Kannst du bei Mrs. Shears bleiben, während ich ihn zur Wache bringe? Ich schicke Tony vorbei, damit er dich abholt.«

»Klar«, sagte sie. »Bis später.«

Der Polizist sagte: »Ist gebongt«, und wir fuhren los.

Im Einsatzwagen roch es nach heißem Plastik und Aftershave und Pommes.

Ich betrachtete den Himmel, während wir Richtung Stadtmitte fuhren. Es war eine klare Nacht, und man sah die Milchstraße.

Manche Leute halten die Milchstraße für ein langes Band von Sternen, aber das stimmt nicht. Unsere Galaxie ist eine

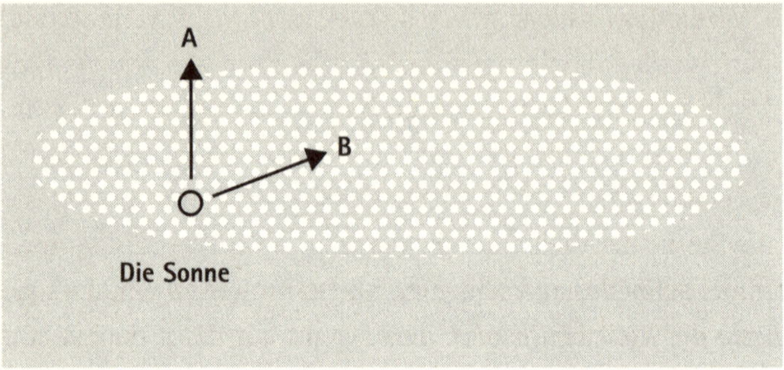


riesige Scheibe aus Sternen, 100 000 von Lichtjahren entfernt, und das Sonnensystem befindet sich irgendwo am äußersten Rand dieser Scheibe.

Wenn man in Richtung A schaut, in einem Winkel von 90 Grad zur Scheibe, erkennt man kaum Sterne. Schaut man aber in Richtung B, findet man viel mehr Sterne, weil man nämlich in den Kern der Galaxie blickt, und da die Galaxie eine Scheibe ist, sieht man ein Band aus Sternen.

Ich musste an etwas denken, das die Wissenschaftler lange Zeit sehr verwirrt hat: Der Himmel ist nachts dunkel, obwohl sich im Universum Billionen von Sternen befinden und eigentlich in jeder Richtung, in die man schaut, Sterne stehen müssten; so dass der Himmel eigentlich ganz vom Licht der Sterne erfüllt sein sollte, weil das Licht auf seinem Weg zur Erde ja durch fast nichts behindert wird.

Doch dann fand man heraus, dass sich das Universum ausdehnt, dass die Sterne seit dem Urknall alle voneinander wegrasen und dass sich die Sterne desto schneller bewegen, je weiter sie von uns entfernt sind, manche fast mit Lichtgeschwindigkeit, weshalb uns ihr Licht auch niemals erreicht.

Mir gefällt das. Darauf kann man von selber kommen, indem man einfach nachts zum Himmel hinaufschaut und nachdenkt, ohne jemanden fragen zu müssen.

Wenn das Universum eines Tages nicht mehr weiter explodiert, werden die Sterne allmählich langsamer – wie ein Ball, den man in die Luft geworfen hat –, und irgendwann kommen sie zum Stillstand und fallen wieder zum Mittelpunkt des Universums zurück. Nichts kann uns mehr daran hindern, alle Sterne der Welt zu erblicken, weil sie auf uns zukommen, immer schneller und schneller, und dann wissen wir, dass das Ende der Welt bevorsteht, denn wenn wir dann nachts zum Himmel emporblicken, gibt es keine Dunkelheit mehr, nur noch das gleißende Licht der Billionen und Aberbillionen von Sternen, die alle auf uns zufallen.

Nur wird das leider niemand mehr sehen können, weil es dann auf der Erde keine Menschen mehr geben wird. Die sind bis dahin vermutlich alle ausgestorben. Und wenn es doch noch Menschen gäbe, wäre das Licht so gleißend und heiß, dass sie alle verbrennen würden, selbst wenn sie in Tunneln hausten.

# 19

Buchkapitel überschreibt man normalerweise mit den Kardinalzahlen 1, 2, 3, 4, 5, 6 und so weiter. Ich jedoch habe beschlossen, meine Kapitel mit den Primzahlen 2, 3, 5, 7, 11, 13 usw. zu überschreiben, weil ich Primzahlen klasse finde.

Welche Zahlen Primzahlen sind, bekommt man so heraus: Zuerst schreibt man alle positiven ganzen Zahlen auf:

| | | | | | | | | | |
|---|---|---|---|---|---|---|---|---|---|
| 1 | 2 | 3 | 4 | 5 | 6 | 7 | 8 | 9 | 10 |
| 11 | 12 | 13 | 14 | 15 | 16 | 17 | 18 | 19 | 20 |
| 21 | 22 | 23 | 24 | 25 | 26 | 27 | 28 | 29 | 30 |
| 31 | 32 | 33 | 34 | 35 | 36 | 37 | 38 | 39 | 40 |
| 41 | 42 | 43 | 44 | 45 | 46 | 47 | 48 | 49 | etc. |

Man entfernt alle Zahlen, die durch 2 teilbar sind. Dann entfernt man alle Zahlen, die durch 3 teilbar sind. Schließlich entfernt man alle Zahlen, die durch 4 und 5 und 6 und 7 und so weiter teilbar sind. Die Zahlen, die übrig bleiben, sind die Primzahlen.

| | | | | | | | | | |
|---|---|---|---|---|---|---|---|---|---|
| | 2 | 3 | | 5 | | 7 | | | |
| 11 | | 13 | | | | 17 | | 19 | |
| | | 23 | | | | | | 29 | |
| 31 | | | | | | 37 | | | |
| 41 | | 43 | | | | 47 | | | etc. |

Die Regel, mit der man Primzahlen ermittelt, ist also ganz einfach, aber es hat noch niemand eine Formel entdeckt, mit der sich feststellen ließe, ob es sich bei einer sehr hohen Zahl um eine Primzahl handelt oder wie die nächste Primzahl heißt. Bei einer wirklich sehr, sehr hohen Zahl kann es Jahre dauern, bis der Computer errechnet hat, ob es eine Primzahl ist.

Primzahlen eignen sich gut für Geheimcodes, und in Amerika werden sie als militärisch relevant eingestuft. Wenn man eine Primzahl findet, die über 100 Ziffern lang ist, muss man es der CIA melden und die kauft sie einem dann für $ 10 000 ab. Aber das wäre wohl keine sehr gute Methode, seinen Lebensunterhalt zu verdienen.

Primzahlen bleiben übrig, wenn man alle Muster entfernt. Ich denke, Primzahlen sind wie das Leben. Sie sind sehr logisch, aber man käme niemals auf die Regeln, selbst wenn man die ganze Zeit über nichts anderes nachdenken würde.

# 23

Als ich auf der Polizeiwache ankam, musste ich direkt am Eingang die Schnürsenkel aus meinen Schuhen ziehen und alles, was in meinen Taschen war, auf den Tisch legen. Auf diese Art wollte man verhindern, dass ich noch einen Gegenstand bei mir trug, mit dem ich Selbstmord begehen, fliehen oder einen Polizisten angreifen konnte.

Der Sergeant hinter dem Tisch hatte stark behaarte Hände, und seine Fingernägel waren so weit abgeknabbert, dass sie geblutet hatten.

In meinen Taschen befanden sich folgende Gegenstände:

1. Ein Schweizer Armeemesser mit 13 Teilen, einschließlich einer Abisolierzange, einer Säge, einem Zahnstocher und einer Pinzette.
2. Ein Stück Schnur.
3. Ein hölzernes Puzzleteil, das so aussah:

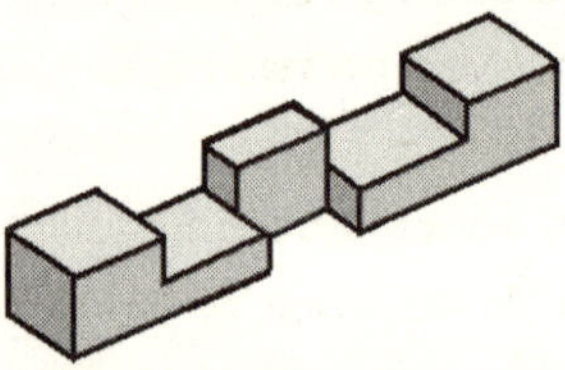

4. 3 Körnchen Rattenfutter für meine Ratte Toby.
5. £ 1,47 (bestehend aus einer £ 1-Münze, einer 20 Pence-Münze, zwei 10 Pence-Münzen, einer 5 Pence-Münze und einer 2 Pence-Münze).

6. Eine rote Büroklammer.
7. Ein Haustürschlüssel.

Ich trug auch meine Armbanduhr, und die sollte ich ebenfalls abgeben, aber ich sagte, meine Uhr bräuchte ich unbedingt, weil ich immer genau wissen müsse, wie spät es ist. Als man sie mir abnehmen wollte, begann ich zu brüllen, und da durfte ich sie behalten.

Man fragte mich, ob ich Familie hätte. Ich sagte ja.

Man fragte mich, wer denn noch alles zu meiner Familie gehöre.

Ich antwortete, mein Vater, aber Mutter sei tot. Und ich sagte, da gebe es noch Onkel Terry, aber der lebe in Sunderland und sei Vaters Bruder, und dann noch meine Großeltern, aber drei davon seien tot und Grandma Burton wohne im Heim, denn sie leide an Altersdemenz und halte mich für jemanden aus dem Fernsehen.

Als Nächstes wollten sie Vaters Telefonnummer wissen.

Ich sagte, er habe zwei Nummern, eine für zu Hause und eine fürs Handy, und nannte ihnen beide.

Die Zelle auf der Polizeistation war ganz hübsch. Sie bildete fast einen perfekten Würfel: 2 Meter lang, 2 Meter breit, 2 Meter hoch. Sie enthielt annähernd 8 Kubikmeter Luft. Sie hatte ein kleines vergittertes Fenster und auf der gegenüber liegenden Seite eine Eisentür mit einer langen schmalen Durchreiche in Bodennähe, um Tabletts mit Essen in die Zelle zu schieben. Weiter oben war eine Schiebeluke, durch die die Polizisten hereinschauen und sehen konnten, ob der Gefangene nicht entflohen war oder Selbstmord begangen hatte. Außerdem gab es noch eine gepolsterte Bank.

Ich überlegte, wie ich fliehen würde, wenn ich jetzt in so einer Romangeschichte wäre. Ziemlich schwierig, denn bis auf Kleider und Schuhe trug ich nichts am Leib, und in den Schuhen waren ja nicht einmal Schnürsenkel.

Der beste Plan schien mir, auf einen richtig schönen Tag zu warten, dann mit meiner Brille das Sonnenlicht auf ein Kleidungsstück zu fokussieren und ein Feuer zu entfachen. Sie würden den Rauch sehen und mich aus meiner Zelle holen, und dann würde ich fliehen. Falls sie den Rauch nicht bemerkten, konnte ich immer noch auf die Kleider pinkeln und die Flammen löschen.

Ich fragte mich, ob Mrs. Shears behauptet hatte, ich sei Wellingtons Mörder, und ob sie wohl ins Gefängnis musste, wenn die Polizei herausfand, dass sie log. Denn wenn man über andere Leute Lügen verbreitet, nennt man das *Verleumdung*.

# 29

Ich finde die Menschen sehr verwirrend.

Dafür gibt es zwei Hauptgründe.

Der erste Hauptgrund ist der, dass die Menschen sehr viel sagen, ohne überhaupt Wörter zu benutzen. Siobhan hat mir erklärt, dass schon das Hochziehen einer Augenbraue alles Mögliche bedeuten kann. Es kann heißen »Ich hätte gern Sex mit dir«, aber es kann auch heißen »Ich glaube, du hast da gerade etwas sehr Dummes gesagt.«

Wenn man den Mund zumacht und laut durch die Nase ausatmet, meint Siobhan, kann das sowohl bedeuten, dass man sich entspannt, als auch, dass man sich gerade langweilt oder sogar wütend ist. Das hängt ganz davon ab, wie viel Luft aus deiner Nase kommt und wie schnell, und auch davon, wie man dabei den Mund verzieht, wie man dasitzt und was man kurz davor gesagt hat und hundert andere Dinge, die so kompliziert sind, dass man in ein paar Sekunden nicht dahinter kommt.

Der zweite Hauptgrund ist der, dass die Leute so oft Metaphern benutzen. Hier sind einige Beispiele für Metaphern:

**Ich hab mir einen Ast gelacht.**
**Er war ihr Augapfel.**
**Sie hatten eine Leiche im Keller.**
**Der Himmel hängt voller Bassgeigen.**
**Der Hund war mausetot.**

Das Wort Metapher bedeutet, dass man etwas von einem Ort zum anderen trägt. Es kommt von den griechischen Wörtern **μετα** (das bedeutet *von einem Ort zum anderen)* und **Φερειν** (das bedeutet *tragen*), und damit ist gemeint, dass man etwas mit einem Wort beschreibt, das etwas anderes bezeichnet, das es nicht ist. Das bedeutet, dass das Wort Metapher eine Metapher ist.

Meiner Meinung nach müsste es Lüge heißen, weil doch niemals Bassgeigen am Himmel hängen und kein Mensch Leichen im Keller hat. Und wenn ich mir die zweite Redensart bildlich vorzustellen versuche, ist das sehr verwirrend, weil die Vorstellung von einem Apfel im Auge doch nichts damit zu tun hat, dass man jemanden sehr gern hat, und dann vergisst man, worüber der andere eigentlich gesprochen hat.

Mein Name ist auch eine Metapher. Er bedeutet *Christus tragen* und kommt von dem griechischen Wort **χρίστοζ** (was *Jesus Christus* heißt) und **Φερείν,** das ist der Name, den der heilige Christophorus erhielt, weil er Jesus Christus über einen Fluss getragen hat.

Jetzt fragt man sich natürlich, was für einen Namen er wohl hatte, bevor er Christus über den Fluss trug. Aber da hatte er überhaupt keinen Namen, weil es nämlich eine apokryphe Geschichte ist und somit auch eine Lüge.

Mutter hat immer gesagt, Christopher sei ein schöner Name, weil es in seiner Geschichte um Freundlichkeit und Hilfsbereitschaft geht, aber ich will gar nicht, dass mein Name für eine Geschichte über Freundlichkeit und Hilfsbereitschaft steht. Ich will, dass mein Name für mich steht.

# 31

Es war 1.12 Uhr, als mein Vater auf der Polizeiwache erschien. Gesehen habe ich ihn erst um 1.28 Uhr, aber ich weiß, dass er vorher da war, denn ich habe ihn gehört.

Er brüllte: »Ich will zu meinem Sohn!« Und: »Warum hat man ihn eingesperrt, verdammt noch mal?« Und: »Na klar hab ich eine Stinkwut!«

Ich hörte, wie ein Polizist zu ihm sagte, er soll sich beruhigen. Dann habe ich lange Zeit gar nichts gehört.

Um 1.28 Uhr öffnete ein Polizist die Zellentür und sagte, es sei jemand für mich da.

Ich ging hinaus. Vater stand im Korridor. Er hielt seine rechte Hand hoch und spreizte die Finger wie einen Fächer. Ich hielt meine linke Hand hoch und spreizte die Finger zu einem Fächer, und dann legten wir unsere Finger und Daumen aufeinander. Das machen wir, weil Vater mich manchmal gern in den Arm nehmen würde, aber ich mag Umarmungen nicht, deshalb machen wir es so, und es bedeutet, dass er mich lieb hat.

Dann forderte der Polizist uns auf, ihm durch den Korridor in einen anderen Raum zu folgen. In diesem Raum standen ein Tisch und drei Stühle. Er sagte, wir sollten uns an die eine Seite des Tischs setzen, und er setzte sich uns gegenüber. Auf dem Tisch stand ein Tonbandgerät, und ich fragte, ob er mich jetzt verhören und das Verhör auf Band aufnehmen würde.

»Ich denke, das wird nicht nötig sein«, sagte er.

Er war Kommissar. Das erkannte ich daran, dass er keine Uniform trug. Er hatte viele Haare in der Nase. Es sah aus, als versteckten sich zwei klitzekleine Mäuse in seinen Nasenlöchern.[2] Er sagte: »Ich habe mit deinem Vater gesprochen, und er meint, dass du den Polizisten nicht schlagen wolltest.«

Ich erwiderte nichts, weil es ja keine Frage war.

»Wolltest du den Polizisten schlagen?«

»Ja.«

Er verzog das Gesicht und fragte: »Aber du wolltest dem Polizisten nicht wehtun?«

Ich dachte nach und sagte: »Nein. Wehtun wollte ich dem Polizisten nicht. Ich wollte nur, dass er mich nicht mehr anfasst.«

Darauf er: »Du weißt aber, dass man einen Polizisten nicht schlagen darf?«

»Ja.«

Er schwieg ein paar Sekunden und fragte dann: »Hast du den Hund getötet, Christopher?«

»Ich habe den Hund nicht getötet«, antwortete ich.

»Du weißt, dass man einen Polizisten nicht anlügen darf und dass du dir große Probleme einhandelst, wenn du das dennoch tust?«

»Ja.«

»Also, weißt du, wer den Hund getötet hat?«

»Nein.«

2 Dies ist keine Metapher, sondern ein Vergleich, was heißt, dass es wirklich so aussah, als versteckten sich zwei klitzekleine Mäuse in seinen Nasenlöchern, und wenn man sich bildlich einen Mann vorstellt, in dessen Nasenlöchern sich zwei klitzekleine Mäuse verstecken, weiß man, wie der Kommissar aussah. Und ein Vergleich ist keine Lüge, höchstens, wenn es ein schlechter Vergleich ist.

»Sagst du auch die Wahrheit?«

»Ja. Ich sage immer die Wahrheit.«

Darauf er: »Na gut. Du bekommst jetzt eine Verwarnung von mir.«

»Ist das so ein Zettel wie eine Urkunde, die ich behalten darf?«, fragte ich.

»Nein, eine Verwarnung heißt, wir fertigen ein Protokoll darüber an, dass du einen Polizisten geschlagen hast und dass es ein Versehen war und dass du dem Polizisten nicht wehtun wolltest.«

»Es war aber kein Versehen.«

Da sagte Vater: »Christopher, bitte.«

Der Polizist machte den Mund zu, atmete laut durch die Nase aus und meinte: »Wenn du noch mal etwas anstellst, holen wir dieses Protokoll heraus. Wir werden dann sehen, dass du schon eine Verwarnung erhalten hast, und die Sache deswegen wesentlich ernster nehmen. Hast du mich verstanden?«

Ich sagte ja, ich hätte verstanden.

Darauf meinte er, wir könnten jetzt gehen, und er stand auf, öffnete die Tür, und wir gingen hinaus in den Korridor und zum Schreibtisch am Eingang zurück, wo ich mein Schweizer Armeemesser und mein Stück Schnur und das hölzerne Puzzleteil und die 3 Körnchen Rattenfutter für Toby und meine 1,47 Pfund und die Büroklammer und meinen Haustürschlüssel abholte (die sich alle in einer kleinen Plastiktüte befanden), und dann gingen wir hinaus zu Vaters Wagen und fuhren heim...

# 37

Ich lüge nie. Mutter hat immer gesagt, das komme daher, dass ich ein guter Mensch sei. Aber das stimmt nicht. Es kommt daher, dass ich nicht lügen kann.

Mutter war eine zierliche Frau, die gut roch. Und manchmal trug sie eine Jacke aus Schafswolle mit einem Reißverschluss vorn, und die war pink und hatte auf der linken Brust ein winziges Etikett, auf dem stand **Berghaus**.

Wenn man sagt, es sei etwas passiert, was gar nicht passiert ist, dann ist das eine Lüge. Aber es gibt immer nur eine einzige Sache, die zu einer bestimmten Zeit an einem bestimmten Ort passiert ist. Und es gibt unendlich viele Sachen, die zu jener Zeit an jenem Ort nicht passiert sind. Und wenn ich erst einmal über eine Sache nachdenke, die nicht passiert ist, dann muss ich auch über all die anderen Sachen nachdenken, die nicht passiert sind.

Zum Beispiel hatte ich heute Morgen zum Frühstück ein Ready-Brek-Müsli und warme Himbeermilch. Wenn ich aber sage, dass es in Wirklichkeit Shreddies und einen Becher Tee[3] gab, dann denke ich plötzlich auch an Coco-Pops und Limonade und Porridge und Dr. Pepper und daran, wie ich in Ägypten mein Frühstück nicht aufgegessen habe und dass kein Nashorn im Zimmer war und dass Vater keinen Taucheranzug trug und so weiter und so fort, und nur da-

3 Aber ich würde nie Shreddies und Tee zum Frühstück wollen, weil beide braun sind.

von, dass ich das hier schreibe, wird mir schon so angst und bange wie sonst nur, wenn ich oben auf einem sehr hohen Gebäude stehe und tausende von Häusern und Autos und Menschen unter mir sehe und mir der Kopf schwirrt von all diesen Dingen, so dass ich Angst kriege, ich könnte vergessen, aufrecht stehen zu bleiben und mich am Geländer festzuhalten, und könnte hinabstürzen und sterben.

Das ist ein weiterer Grund, warum ich keine richtigen Romane mag, weil sie lügen und von Dingen erzählen, die gar nicht passiert sind, und dann wird mir ganz angst und bange.

Und deshalb ist alles, was ich hier geschrieben habe, wahr.

# 41

Auf dem Heimweg waren Wolken am Himmel, deshalb konnte ich die Milchstraße nicht sehen.

Ich sagte: »Es tut mir Leid.« Immerhin hatte Vater auf die Polizeiwache kommen müssen, und das war schlimm.

»Schon okay«, sagte er.

»Ich habe den Hund nicht umgebracht«, sagte ich.

Und er: »Ich weiß.« Dann meinte er: »Christopher, du musst jetzt aufpassen, dass du nicht mehr in Schwierigkeiten kommst.«

»Ich hab ja nicht gewusst, dass ich in Schwierigkeiten komme«, antwortete ich. »Ich mag Wellington und wollte ihn besuchen, aber ich konnte doch nicht wissen, dass man ihn umgebracht hatte.«

»Du darfst deine Nase eben nie mehr in anderer Leute Angelegenheiten stecken«, sagte Vater.

Ich überlegte kurz. »Ich werde rauskriegen, wer Wellington getötet hat.«

Da fragte Vater: »Hast du mir überhaupt zugehört, Christopher?«

»Ja, ich habe dir zugehört, aber wenn jemand ermordet wird, muss man rauskriegen, wer es war, damit derjenige bestraft werden kann.«

»Es ist doch nur ein Hund, Christopher, ein gottverdammter Hund!«

»Aber Hunde sind doch auch wichtig.«

»Schluss jetzt!«, sagte er.

Und ich erwiderte: »Ich frage mich, ob die Polizei wohl herauskriegt, wer ihn getötet hat, und ob derjenige bestraft wird.«

Jetzt schlug Vater so heftig mit der Faust gegen das Lenkrad, dass der Wagen in Schlangenlinien über die gestrichelte Mittellinie kurvte. »Ich hab gesagt, du sollst damit aufhören, Herrgott noch mal!«

Er schrie, und daran merkte ich, dass er wütend war. Ich wollte ihn aber nicht wütend machen, und daher sagte ich nichts mehr, bis wir zu Hause waren.

Nachdem wir die Haustür hinter uns geschlossen hatten, lief ich gleich in die Küche und holte eine Möhre für Toby. Ich ging nach oben und machte meine Zimmertür zu, ließ Toby aus dem Käfig und gab ihm die Möhre. Dann schaltete ich meinen Computer an, spielte 76 Mal *Minesweeper* und schaffte die Expertenversion in 102 Sekunden. Das ist nur 3 Sekunden mehr als meine Bestzeit, die bei 99 Sekunden liegt.

Um 2.07 Uhr bekam ich Durst. Ich wollte vor dem Zähneputzen und Zubettgehen noch ein Glas Orangensaft trinken, und so ging ich in die Küche hinunter. Vater saß gerade auf dem Sofa, schaute sich im Fernsehen Billard an und trank Whiskey. Ihm liefen Tränen übers Gesicht.

»Bist du wegen Wellington traurig?«, fragte ich.

Er sah mich lange an und holte tief Luft. Dann sagte er: »Ja, Christopher, das kann man sagen. So könnte man wohl sagen.«

Ich hielt es für besser, ihn jetzt in Ruhe zu lassen, denn wenn ich traurig bin, möchte ich auch in Ruhe gelassen werden. Ich habe also nichts weiter gesagt. Ich bin nur noch in die Küche gegangen, um mir einen Orangensaft zu pressen, den ich dann mit hoch in mein Zimmer genommen habe.

# 43

Mutter ist vor 2 Jahren gestorben.

Eines Tages kam ich von der Schule heim, und da mir niemand aufmachte, holte ich mir den Geheimschlüssel, den wir unter einem Blumentopf hinter der Küchentür aufbewahren. Ich schloss auf, ging ins Haus und bastelte an meinem Panzermodell Airfix Sherman weiter.

Es vergingen anderthalb Stunden, bis Vater von der Arbeit heim kam. Er hat ein eigenes Geschäft und wartet Heizungen, repariert Boiler, zusammen mit einem Mann namens Rhodri, der sein Angestellter ist. Er klopfte an meine Tür, öffnete sie und fragte, ob ich Mutter gesehen hätte.

Als ich ihm sagte, dass das nicht der Fall gewesen sei, ging Vater hinunter und führte ein paar Telefonate. Ich hörte nicht, was er sagte.

Kurz darauf kam er in mein Zimmer herauf und sagte, er müsse jetzt eine Weile weg, wisse aber nicht genau, wie lange es dauern werde. Falls ich irgendetwas bräuchte, sollte ich ihn auf seinem Handy anrufen.

Es dauerte $2\frac{1}{2}$ Stunden, bis er zurückkam. Ich ging die Treppe hinunter, und er saß in der Küche und starrte durchs hintere Fenster in den Garten hinaus, auf den Teich, den Wellblechzaun und auf die Turmspitze der Kirche in der Manstead Street, die wie eine Burg aussieht, weil sie normannisch ist.

»Ich fürchte, du wirst deine Mutter jetzt eine Weile nicht sehen.«

Er schaute mich nicht an, als er das sagte. Er starrte immer noch aus dem Fenster.

Normalerweise schauen einen die Leute an, wenn sie mit einem reden. Ich weiß, dass sie dann überlegen, was ich wohl denke, aber ich weiß nicht, was sie denken. Das ist so, als wäre man in einem Raum mit Einwegspiegeln, wie sie in Spionagefilmen vorkommen. Aber dass Vater mit mir sprach, ohne mich anzusehen, fand ich nicht schlimm.

»Und warum kann ich Mutter nicht sehen?«, fragte ich.

Er wartete sehr lange mit seiner Antwort: »Deine Mutter musste ins Krankenhaus.«

»Können wir sie besuchen?«, fragte ich, denn grundsätzlich mag ich Krankenhäuser. Die Uniformen und Apparate gefallen mir.

»Nein.«

»Warum denn nicht?«

»Sie braucht Ruhe«, sagte er. »Sie muss jetzt allein sein.«

»Ist es ein psychiatrisches Krankenhaus?«

»Nein«, antwortete Vater. »Es ist ein ganz normales Krankenhaus. Sie hat Probleme mit... mit ihrem Herzen.«

»Wir müssen ihr etwas zu essen bringen«. Ich weiß nämlich, dass das Essen im Krankenhaus nicht besonders gut schmeckt. David, der mit mir in die Schule geht, musste auch mal ins Krankenhaus, um am Bein operiert zu werden, damit sein Wadenmuskel länger wurde und er wieder besser laufen konnte. Er fand das Essen dort grässlich, und seine Mutter hat ihm jeden Tag etwas mitgebracht.

Wieder machte Vater eine lange Pause, dann sagte er: »Ich werde den Ärzten etwas bringen, tagsüber, wenn du in der Schule bist, und die können es dann deiner Mum geben, okay?«

»Aber du kannst doch nicht richtig kochen«, sagte ich.

Vater bedeckte sein Gesicht mit den Händen und sagte: »Christopher. Weißt du was, ich werde bei Marks and Spencer's ein paar Fertiggerichte kaufen. So was isst sie gern.«

Ich sagte, ich würde ihr eine *Gute-Besserung*-Karte malen, denn das macht man doch, wenn jemand im Krankenhaus ist.

Vater versprach, sie am nächsten Tag mitzunehmen.

# 47

Am nächsten Morgen fuhr der Bus auf dem Weg zur Schule an 4 roten Autos vorbei, die hintereinander in einer Reihe standen, und das hieß, es war ein **Sehr Guter Tag**. Daher nahm ich mir vor, nicht länger wegen Wellington traurig zu sein.

Mr. Jeavons, der Schulpsychologe, hat mich einmal gefragt, warum 4 rote Autos in einer Reihe einen **Sehr Guten Tag** bedeuteten und 3 rote Autos in einer Reihe einen **Ziemlich Guten Tag** und 5 rote Autos einen **Superguten Tag** und 5 gelbe Autos in einer Reihe einen **Schwarzen Tag**, das heißt, einen Tag, an dem ich mit niemandem spreche und ganz allein herumsitze und Bücher lese und das Mittagessen ausfallen lasse und *keinerlei Risiko eingehe*. Mr. Jeavons sagte, ich sei doch eindeutig ein logisch denkender Mensch, und deshalb überraschten ihn solche Gedankengänge, weil sie ja nicht besonders logisch seien.

Ich erklärte, ich hätte es einfach gern, wenn alles schön geordnet sei. Und eine Methode, alles in Ordnung zu bringen, sei logisches Denken. Allerdings gebe es auch noch andere Methoden. Und deshalb hätte ich **Gute Tage** und **Schwarze Tage**. Ich sagte, manche Leute, die in einem Büro arbeiten, treten morgens aus dem Haus und sehen die Sonne scheinen, und das macht sie dann glücklich. Oder sie sehen, dass es regnet, und das macht sie traurig, aber der einzige Unterschied ist das Wetter, und wenn sie in einem Büro arbeiten, hat das Wetter ja nicht das Geringste damit zu tun, ob sie einen guten oder einen schlechten Tag haben.

Wenn Vater morgens aufsteht, zieht er immer seine Hosen vor den Socken an und das ist nicht logisch, aber er macht es eben so, weil er auch gern alles schön geordnet hat. Und immer, wenn er eine Treppe hochsteigt, nimmt er zwei Stufen auf einmal, wobei er jedes Mal mit dem rechten Fuß beginnt.

Mr. Jeavons meinte, ich sei ein sehr kluger Junge.

Ich erwiderte, nein, ich bin nicht klug. Ich nehme nur alles wahr, und das ist nicht klug. Es ist nur aufmerksam. Klug sein heißt, dass man sieht, wie die Dinge sind, und den Augenschein dazu nutzt, etwas Neues zu entdecken. Zum Beispiel das expandierende Universum oder wer den Mord begangen hat. Oder wenn man einen Namen sieht und jedem Buchstaben einen Wert von 1 bis 26 zuordnet (a=1, b=2 etc.) und die Zahlen dann im Kopf addiert und merkt, dass eine Primzahl herauskommt, wie bei **Jesus Christ** (151) oder **Scooby Doo** (113) oder **Sherlock Holmes** (163) oder **Doctor Watson** (167).

Mr. Jeavons fragte mich, ob es mir ein Gefühl der Sicherheit vermittle, wenn alles schön geordnet sei, und ich stimmte zu.

Dann fragte er, ob es mir denn nicht gefalle, wenn sich etwas verändert. Und ich sagte, ich hätte nichts gegen Veränderungen einzuwenden, wenn das zum Beispiel bedeute, dass ich Astronaut würde, was eine der größten Veränderungen ist, die man sich vorstellen kann, außer vielleicht der, sich in ein Mädchen zu verwandeln oder zu sterben.

Er fragte, ob ich denn gern Astronaut werden würde, und ich stimmte zu.

Er meinte, es sei schwierig, Astronaut zu werden. Ich sagte ihm, das sei mir klar. Man muss Offizier bei der Luftwaffe sein und eine Menge Befehle entgegennehmen und bereit sein, andere Menschen zu töten, und ich kann keinen Befehl entgegennehmen. Ich habe auch nicht die Sehkraft von 20/20, die man braucht, wenn man Pilot werden will. Aber ich sagte, man könne sich ja trotzdem etwas wünschen, auch wenn es sich höchstwahrscheinlich niemals erfüllen wird.

Terry, der ältere Bruder von Francis aus der Schule, hat mal gesagt, ich würde später höchstens einen Job im Supermarkt kriegen, als Einsammler von Einkaufswagen, oder einen Job im Tierasyl, wo ich den Kot von Eseln wegputzen müsste, man würde einem Spasti doch keine Rakete anvertrauen, die Billionen von Pfund gekostet hat. Als ich dies Vater erzählte, sagte er, Terry sei einfach nur neidisch auf mich, weil ich klüger sei als er. Ganz schön dumm, so was zu denken, denn wir befanden uns ja nicht in einem Wettkampf. Aber Terry ist nun mal dumm, *quod erat demonstrandum*, das ist lateinisch und heißt: *Was zu beweisen war*, und es bedeutet: *Hiermit wurde es bewiesen.*

Ich bin kein Spasti (was *Spastiker* bedeutet), im Gegensatz zu Francis, der wirklich einer ist. Auch wenn ich später vermutlich mal kein Astronaut werde, so besuche ich doch bestimmt eine Universität und studiere Mathematik oder Physik, oder Physik *und* Mathematik (auf einer Joint Honour School). Diese Fächer machen mir nämlich Spaß, und ich bin sehr gut darin. Aber Terry wird später nicht studieren. Vater meint, er werde bestimmt noch im Gefängnis landen.

Terry hat ein Tattoo auf dem Arm, mit einem Messer, das mitten durch ein Herz schneidet.

Was ich jetzt gerade geschrieben habe, nennt man einen Exkurs. Ich sollte jetzt lieber wieder zu der Tatsache zurückkehren, dass es ein **Sehr Guter Tag** war.

Ich nahm mir fest vor, herauszufinden, wer Wellington getötet hatte, denn ein **Sehr Guter Tag** ist auch dazu da, dass man etwas plant oder Projekte durchführt.

Als ich das Siobhan erzählte, sagte sie: »Na ja, heute wollten wir sowieso Geschichten schreiben, warum schilderst du nicht einfach, wie du Wellington gefunden hast und wie man dich zur Polizeiwache gebracht hat?«

Und so hab ich angefangen, dies aufzuschreiben.

Siobhan versprach mir bei der Rechtschreibung, der Grammatik und bei den Fußnoten zu helfen.

# 53

Zwei Wochen später war Mutter gestorben.

Ich war nicht im Krankenhaus gewesen, aber Vater hatte ihr regelmäßig Sachen zum Essen von Marks and Spencers vorbeigebracht. Mir sagte er, sie sehe gut aus und es gehe ihr allmählich besser. Sie lasse mir herzliche Grüße ausrichten, und meine Gute-Besserungs-Karte habe sie auf dem Nachttisch stehen. Vater sagte, dass sie sich darüber sehr gefreut habe.

Vorn auf der Karte sind Autos abgebildet. Das sah so aus:

Ich hatte die Karte in der Schule gemacht, mit Mrs. Peters, die Kunst unterrichtet. Es ist ein Linolschnitt, das heißt, man zeichnet ein Bild auf ein Stück Linoleum, und Mrs. Peters schneidet mit einem Stanley-Messer um das Bild herum, und dann schmiert man Tinte aufs Linoleum und presst es aufs Papier. Die Autos sehen gleich aus, denn ich habe *ein* Auto gezeichnet und es neunmal aufs Papier gepresst. Es war Mrs. Peters' Idee, viele Autos zu drucken, und das gefiel mir. Und ich habe alle Autos rot ausgemalt, damit es für Mutter ein **Superguter Tag** wurde.

Vater sagte, sie starb an einem Herzanfall, ganz unerwartet.

Ich fragte: »Was für eine Art von Herzanfall?« Ihr Tod überraschte mich sehr.

Mutter war erst 38 Jahre alt, und Herzanfälle kriegen doch normalerweise ältere Menschen, und Mutter war sehr aktiv und fuhr Fahrrad und aß gesunde Sachen mit viel Ballaststoffen und ungesättigten Fettsäuren wie zum Beispiel Hühnchen, Gemüse und Müsli.

Vater sagte, er wisse nicht, welche Art von Herzanfall, und jetzt sei auch nicht der richtige Moment, solche Fragen zu stellen.

Ich habe ihm erklärt, dass es sich wahrscheinlich um ein Aneurysma handelte.

Bei einem Herzanfall werden manche Muskeln im Herzen nicht mehr durchblutet und sterben ab. Es gibt zwei Haupttypen von Herzanfällen. Erstens die Embolie. Ein Blutklumpen blockiert eines der Gefäße, die Blut zu den Herzmuskeln transportieren. Das kann man verhindern, indem man Aspirin schluckt oder Fisch isst. Diese Form der Herzattacke tritt bei Eskimos nicht auf, weil sie Fisch essen und weil der Fisch verhindert, dass ihr Blut zusammenklumpt. Allerdings können sie verbluten, wenn sie eine tiefe Schnittwunde haben.

Bei einem Aneurysma hingegen platzt ein Blutgefäß, und wegen der undichten Stelle gelangt das Blut nicht mehr zum Herzmuskel. Manche Leute bekommen nur deshalb ein Aneurysma, weil sie eine schwache Stelle in ihren Blutgefäßen haben, wie Mrs. Hardisty, die in unserer Straße in Nummer 72 wohnte; ihre Blutgefäße im Hals hatten eine schwache Stelle, und sie starb, als sie den Kopf drehte, um rückwärts einzuparken.

Andererseits hätte es auch eine Embolie sein können, weil das Blut sehr viel schneller zusammenklumpt, wenn man lange Zeit liegt, wie zum Beispiel im Krankenhaus.

Vater sagte: »Es tut mir Leid, Christopher, es tut mir sehr Leid.«

Aber es war ja nicht seine Schuld.

Dann kam Mrs. Shears herüber und kochte uns etwas zum Abendessen. Sie trug Sandalen und Jeans und ein T-Shirt mit dem Bild eines Windsurfers, auf dem **WINDSURFEN** und **KORFU** stand.

Und Vater setzte sich hin, und sie stand neben ihm und drückte seinen Kopf an ihren Busen und sagte: »Na komm, Ed. Das stehen wir durch.«

Sie kochte uns Spaghetti mit Tomatensoße.

Nach dem Essen spielte sie Scrabble mit mir, und ich schlug sie mit 247 zu 134 Punkten.

# 59

Vater hatte mich zwar ermahnt, nie mehr meine Nase in anderer Leute Angelegenheiten zu stecken, aber ich wollte unbedingt herausfinden, wer Wellington ermordet hatte.

Ich tue nämlich nicht immer, was man mir sagt.

Denn meistens verwirrt es einen nur und ergibt keinen Sinn, wenn man von anderen gesagt bekommt, was man zu tun hat.

Zum Beispiel sagen Leute oft: »Sei still«. Aber wie lange man stillhalten soll, das verraten sie einem nicht. Oder man sieht ein Schild, auf dem steht: **Rasen betreten verboten.** Aber eigentlich müsste es heißen: **Rasen betreten um dieses Schild herum verboten** oder: **Rasen betreten im ganzen Park verboten,** denn es gibt viele Grasflächen, die man betreten darf.

Außerdem brechen die Leute ständig Regeln. Zum Beispiel fährt Vater oft mit über 30 km/h in einer 30 km/h-Zone, und manchmal setzt er sich ans Steuer, obwohl er etwas getrunken hat, und oft ist er in seinem Lieferwagen nicht angeschnallt. In der Bibel steht **Du sollst nicht töten,** aber es gab die Kreuzzüge und zwei Weltkriege und den Golfkrieg, und in all diesen Kriegen haben Christen Menschen getötet.

Auch weiß ich nicht, was Vater meint, wenn er sagt: »Misch dich nicht in anderer Leute Angelegenheiten«. Ich habe wirklich keine Ahnung, was er mit »anderer Leute Angelegenheiten« meint, denn ich habe ja dauernd mit anderen Leuten zu tun, in der Schule, beim Einkaufen, im Bus. Und Vater selbst geht in anderer Leute Häuser und repariert ihre Boiler und Heizkörper. Das sind doch alles anderer Leute Angelegenheiten.

Siobhan versteht mich. Wenn sie mir sagt, ich soll etwas nicht tun, dann erklärt sie mir auch ganz genau, was ich nicht tun darf. Und das gefällt mir.

Zum Beispiel hat sie mal zu mir gesagt: »Du darfst Sarah niemals knuffen oder schlagen, Christopher. Selbst wenn sie anfängt. Wenn sie dich wieder einmal haut, dann gehst du weg und stellst dich irgendwo hin und zählst bis fünfzig, und dann kommst du zu mir oder einem anderen Lehrer und erzählst uns, was sie getan hat.«

Oder noch ein Beispiel: »Wenn du schaukeln willst und alle Schaukeln sind besetzt, darfst du nie jemanden hinunterschubsen! Sondern du musst fragen, ob du auch mal auf ein Brett darfst. Und anschließend musst du warten, bis die Schaukel frei wird.«

Die Leute sagen einem gern, was man nicht tun darf, aber sie selbst halten sich nicht daran. Deshalb entscheide ich lieber selbst, was ich tue und was nicht.

An jenem Abend ging ich also zu Mrs. Shears, klopfte an die Tür und wartete.

Als sie die Haustür öffnete, hielt sie einen Becher Tee in der Hand, trug Lammfellpantoffeln und schaute sich offenbar gerade eine Quizsendung im Fernsehen an, denn der Fernseher lief und ich hörte jemanden sagen: »Die Hauptstadt von Venezuela ist a) Maracas b) Caracas c) Bogota oder d) Georgetown.« Ich wusste die richtige Antwort: Caracas.

»Christopher«, sagte sie, »ich glaube nicht, dass ich dich jetzt sehen möchte.«

»Ich habe Wellington nicht getötet«, erwiderte ich.

»Was machst du hier?«, fragte sie.

»Ich bin hergekommen, um Ihnen zu sagen, dass ich Wellington nicht getötet habe. Und außerdem will ich herausfinden, wer ihn umgebracht hat.«

Von ihrer Zigarette fiel etwas Asche auf den Flurboden, aber da es nur Asche war, gab es kein Brandloch.

»Wissen Sie, wer Wellington getötet hat?«, fragte ich.

Aber sie antwortete nicht auf meine Frage. Sie sagte nur: »Tschüss, Christopher«, und machte die Tür zu.

Ich wusste genau, dass sie mich beobachtete und darauf wartete, dass ich endlich ging, denn ich sah sie hinter der Milchglasscheibe der Haustür im Flur stehen. Ich ging daher den Weg zurück aus dem Garten. Als ich mich umdrehte, sah ich, dass sie nicht mehr im Flur stand. Nachdem ich mich vergewissert hatte, dass mich auch sonst niemand beobachtete, kletterte ich über die Mauer und ging seitlich am Haus vorbei nach hinten in den Garten zu dem Schuppen, in dem sie alle ihre Gartengeräte aufbewahrte.

Der Schuppen war mit einem Vorhängeschloss versehen, und da ich nicht hineinkam, trat ich ans Seitenfenster. Ich hatte großes Glück. Denn als ich durchs Fenster schaute, entdeckte ich eine Mistgabel, die aufs Haar der glich, die in Wellington gesteckt hatte. Sie lag auf der Bank am Fenster. Sie musste gereinigt worden sein, denn an den Zinken war kein Blut mehr. Ich sah noch andere Gartengeräte, einen Spaten, einen Rechen und eine dieser langen Scheren, mit denen man Zweige abschneidet, die sich weit oben befinden. Und alle Geräte hatten die gleichen grünen Plastikgriffe wie die Mistgabel. Das bedeutete, dass die Mistgabel Mrs. Shears gehörte. Vielleicht war es aber auch eine *Falsche Fährte*, das heißt, eine Spur, die einen zu falschen Schlussfolgerungen führt, oder etwas, das wie eine Spur aussieht, in Wahrheit aber keine ist.

Ich überlegte, ob vielleicht Mrs. Shears selbst Wellington getötet hatte. Aber wenn sie das getan hat, warum war sie dann aus dem Haus gestürzt und hatte geschrien: »Was zum Teufel hast du mit meinem Hund gemacht?«

Mrs. Shears hatte Wellington also wahrscheinlich nicht umgebracht. Aber wer immer es gewesen ist: Wellington war mit der Mistgabel von Mrs. Shears getötet worden. Und der Schuppen hatte ein Schloss. Das hieß, es war jemand gewesen, der einen Schlüssel zu ihrem Schuppen besaß, es sei denn, der Schuppen war nicht abgeschlossen gewesen oder Mrs. Shears hatte ihre Mistgabel im Garten herumliegen lassen.

Ich hörte ein Geräusch, und als ich mich umdrehte, stand Mrs. Shears auf dem Rasen und sah mich an.

»Ich wollte nur nachsehen, ob die Mistgabel im Schuppen ist«, sagte ich.

»Wenn du nicht sofort verschwindest, werde ich wieder die Polizei rufen.«

Ich ging also nach Hause.

Dort begrüßte ich Vater, ging nach oben, um Toby (meine Ratte) zu füttern, und war zufrieden, weil ich ein Detektiv war, der richtige Ermittlungen anstellte.

# 61

Mrs. Forbes in der Schule sagte, Mutter sei nach ihrem Tod in den Himmel gekommen. Mrs. Forbes ist nämlich sehr alt und glaubt an den Himmel. Sie trägt Trainingshosen, weil sie die bequemer findet als normale Hosen. Und ihr eines Bein ist ein ganz kleines bisschen kürzer als das andere, weil sie mal einen Motorradunfall hatte.

Aber als Mutter starb, ist sie nicht in den Himmel gekommen, weil der Himmel nämlich gar nicht existiert.

Der Mann von Mrs. Peters ist Pfarrer. Man nennt ihn Reverend Peters, und er kommt manchmal in die Schule, um mit uns zu reden. Als ich ihn fragte, wo denn der Himmel sei, meinte er: »Das Himmelreich befindet sich nicht in unserem Universum. Es ist ein völlig anderer Ort.«

Wenn er nachdenkt, macht Reverend Peters manchmal ein komisches Geräusch mit der Zunge, das wie ein Ticken klingt. Außerdem raucht er, und sein Atem stinkt nach Zigaretten, was ich nicht gut finde.

Ich sagte, außerhalb des Universums gebe es überhaupt nichts, folglich auch keinen völlig anderen Ort. Es sei denn, man flöge durch ein schwarzes Loch, aber ein schwarzes Loch ist eine so genannte Singularität, das heißt, man kann unmöglich herauskriegen, was sich auf der anderen Seite befindet, weil die Schwerkraft eines schwarzen Lochs so beträchtlich ist, dass selbst elektromagnetische Wellen wie das Licht nicht mehr hinausgelangen, und durch elektromagnetische Wellen erhalten wir Informationen über weit entfernte Dinge. Wenn sich das Himmelreich auf der anderen Seite eines schwarzen Lochs befindet, müsste man die Toten mit Raketen ins Weltall schießen, was aber nicht geschieht, sonst würde man es ja merken.

Ich denke mal, die Menschen glauben an den Himmel, weil ihnen die Vorstellung zu sterben nicht gefällt und weil sie weiterleben möchten und sich nicht gern ausmalen, wie andere Leute in ihr Haus einziehen und ihre Habe in den Müll werfen.

Reverend Peters sagte: »Nun, wenn ich sage, dass der Himmel außerhalb des Universums liegt, dann ist das nur so eine Redensart. In Wirklichkeit bedeutet es wohl einfach, dass sie bei Gott sind.«

»Aber wo ist Gott?«, erwiderte ich.

Und Reverend Peters sagte, darüber wolle er mit mir ein anderes Mal reden, wenn er mehr Zeit hätte.

Wenn man stirbt, passiert Folgendes: Das Gehirn arbeitet nicht mehr, und der Körper verwest, so wie Rabbit, als er starb und wir ihn in der Erde am Ende des Gartens begruben. Alle seine Moleküle lösten sich in andere Moleküle auf, gingen in die Erde über und wurden von den Würmern gefressen und gingen in die Pflanzen über, und wenn wir in 10 Jahren an derselben Stelle graben, wird nichts mehr übrig sein als sein Skelett. Und in tausend Jahren wird sogar sein Skelett verschwunden sein. Aber das ist in Ordnung, weil er jetzt Teil der Blumen und des Apfelbaums und des Weißdornbuschs ist.

Wenn Menschen sterben, legt man sie manchmal in einen Sarg, so dass sie sich lange Zeit nicht mit der Erde vermischen, erst wenn der Sarg verrottet.

Mutter hingegen wurde eingeäschert. Das heißt, dass sie in einen Sarg gelegt, verbrannt und in Asche und Rauch verwandelt wurde. Ich weiß nicht, was mit der Asche passiert ist, und konnte mich im Krematorium nicht danach erkundigen, weil ich nicht zur Beerdigung gegangen bin. Aber der Rauch steigt aus dem Schornstein in die Luft, und manchmal schaue ich in den Himmel hinauf und denke, dass da oben oder in den Wolken über Afrika oder der Antarktis Moleküle von Mutter herumfliegen oder dass sie als Regen über den Regenwäldern Brasiliens niedergehen, oder irgendwo als Schnee.

# 67

Am nächsten Tag war Samstag, und samstags gibt es nicht viel zu tun, es sei denn, Vater unternimmt mit mir einen Ausflug zum Rudersee oder ins Gartencenter. Aber an diesem Samstag fand ein Fußballmatch zwischen England und Rumänien statt, und wir machten keinen Ausflug, weil Vater sich das Spiel im Fernsehen anschauen wollte. Also beschloss ich, auf eigene Faust ein paar Ermittlungen anzustellen.

Ich wollte noch ein paar andere Leute in unserer Straße befragen, ob sie gesehen hatten, wie Wellington umgebracht wurde, oder ob ihnen am Donnerstagabend irgendetwas Merkwürdiges in der Straße aufgefallen sei.

Normalerweise rede ich nicht mit Fremden. Nicht, weil es gefährlich wäre, wie es dauernd in der Schule heißt. Die Lehrer sagen, wenn dir ein fremder Mann Süßigkeiten anbietet oder dich im Auto mitnimmt, dann nur, weil er Sex mit dir haben will. Nein, davor habe ich keine Angst. Wenn ein fremder Mann versuchen sollte, mich anzufassen, würde ich ihn schlagen. Und ich kann sehr hart zuschlagen. Zum Beispiel habe ich mal Sarah geboxt, weil sie mich an den Haaren zog, und da habe ich sie gleich bewusstlos geschlagen. Sie wurde mit einer Gehirnerschütterung in die Notaufnahme des Krankenhauses gebracht. Außerdem habe ich immer mein Schweizer Armeemesser dabei, und das hat eine Klinge, mit der man einem Mann den Finger abschneiden kann.

Ich mag Fremde deswegen nicht, weil ich Leute, denen ich noch nie zuvor begegnet bin, nicht leiden kann. Sie sind so schwer zu verstehen. Das ist wie in Frankreich, wo wir manchmal die Ferien verbracht haben, als Mutter noch lebte. Ich fand es schrecklich, denn wenn man in einen Laden oder in ein Lokal oder an den Strand ging, konnte man nie verstehen, was die anderen Leute sagten, und das war beängstigend.

Ich brauche lange, um mich an Menschen zu gewöhnen, die ich nicht kenne. Wenn neue Lehrer an die Schule kommen, rede ich erst einmal wochenlang nicht mit ihnen. Ich beobachte sie nur, bis ich weiß, dass sie harmlos sind. Dann stelle ich ihnen persönliche Fragen, zum Beispiel, ob sie Haustiere haben und was ihre Lieblingsfarbe ist oder was sie über die Apollo-Raumfahrtmissionen wissen; ich lasse sie einen Grundriss ihres Hauses zeichnen und frage sie nach ihrem Auto, damit ich sie kennen lerne. Nach einer Zeit macht es mir nichts mehr aus, mit ihnen im selben Zimmer zu sitzen, und dann muss ich sie nicht mehr immerzu beobachten.

Es war also mutig von mir, mit den anderen Leuten unserer Straße zu reden. Aber als Detektiv muss man tapfer sein, deshalb blieb mir gar nichts anderes übrig.

Als Erstes fertigte ich einen Plan von unserem Teil der Straße an, die Randolph Street heißt:

Dann vergewisserte ich mich, dass ich mein Schweizer Armeemesser eingesteckt hatte, zog los und klopfte an die Tür von Nummer 40. Es liegt genau gegenüber von Mrs. Shears' Haus, das heißt, dass die Bewohner etwas gesehen haben müssen. Die Leute, die in Nummer 40 wohnen, heißen Thompson.

Mr. Thompson erschien an der Haustür. Er trug ein T-Shirt

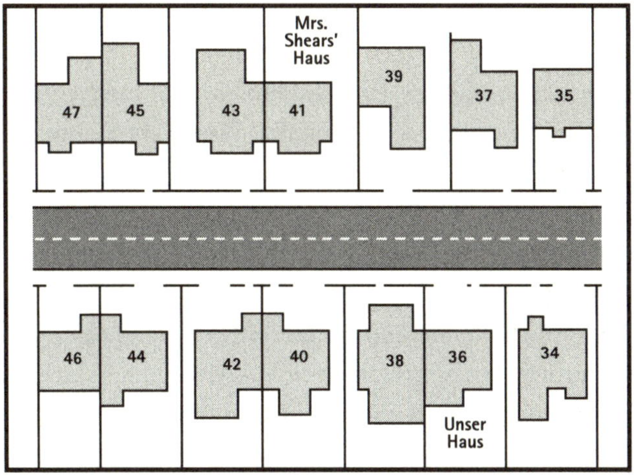


mit der Aufschrift: **Bier hilft hässlichen Leuten seit 2000 Jahren, Sex zu haben.**

»Kann ich dir helfen?«, fragte Mr. Thompson.

»Wissen Sie, wer Wellington ermordet hat?«

Ich sehe Leuten nicht gern ins Gesicht, vor allem dann nicht, wenn es sich um Fremde handelt. Daher sah ich Mr. Thompson nicht an. Ein paar Sekunden lang sagte er nichts.

Dann fragte er: »Wer bist du?«

»Ich bin Christopher Boone aus Nummer 36, und ich kenne Sie. Sie sind Mr. Thompson.«

»Ich bin Mr. Thompsons Bruder«, sagte er.

»Wissen Sie, wer Wellington ermordet hat?«, fragte ich.

»Wer zum Teufel ist Wellington?«

»Mrs. Shears' Hund. Mrs. Shears wohnt in Nummer 41.«

»Ihr Hund ist umgebracht worden?«

»Mit einer Gabel.«

»Mein Gott!«

»Mit einer Mistgabel«, sagte ich für den Fall, dass er vielleicht an eine dieser Gabeln dachte, mit denen man isst. Dann fragte ich: »Wissen Sie, wer ihn getötet hat?«

»Ich habe keinen blassen Schimmer«, antwortete er.

»Haben Sie am Donnerstagabend etwas Verdächtiges bemerkt?«

»Hör mal, Bürschchen, findest du es wirklich angebracht, hier herumzulaufen und den Leuten solche Fragen zu stellen?«

»Ja, weil ich herausfinden möchte, wer Wellington getötet hat, und weil ich ein Buch darüber schreibe.«

»Na ja, ich war Donnerstag in Colchester, da fragst du den Falschen.«

Ich sagte »Danke« und ging.

In Nummer 42 machte keiner auf.

Die Leute in Nummer 44 kannte ich vom Sehen, aber wie sie heißen, wusste ich nicht. Es waren Farbige, ein Mann und eine Frau, ein Junge und ein Mädchen. Die Frau öffnete. Ihre Stiefel sahen wie Armeestiefel aus, und an ihrem Handgelenk klimperten 5 Armbänder aus silbrigem Metall. »Du bist Christopher, stimmt's?«

Ich sagte *ja* und fragte, ob sie wisse, wer Wellington umgebracht habe. Da sie den Hund kannte und auch schon wusste, dass man ihn umgebracht hatte, konnte ich mir weitere Erklärungen sparen.

Ich wollte wissen, ob ihr am Donnerstagabend etwas Verdächtiges aufgefallen sei, das mir einen Hinweis auf Täter geben könnte.

»Was zum Beispiel?«

»Zum Beispiel Fremde. Oder ein Streit«, sagte ich.

Aber sie sagte *nein.*

Ich versuchte es andersherum und fragte, ob sie jemanden kenne, der Mrs. Shears traurig machen wolle.

Und sie sagte: »Vielleicht solltest du das mal deinen Vater fragen.«

Ich erklärte ihr, dass ich meinen Vater nicht fragen könne, weil die Ermittlungen ein Geheimnis bleiben müssten und er mir verboten habe, mich in anderer Leute Angelegenheiten zu mischen.

»Vielleicht hat er da gar nicht so Unrecht, Christopher«, meinte sie.

»Ihnen ist also nichts Besonderes aufgefallen«, stellte ich fest.

»Nein«, antwortete sie und fügte hinzu: »Sei vorsichtig, junger Mann.«

Ich versprach ihr, mich in Acht zu nehmen, dankte ihr, dass sie mir bei meinen Fragen geholfen hatte, und ging zu Nummer 43 hinüber, das direkt neben dem Haus von Mrs. Shears liegt.

In Nummer 43 leben Mr. Wise und Mr. Wises Mutter, die im Rollstuhl sitzt. Er wohnt bei ihr, damit er sie zum Einkaufen und spazieren fahren kann.

Mr. Wise kam an die Tür. Er roch nach Schweiß, alten Keksen und ranzigem Popcorn, wie man eben riecht, wenn man sich sehr lange nicht gewaschen hat. Jason in der Schule riecht auch so, weil seine Familie arm ist.

Ich fragte Mr. Wise, ob er wisse, wer Wellington am Donnerstagabend ermordet habe.

»Meine Fresse«, rief er, »die Polizisten werden auch immer jünger, was?«

Dann lachte er. Ich mag es nicht, wenn Leute über mich lachen. Darum drehte ich mich um und ging.

An die Tür von Nummer 38, dem Haus neben uns, klopfte ich nicht, weil die Leute dort Drogen nehmen und Vater sagt, mit denen solle ich nicht reden. Nachts spielen sie laute

Musik, und manchmal jagen sie mir richtig Angst ein, wenn ich ihnen auf der Straße begegne. Und eigentlich ist es auch gar nicht ihr Haus.

Dann bemerkte ich, dass die alte Dame aus Nummer 39, auf der anderen Seite von Mrs. Shears' Haus, in ihrem Vordergarten stand und mit einer elektrischen Heckenschere ihre Buchsbaumhecke stutzte. Die alte Frau heißt Mrs. Alexander und hat einen Hund. Einen Dackel. Da sie Hunde mochte, war sie vermutlich ein guter Mensch. Aber der Dackel war gerade nicht bei ihr im Garten. Er war im Haus.

Mrs. Alexander trug Jeans und Trainingsschuhe, was man sonst bei alten Leuten ja nicht sieht. An den Jeans klebte Dreck. Und die Trainingsschuhe waren New Balance-Schuhe mit roten Schnürsenkeln.

Ich ging auf Mrs. Alexander zu und fragte, ob sie etwas über den Mord an Wellington wisse.

Sie schaltete ihre elektrische Heckenschere aus und sagte: »Du musst das leider noch mal wiederholen. Ich bin ein bisschen schwerhörig.«

»Wissen Sie etwas über den Mord an Wellington?«

»Ich habe gestern davon gehört«, antwortete sie. »Furchtbar. Ganz furchtbar.«

»Wissen Sie, wer ihn umgebracht hat?«, fragte ich.

Und sie antwortete: »Nein, ich habe keine Ahnung.«

»Irgendjemand muss es doch wissen«, fuhr ich fort, »denn die Person, die Wellington getötet hat, weiß doch, dass sie es getan hat. Es sei denn, sie war verrückt und wusste nicht, was sie tat. Oder sie leidet an Amnesie.«

»Da hast du wohl Recht«, erwiderte sie.

»Danke, dass Sie mir bei meinen Ermittlungen helfen«, sagte ich.

»Du bist Christopher, nicht wahr?«

»Ja. Ich wohne in Nr. 36.«

»Wir haben noch nie miteinander gesprochen, oder?«

»Nein«, antwortete ich. »Ich spreche nicht gern mit Fremden. Aber jetzt führe ich Ermittlungen durch.«

»Ich sehe dich jeden Tag«, sagte sie, »wenn du zur Schule gehst.«

Darauf erwiderte ich nichts.

»Es ist sehr nett von dir«, meinte sie, »dass du vorbeikommst, um mir guten Tag zu sagen.«

Auch darauf erwiderte ich nichts, denn Mrs. Alexander fing an zu plaudern. So nennt man das, wenn die Leute einander Sätze sagen, die keine Fragen und Antworten sind und keinen Zusammenhang ergeben.

»Selbst wenn es nur deshalb ist, weil du Ermittlungen anstellst«, sagte sie schließlich.

Und ich sagte noch einmal: »Danke.«

Gerade als ich mich umdrehen und weggehen wollte, bemerkte sie: »Ich habe einen Enkel in deinem Alter.«

Jetzt versuchte ich auch ein wenig zu plaudern und sagte: »Ich bin 15 Jahre und 3 Monate und 4 Tage alt.«

Und sie erwiderte: »Na ja, fast in deinem Alter.«

Dann schwiegen wir eine Weile, bis sie fortfuhr: »Du hast keinen Hund, nicht wahr?«

Und ich antwortete: »Nein.«

»Du hättest wahrscheinlich gern einen Hund«, sagte sie.

»Ich habe eine Ratte.«

»Eine Ratte?«, fragte sie.

»Sie heißt Toby«, erwiderte ich.

»Oh«, sagte sie.

»Die meisten Leute mögen keine Ratten«, erklärte ich, »weil sie glauben, die würden Seuchen verbreiten, zum Beispiel die Beulenpest. Aber das kam nur daher, weil sie in Abwasserkanälen lebten und sich auf Schiffe schmuggelten, die aus fremden Ländern kamen, wo es nun mal sonderbare Krankheiten gab. Aber eigentlich sind Ratten sehr sauber. Toby putzt sich die ganze Zeit. Und man muss ihn nicht Gassi führen. Ich lasse ihn einfach in meinem Zimmer herumlaufen, damit er ein bisschen in Übung bleibt. Manchmal setzt er sich auf meine Schulter oder versteckt sich in meinem Ärmel wie in einer Höhle. Aber in der Natur leben Ratten nicht in Höhlen.«

Mrs. Alexander fragte: »Möchtest du zum Tee hereinkommen?«

»Ich gehe nicht in fremde Häuser«, erwiderte ich.

»Na ja, vielleicht könnte ich dir ja etwas herausbringen«, meinte sie. »Trinkst du gern Limonade?«

»Nein, nur Orangensaft.«

»Hab ich glücklicherweise ebenfalls im Haus«, sagte sie. »Und wie wär's mit einem Stück Battenburg?«

»Kann ich nicht sagen, weil ich nicht weiß, was Battenburg ist.«

»Das ist ein schottischer Kuchen, der früher für einen deutschen König hergestellt wurde«, erklärte sie. »Er hat vier rosarote und gelbe Quadrate in der Mitte und einen Rand aus Marzipan.«

»Ist es ein langer Kuchen mit einem quadratischen Querschnitt, der in gleich große Quadrate mit verschiedenen Farben unterteilt ist?«

»Ja«, erwiderte sie, »ich glaube, so könnte man ihn beschreiben.«

»Die rosa Quadrate würden mir vermutlich schmecken, aber die gelben Quadrate nicht, weil ich gelb nicht mag. Und Marzipan kenne ich nicht, deshalb kann ich nicht sagen, ob es mir schmecken würde.«

»Ich fürchte, der Marzipanrand ist ebenfalls gelb«, sagte sie. »Vielleicht sollte ich dir lieber ein paar Kekse herausbringen. Magst du Kekse?«

»Ja«, erwiderte ich. »Manche Kekssorten.«

»Ich hol dir einfach mal eine Auswahl«, sagte sie.

Und dann drehte sie sich um und ging ins Haus. Sie bewegte sich sehr langsam, weil sie eine alte Dame ist, und blieb mehr als 6 Minuten im Haus. Ich wurde langsam nervös, weil ich nicht wusste, was sie im Haus tat. Ich kannte sie noch nicht so gut und hatte keine Ahnung, ob es auch wirklich stimmte, dass sie mir Orangensaft und Battenburgkuchen herausbringen würde. Vielleicht rief sie stattdessen die Polizei, und dann bekäme ich wegen der Verwarnung große Schwierigkeiten.

Daher lief ich weg.

Während ich die Straße überquerte, kam mir plötzlich eine Idee, wer Wellington getötet haben konnte. Ich dachte mir so eine Art Kette von Vermutungen und Schlussfolgerungen aus, die wie folgt aussah:

1. Warum könnte jemand einen Hund umbringen wollen?
   a) Weil man den Hund hasst.
   b) Weil man verrückt ist.
   c) Weil man Mrs. Shears ärgern möchte.
2. Mir war niemand bekannt, der Wellington hasste, und deshalb handelte es sich, falls a) zutraf, vermutlich um einen Fremden.
3. Ich kannte keinen Verrückten, und deshalb handelte es sich, falls b) zutraf, vermutlich ebenfalls um einen Fremden.
4. Bei den meisten Morden ist es so, dass das Opfer den Täter kennt. Tatsächlich wird man am allerwahr-

scheinlichsten am Weihnachtstag von einem Mitglied der eigenen Familie ermordet. Das ist nun einmal eine Tatsache. Auch Wellington wurde wahrscheinlich von jemandem getötet, den er kannte.

5. Falls c) zutraf, war mir nur eine Person bekannt, die Mrs. Shears nicht leiden konnte, und das war Mr. Shears. Und den kannte Wellington sehr gut.

Das bedeutete, dass Mr. Shears mein Hauptverdächtiger war.

Er war früher mit Mrs. Shears verheiratet gewesen. Bis vor zwei Jahren hatten die beiden zusammengelebt. Dann war Mr. Shears weggegangen und nicht mehr zurückgekehrt. Deshalb kam Mrs. Shears nach Mutters Tod oft zu uns herüber und kochte für uns, weil sie ja nicht mehr für Mr. Shears kochen und zu Hause bleiben und seine Frau sein musste. Außerdem brauchte sie Gesellschaft, sagte Vater, und wollte nicht ständig allein sein.

Manchmal blieb Mrs. Shears auch über Nacht, und das gefiel mir, weil sie dann überall aufräumte und Töpfe und Pfannen und Dosen der Größe nach auf den Küchenregalen ordnete und immer darauf achtete, dass die Etiketten der Dosen nach vorn zeigten und dass Messer, Gabeln und Löffel in der Besteckschublade in den richtigen Fächern lagen. Allerdings rauchte sie Zigaretten und sagte oft Sachen, die ich nicht verstand, zum Beispiel: »Ich hau mich in die Falle.« Oder: »Es schifft wie aus Kübeln.« Und: »Wir sollten uns was zwischen die Kiemen schieben.« Es gefiel mir nicht, wenn sie solche Sachen sagte, weil ich dann nie wusste, was sie eigentlich meinte.

Und ich weiß auch nicht, warum Mr. Shears seine Frau verlassen hat, denn niemand hat es mir erklärt. Man heiratet doch, weil man zusammenleben und Kinder haben möchte, und wenn man in der Kirche heiratet, muss man versprechen, dass man beim anderen bleibt, bis dass der Tod uns scheidet. Und wenn man nicht mehr zusammenleben will, muss man sich scheiden lassen, und das passiert, wenn einer von beiden Sex mit jemand anderem hatte, oder weil man sich streitet und sich hasst und nicht mehr im gleichen Haus leben und keine Kinder miteinander haben will. Und Mr. Shears wollte nicht mehr im gleichen Haus wie Mrs. Shears wohnen, also hasste er sie vermutlich und war vielleicht zurückgekommen, um ihren Hund zu töten und sie traurig zu machen.

Ich musste versuchen, mehr über Mr. Shears herauszufinden.

# 71

Die anderen Kinder auf meiner Schule sind alle dumm. Allerdings darf ich das nicht sagen, auch wenn es stimmt. Ich soll sagen, sie hätten Lernschwierigkeiten oder seien aufgrund besonderer Bedürfnisse förderungsbedürftig. Aber das ist Blödsinn. Jeder Mensch hat Lernschwierigkeiten, weil es nun mal schwierig ist, Französisch zu lernen oder die Relativitätstheorie zu verstehen, und jeder Mensch hat besondere Bedürfnisse, wie etwa Vater, der immer ein kleines Päckchen Süßstofftabletten für den Kaffee bei sich hat, damit er nicht zunimmt, oder Mrs. Peters, die ein beigefarbenes Hörgerät braucht, oder Siobhan, die eine Brille mit so dicken Gläsern trägt, dass man Kopfweh kriegt, wenn man sie sich mal ausleiht, und keiner dieser Menschen ist förderungs- oder sonst wie bedürftig.

Aber Siobhan hat gesagt, wir müssten diese Worte benutzen, weil man Kinder wie die aus unserer Schule früher mal »Spasti« oder »Krüppel« oder »Mongo« genannt habe, und das seien hässliche Wörter. Aber auch das ist dumm, denn manchmal sehen uns die Kinder von der Schule am Ende der Straße, wenn wir aus dem Bus steigen, und dann schreien sie: »Hey, da kommen die besonders Bedürftigen!« Ich achte da nicht weiter drauf, denn ich höre nicht auf das, was andere Leute sagen, es ist mir völlig egal. Ich hab immer mein Schweizer Armeemesser dabei, für den Fall, dass sie mich verprügeln wollen, und wenn ich sie umbringe, wird das als Selbstverteidigung gelten und ich komme nicht ins Gefängnis.

Ich werde beweisen, dass ich nicht dumm bin. Nächsten Monat werde ich die Abitursprüfung in Mathe ablegen und dafür eine Eins bekommen. An unserer Schule hat noch niemand Abitur gemacht, und die Direktorin, Mrs. Gascoyne, wollte es anfangs auch gar nicht erlauben. Sie sagte, hier an der Schule fehlten dafür einfach die Möglichkeiten. Aber dann hatte Vater Streit mit Mrs. Gascoyne und wurde richtig sauer. Mrs. Gascoyne sagte, ich sollte nicht anders behandelt werden als die anderen, weil sonst nämlich ein so genannter *Präzedenzfall* geschaffen würde und dann jeder eine Extrawurst wolle. Mein Abitur könne ich doch immer noch später machen, mit 18.

Ich habe mit Vater in Mrs. Gascoynes Büro gesessen, als sie das gesagt hat. Und Vater hat gemeint: »Finden Sie nicht, dass Christopher schon genügend Scheiße am Hals hat, ohne dass Sie auch noch von oben auf ihn runterkacken? Mein Gott, das ist das Einzige, was er wirklich gut kann!«

Mrs. Gascoyne schlug vor, Vater und sie sollten darüber mal zu einem späteren Zeitpunkt unter vier Augen reden. Da fragte Vater, ob sie denn Dinge aussprechen wolle, die ihr vor mir peinlich wären, und als sie verneinte, befahl er: »Dann sagen Sie es jetzt.«

Und sie sagte, für die Abitursprüfung müsste ein Lehrer in einem separaten Raum extra auf mich aufpassen. Und Dad erwiderte, er werde 50 £ zahlen, damit das nach der normalen Schulzeit stattfinden könne, und ein Nein als Antwort werde er nicht akzeptieren. Und sie sagte, sie würde mal darüber nachdenken. Und eine Woche später rief sie Vater daheim an und sagte, ich dürfe die Prüfung ablegen und Reverend Peters wäre die so genannte Aufsichtsperson.

Wenn ich das Mathe-Abitur bestanden habe, mache ich

das Abitur in höherer Mathematik und Physik, und dann kann ich auf die Universität gehen. In unserem Ort, Swindon, gibt es keine Universität, weil es eine Kleinstadt ist. Deshalb werden wir in eine andere Stadt umziehen müssen, wo es eine Universität gibt, denn ich will nicht allein leben oder in einem Haus mit anderen Studenten. Aber das ist okay, denn auch Vater will in eine andere Stadt umziehen. Manchmal sagt er Dinge wie: »Wir müssen weg von hier, mein Junge.« Oder auch: »Swindon ist der Arsch der Welt.«

Und wenn ich dann einen Abschluss in Mathe oder Physik habe oder in Mathe und Physik, werde ich auch einen Job finden und viel Geld verdienen. Dann kann ich jemanden bezahlen, der sich um mich kümmert, der für mich kocht und wäscht. Oder ich finde eine Frau, die mich heiratet, und dann kann sie sich um mich kümmern, damit ich Gesellschaft habe und nicht allein bin.

# 73

Früher dachte ich, Vater und Mutter würden sich vielleicht scheiden lassen. Ich dachte das, weil sie häufig Streit hatten und sich manchmal geradezu hassten. Das kam von dem Stress, sich um jemanden wie mich kümmern zu müssen, der Verhaltensprobleme hat. Früher hatte ich eine Menge Verhaltensprobleme, aber jetzt sind es nicht mehr so viele, weil ich erwachsener bin und selber Entscheidungen treffen und auch mal etwas allein unternehmen kann, wie zum Beispiel das Haus verlassen und in dem Laden am Ende der Straße einkaufen.

Einige meiner Verhaltensprobleme sind:

A. Dass ich manchmal lange Zeit mit niemandem rede. [4]
B. Dass ich lange Zeit weder esse noch trinke. [5]
C. Dass ich es nicht mag, wenn man mich anfasst.
D. Dass ich schreie, wenn mich etwas wütend macht oder verwirrt.
E. Dass ich nicht gern auf engem Raum mit anderen Leuten zusammen bin.
F. Dass ich Sachen kaputtschlage, wenn mich etwas wütend macht oder verwirrt.
G. Dass ich stöhne.
H. Dass ich gelbe oder braune Dinge nicht mag und mich weigere, gelbe oder braune Dinge anzufassen.
I. Dass ich mich weigere, meine Zahnbürste zu benutzen, wenn irgendjemand sie angefasst hat.

J. Dass ich nichts von meinem Teller esse, wenn sich verschiedene Arten von Speisen darauf berühren.
K. Dass ich nicht merke, wenn sich jemand über mich ärgert.
L. Dass ich nicht lächle.
M. Dass ich Dinge sage, die andere Leute für unverschämt halten. [6]
N. Dass ich Dummheiten mache. [7]
O. Dass ich andere Menschen schlage.
P. Dass ich Frankreich hasse.
Q. Dass ich Mutters Wagen fahre. [8]
R. Dass es mich verstimmt, wenn jemand die Möbel verrückt hat. [9]

Manchmal wurden Mutter und Vater über diese Dinge richtig wütend, und sie schrien mich an oder schrien einander an. In solchen Fällen sagte Vater: »Christopher, wenn du dich nicht augenblicklich anständig benimmst, prügle ich

4 Einmal habe ich 5 Wochen lang mit niemandem geredet.

5 Als ich 6 Jahre alt war, bekam ich von Mutter aus einem Messbecher immer einen Vitamindrink mit Erdbeergeschmack, und wir haben Wettkämpfe veranstaltet, um zu sehen, wie schnell ich einen Viertelliter trinken konnte.

6 Die Leute behaupten immer, man solle die Wahrheit sagen. Aber so meinen sie das gar nicht, denn man darf alten Leuten nicht sagen, dass sie alt sind, und es ist auch nicht erlaubt, Menschen zu sagen, dass sie komisch riechen, oder einem Erwachsenen zu sagen, dass er gerade gefurzt hat. Auch darf man einer Person nicht sagen, dass man sie nicht mag, außer sie hat einem etwas Schreckliches angetan.

7 Dummheiten sehen zum Beispiel so aus, dass ich ein Glas Erdnussbutter auf den Küchentisch löffle und es dann bis zu den Tischecken mit dem Messer glattstreiche oder dass ich alles Mögliche auf dem Gasherd verbrenne, um zu sehen was passiert, zum Beispiel meine Schuhe oder Alufolie oder Zucker.

dich windelweich!« Oder Mutter sagte: »Mein Gott, Christopher, ich frage mich ernstlich, ob wir dich nicht in ein Heim stecken sollen.« Oder sie rief: »Du bringst mich noch ins Grab!«

8 Ich hab mir nur ein einziges Mal ihre Wagenschlüssel geliehen, als sie mit dem Bus in die Stadt fuhr, und hatte bis dahin noch nie am Steuer gesessen. Und da ich erst 8 Jahre und 5 Monate alt war, fuhr ich gegen die Mauer, und jetzt gibt es den Wagen nicht mehr, weil Mutter tot ist.

9 Die Stühle und den Tisch in der Küche zu verrücken ist erlaubt, weil das etwas anderes ist, aber es macht mich ganz krank, wenn irgendjemand das Sofa und die Sessel im Wohnzimmer oder im Esszimmer verschiebt. Mutter hat das immer beim Staubsaugen gemacht, deshalb habe ich einen speziellen Plan angefertigt und alles genau ausgemessen und die Möbel später wieder an ihren richtigen Platz gestellt, und danach ging es mir besser. Aber Mutter ist tot, und Vater saugt nie Staub, und deshalb ist alles okay. Einmal hat Mrs. Shears staubgesaugt, aber da habe ich losgebrüllt und sie hat Vater angeschrien und es seitdem nie mehr getan.

# 79

Als ich nach Hause kam, saß Vater in seinem Holzfällerhemd am Küchentisch. Er hatte mir bereits ein Abendessen gemacht. Zu essen gab es gebackene Bohnen und Brokkoli und zwei Scheiben Schinken, und alles lag so auf dem Teller, dass es sich nicht berührte.

»Wo bist du gewesen?«, fragte er.

Und ich antwortete: »Ich bin weg gewesen.« So etwas nennt man eine Notlüge. Eine Notlüge ist gar keine richtige Lüge. Man sagt die Wahrheit, nur nicht die ganze Wahrheit. Und das heißt eigentlich, dass es sich bei allem, was man sagt, um Notlügen handelt, denn wenn du zum Beispiel gefragt wirst: »Was möchtest du heute machen?«, dann antwortest du: »Ich möchte gern bei Mrs. Peters malen«, aber du sagst nicht: »Ich möchte zu Mittag essen, und ich möchte aufs Klo, und ich möchte nach der Schule nach Hause und mit Toby spielen, und ich möchte zu Abend essen, ein Computerspiel machen und mich dann schlafen legen.«

Ich griff zu einer Notlüge, weil Vater ja nicht wollte, dass ich Detektiv spielte.

»Mich hat gerade Mrs. Shears angerufen«, sagte Vater.

Ich begann die gebackenen Bohnen, den Brokkoli und die zwei Scheiben Schinken zu essen.

Plötzlich fragte Vater: »Was zum Teufel hattest du in ihrem Garten herumzuschnüffeln?«

»Ich habe wie ein Detektiv ermittelt um herauszufinden, wer Wellington umgebracht hat.«

»Wie oft muss ich es dir denn noch sagen, Christopher?«

Die gebackenen Bohnen, Brokkoli und Schinken waren kalt, aber das machte mir nichts aus. Da ich sehr langsam esse, wird fast immer alles kalt.

»Ich hab dir doch gesagt, du sollst deine Nase nicht in fremde Angelegenheiten stecken«, fuhr Vater fort.

»Wahrscheinlich hat Mr. Shears Wellington umgebracht«, sagte ich.

Vater schwieg.

»Er ist mein Hauptverdächtiger«, sagte ich. »Ich glaube nämlich, dass jemand Wellington getötet hat, um Mrs. Shears traurig zu machen. Und meistens ist der Mörder jemand, den das Opfer kennt...«

Vater schlug so hart mit der Faust auf den Tisch, dass die Teller und das Besteck hüpften und mein Schinken seitwärts rutschte, so dass er die Brokkoli berührte und ich keines von beiden mehr essen konnte.

Dann brüllte er: »Den Namen dieses Mannes will ich nicht mehr in meinem Haus hören!«

»Warum denn nicht?«

Und er sagte: »Weil er böse ist.«

»Heißt das, dass er vielleicht Wellington umgebracht hat?«, fragte ich.

Vater legte den Kopf in die Hände und sagte: »Und Jesus weinte.«

Ich merkte, dass er wütend auf mich war, deshalb sagte ich: »Ich weiß, dass du gesagt hast, ich soll mich nicht in fremde Angelegenheiten einmischen, aber Mrs. Shears ist doch eine Freundin von uns.«

»Tja, das ist sie eben nicht mehr.«

»Warum denn nicht?«

»Okay, Christopher. Ich sag's dir jetzt zum allerletzten Mal und werde es nicht noch einmal sagen. Schau mich an, wenn ich mit dir rede, um Himmels willen! Schau mich an. Du wirst Mrs. Shears nicht mehr fragen, wer diesen verdammten Köter umgebracht hat. Du wirst überhaupt niemanden mehr fragen, wer diesen verdammten Köter umgebracht hat. Du wirst von nun an nicht mehr in fremde Gärten eindringen. Ab jetzt ist Schluss mit diesem albernen Detektivspiel!«

Ich schwieg.

»Das musst du mir versprechen, Christopher. Und du weißt, was es heißt, wenn du mir etwas versprechen musst.«

Ich wusste wirklich, was das heißt. Man muss sagen, dass man etwas nie mehr tut, und dann darf man es auch wirklich nie mehr tun, weil aus dem Versprechen sonst eine Lüge wird. »Ja, ich weiß«, antwortete ich.

»Versprich mir, dass du es nicht mehr tun wirst«, sagte Vater. »Versprich mir, dass du sofort mit diesem albernen Spiel aufhörst, okay?«

»Ja, ich verspreche es«, sagte ich.

# 83

Ich glaube, ich wäre ein sehr guter Astronaut.

Ein guter Astronaut muss intelligent sein, und ich bin intelligent. Er muss auch verstehen, wie Maschinen funktionieren, und ich verstehe, wie Maschinen funktionieren. Außerdem muss er es gut finden, ganz allein in einem winzigen Raumschiff Tausende und Abertausende von Meilen über der Erdoberfläche zu schweben, ohne dass er in Panik gerät und von Klaustrophobie, Heimweh oder Wahnsinn gepackt wird. Und ich mag enge Räume, solange außer mir niemand drin ist. Manchmal, wenn ich allein sein möchte, steige ich in den Trockenschrank vor dem Bad, schiebe mich neben den Boiler und ziehe die Tür hinter mir zu. Da sitze ich dann, denke stundenlang nach und werde ganz ruhig.

Ich müsste als Astronaut also allein im Raumschiff sein oder meinen eigenen Bereich haben, den niemand sonst betritt.

Außerdem gibt es in einem Raumschiff nichts Gelbes oder Braunes, das wäre also auch okay.

Ich müsste zwar zu den Leuten von der Bodenstation sprechen, aber das liefe ja über eine Funkschaltung und einen Monitor; und deshalb wäre es gar nicht so, als würde man mit echten Menschen, also mit Fremden, sprechen, sondern als säße man vor einem Computerspiel.

Ich hätte auch keinerlei Heimweh, weil ich ja von vielen Dingen umgeben wäre, die ich mag, von Maschinen und

Computern und vom Weltall. Und ich könnte aus einem kleinen Fenster gucken und wüsste, dass hier über Tausende und Abertausende von Meilen hinweg niemand ist außer mir; und genau das stelle ich mir manchmal nachts im Sommer vor: Ich strecke mich auf dem Rasen aus, schaue zum Himmel hinauf und lege seitlich die Hände ums Gesicht, damit ich den Zaun, den Kamin und die Wäscheleine nicht mehr sehe und so tun kann, als wäre ich im Weltall.

Und ich könnte nichts als die Sterne sehen. Und dort, in den Sternen, wurden vor Billionen von Jahren die Moleküle gebaut, aus denen das Leben besteht. Das viele Eisen zum Beispiel, das in unserem Blut enthalten ist und Anämie verhindert, ist in einem Stern entstanden.

Und am liebsten hätte ich Toby mit im Weltall dabei, und vielleicht wäre das sogar erlaubt, denn Ratten werden ja manchmal zu Experimenten mitgenommen. Wenn mir also ein gutes Experiment einfiele, das der Ratte nicht wehtut, würde man mir vielleicht erlauben, Toby mitzunehmen.

Falls nicht, würde ich trotzdem fliegen, weil damit für mich ein Traum in Erfüllung ginge.

# 89

Am nächsten Tag sagte ich Siobhan in der Schule, dass Vater mir jede weitere Detektivarbeit verboten habe und mit dem Buch deshalb jetzt Schluss sei. Ich zeigte ihr die Seiten, die ich bisher geschrieben hatte, mit dem Diagramm des Universums und der Karte der Straße und den Primzahlen. Und sie sagte, das sei egal. Das Buch sei wirklich gut geworden, und ich könne sehr stolz sein, dass ich überhaupt eines geschrieben hätte, auch wenn es recht dünn sei. Schließlich gebe es eine ganze Reihe sehr guter Bücher, die sehr dünn seien, wie etwa *Das Herz der Finsternis* von Joseph Conrad.

Ich wandte ein, dass es ohne richtigen Schluss kein richtiges Buch sei. Ich hätte ja keine Zeit mehr gehabt, Wellingtons Mörder aufzuspüren, und deshalb befinde er sich immer noch auf freiem Fuß.

Siobhan meinte, so sei es halt im Leben, nicht alle Mordfälle würden gelöst, nicht alle Mörder gefasst. Wie ja zum Beispiel Jack the Ripper nie gefasst wurde.

Ich sagte, mir gefalle die Vorstellung nicht, dass Wellingtons Mörder noch frei herumlaufe, dass er vielleicht ganz in der Nähe wohne und ich ihm begegnen könnte, wenn ich nachts spazieren ginge. Und dies sei durchaus möglich, weil ein Mord meist von jemandem begangen werde, den das Opfer kennt.

»Vater hat gesagt«, erzählte ich ihr, »dass ich Mr. Shears' Namen zu Hause nie mehr erwähnen darf und dass er ein schlechter Mensch ist, und das heißt doch vielleicht, dass er Wellington getötet hat.«

»Vielleicht kann dein Vater Mr. Shears einfach nicht besonders gut leiden«, meinte sie.

»Aber warum nicht?«

»Ich weiß es nicht, Christopher«, antwortete Siobhan. »Wie soll ich es wissen, wo ich doch nichts über Mr. Shears weiß?«

»Mr. Shears war mit Mrs. Shears verheiratet«, erklärte ich, »und er hat sie verlassen, wie bei einer Scheidung. Aber ich weiß nicht, ob sie wirklich geschieden sind.«

Und Siobhan sagte: »Mrs. Shears ist doch eine Freundin von euch. Eine Freundin von dir und deinem Vater. Vielleicht mag dein Vater Mr. Shears nicht, weil er Mrs. Shears verlassen hat. Weil er einer Freundin von euch etwas Schlimmes angetan hat.«

»Aber Vater sagt, Mrs. Shears sei jetzt nicht mehr unsere Freundin«, sagte ich.

»Tut mir Leid, Christopher«, meinte Siobhan, »ich wünschte, ich könnte dir all diese Fragen beantworten, aber ich kann es einfach nicht.«

Dann läutete die Glocke, weil Schulschluss war.

Am nächsten Tag sah ich auf der Fahrt zur Schule 4 gelbe Autos in einer Reihe, was einen **Schwarzen Tag** bedeutete, und deshalb aß ich nichts zu Mittag und saß den ganzen Tag nur in der Ecke und las in meinem Vorbereitungsbuch für das Mathe-Abitur. Am Tag darauf sah ich auf der Fahrt zur Schule 3 gelbe Autos in einer Reihe, also war es wieder ein **Schwarzer Tag**, und ich sprach mit niemandem und saß den ganzen Nachmittag in einer Ecke in der Bücherei und stöhnte vor mich hin, den Kopf in die Wandecke gepresst, und dadurch fühlte ich mich ruhig und sicher. Aber am dritten Tag hielt ich während der ganzen Fahrt zur Schule die Augen geschlossen, bis wir aus dem Bus stiegen, denn wenn ich 2 **Schwarze Tage** hintereinander hatte, ist das erlaubt.

# 97

Aber mit dem Buch war es doch noch nicht zu Ende, denn fünf Tage später sah ich 5 rote Autos in einer Reihe. Da wusste ich schon, dass etwas ganz Besonderes passieren würde. In der Schule passierte nichts Besonderes, also war klar, dass es nach der Schule geschehen musste.

Auf dem Heimweg ging ich rasch noch in den Laden am Ende unserer Straße, um mir von meinem Taschengeld ein paar Lakritzstangen und eine Milchschnitte zu kaufen.

Nachdem ich bezahlt hatte, drehte ich mich um und sah Mrs. Alexander, die alte Dame aus Nummer 39, die ebenfalls im Laden stand. Diesmal hatte sie keine Jeans an. Sie trug ein Kleid, wie eine ganz normale alte Frau. Und sie roch, als käme sie gerade vom Kochen.

»Was ist denn neulich mit dir los gewesen?«, fragte sie.

»Wann genau?«, fragte ich.

»Als ich wieder an die Haustür kam«, sagte sie, »warst du schon verschwunden. Ich musste meine Kekse allein aufessen.«

»Ich bin weggegangen.«

»Ja, das hatte ich mir fast gedacht«, meinte sie.

»Ich hatte Angst, dass Sie vielleicht die Polizei rufen«, sagte ich.

»Aber wieso um alles in der Welt hätte ich das tun sollen?«

»Weil ich meine Nase in fremder Leute Angelegenheiten gesteckt habe«, antwortete ich, »und weil Vater mir verboten hat, Ermittlungen über den Mord an Wellington anzustellen. Und ein Polizist hat mich verwarnt, und wenn ich noch einmal Ärger kriegen sollte, würde es wegen der Verwarnung noch viel schlimmer.«

Jetzt wandte die Inderin hinter der Ladentheke sich an Mrs. Alexander: »Was kann ich für Sie tun?« Mrs. Alexander sagte, sie hätte gern einen halben Liter Milch und eine Schachtel Jaffa-Kekse, und ich verließ den Laden.

Draußen auf dem Gehweg bemerkte ich den Dackel. Er trug ein Mäntelchen aus Schottenplaid. Mrs. Alexander hatte seine Leine an das Abflussrohr neben der Tür gebunden. Ich mag Hunde ja, daher bückte ich mich und begrüßte den Dackel, der mir die Hand leckte. Seine Zunge war rau und nass; offenbar mochte er den Geruch meiner Hosen, denn er schnüffelte gleich dran herum.

Mrs. Alexander trat heraus und sagte: »Er heißt Ivor.«

Ich schwieg.

»Du bist sehr schüchtern, Christopher, nicht wahr?«

»Ich darf nicht mit Ihnen reden«, antwortete ich.

»Keine Sorge«, meinte sie. »Ich werde es weder der Polizei noch deinem Vater melden; es ist doch nichts dabei, ein Schwätzchen zu halten. Wenn man plaudert, ist man doch einfach nur nett zueinander.«

»Ich darf nicht plaudern«, sagte ich.

Da fragte sie: »Hast du was für Computer übrig?«

»Ja. Computer finde ich gut. Daheim in meinem Zimmer habe ich einen.«

»Ich weiß«, sagte sie. »Manchmal sehe ich dich am Computer sitzen, wenn ich zu euch hinüberschaue.«

Sie band Ivors Leine vom Abflussrohr los.

Ich hielt den Mund, weil ich nicht in Schwierigkeiten kommen durfte.

Aber dann dachte ich, dass an einem **Superguten Tag** ja immer etwas Besonderes passiert, und heute war dieses besondere Ereignis vielleicht das Gespräch mit Mrs. Alexander. Und wer weiß, vielleicht würde sie mir etwas über Wellington oder Mr. Shears erzählen, ohne dass ich Fragen stellen musste und mein Versprechen brach.

»Und Mathe gefällt mir auch, und ich kümmere mich gern um Toby«, sagte ich. »Außerdem finde ich den Weltraum interessant und bin gern allein.«

»Ich wette, du bist sehr gut in Mathe, stimmt's?«

»Stimmt«, antwortete ich. »In einem Monat werde ich mein Mathe-Abitur machen. Ich schaffe bestimmt eine Eins.«

Und Mrs. Alexander fragte: »Tatsächlich? Das Mathe-Abitur?«

»Ja«, erwiderte ich. »Ich lüge doch nicht.«

»Entschuldigung«, sagte sie. »Das wollte ich dir auch nicht unterstellen. Ich war mir nur nicht sicher, ob ich dich richtig verstanden hatte. Ich bin nämlich etwas schwerhörig.«

»Ja, ich erinnere mich. Sie haben's mir schon mal gesagt«, erwiderte ich. Und dann fügte ich hinzu: »Ich bin der erste Mensch an meiner Schule, der das Abitur schafft, denn es ist eine Sonderschule.«

Und sie meinte: »Ich bin schwer beeindruckt. Hoffentlich kriegst du eine Eins.«

»Bestimmt«, sagte ich.

»Und dann weiß ich noch über dich, dass Gelb nicht gerade deine Lieblingsfarbe ist«, fuhr sie fort.

»Und Braun auch nicht. Meine Lieblingsfarbe ist Rot. Und Metallic.«

In diesem Moment machte Ivor sein Geschäft, und Mrs. Alexander hob den Kot mit einer kleinen Plastiktüte auf, stülpte die Tüte um und machte einen Knoten hinein. So versiegelte sie das Häufchen, ohne dass sie es angefasst hatte.

Ich dachte eine Weile angestrengt nach.

Eigentlich waren es nur fünf Punkte gewesen, die ich Vater hatte versprechen müssen:

1. Dass ich zu Hause nie mehr Mr. Shears' Namen erwähnte.
2. Dass ich Mrs. Shears nicht mehr danach fragte, wer den verdammten Köter umgebracht hatte.
3. Dass ich überhaupt niemanden mehr danach fragte, wer den verdammten Köter umgebracht hatte.
4. Dass ich nicht mehr in fremde Gärten eindrang.
5. Dass ich mit diesem albernen Detektivspiel aufhörte.

Die Erkundigung nach Mr. Shears gehörte nicht zu diesen Punkten. Da man als Detektiv *Risiken eingehen* muss und heute ein **Superguter Tag** war, also ein guter Tag, um *Risiken einzugehen,* fragte ich: »Kennen Sie Mr. Shears?«, was im Grunde wie Plaudern war.

Und Mrs. Alexander erwiderte: »Eigentlich nicht, nein. Das heißt, ich kannte ihn halt so, dass man sich auf der Straße grüßte oder kurz miteinander sprach. Näher jedoch nicht. Ich glaube, er hat bei einer Bank gearbeitet. National Westminster. In der Stadt.«

»Vater sagt, er sei böse«, fuhr ich fort. »Wissen Sie, warum er das gesagt hat? Ist Mr. Shears ein schlechter Mensch?«

»Warum fragst du mich nach Mr. Shears, Christopher?«

Ich schwieg, weil ich nicht in der Mordsache an Wellington ermitteln durfte, und das war ja der eigentliche Grund für meine Frage nach Mr. Shears.

»Geht es um Wellington?«, fragte Mrs. Alexander.

Und ich nickte, weil das nicht als detektivische Ermittlung zählte.

Mrs. Alexander sagte nichts. Sie ging zu dem kleinen roten Behälter, der an einem Pfosten am Parktor befestigt ist, und deponierte Ivors Häufchen darin. Jetzt befand sich etwas Braunes in etwas Rotem, und mir wurde ganz komisch zumute. Ich blickte schnell in eine andere Richtung.

Als sie zurückkam, atmete sie tief durch und sagte: »Vielleicht wäre es wirklich am besten, nicht darüber zu reden, Christopher.«

»Und warum?«, fragte ich.

»Weil –«, begann sie. Dann brach sie ab und entschied sich für einen anderen Satz. »Weil dein Vater vielleicht Recht hat und du nicht solche Fragen stellen solltest.«

»Warum nicht?«, fragte ich.

»Weil es ihn wohl ziemlich ärgern würde.«

»Warum würde es ihn ziemlich ärgern?«

Jetzt atmete sie wieder tief durch. »Weil ... weil ich glaube, dass du eigentlich weißt, warum dein Vater Mr. Shears nicht besonders mag.«

»Hat Mr. Shears Mutter umgebracht?«, fragte ich.

»Umgebracht?«, fragte Mrs. Alexander.

»Ja«, sagte ich. »Hat er Mutter umgebracht?«

Und Mrs. Alexander antwortete: »Nein! Natürlich hat er deine Mutter nicht umgebracht.«

Ich fragte: »Aber hat er ihr solchen Stress gemacht, dass sie an einem Herzanfall starb?«

»Ich weiß wirklich nicht, wovon du redest, Christopher«, sagte sie.

»Oder hat er sie so verletzt, dass sie ins Krankenhaus musste?«

»Musste sie denn ins Krankenhaus?«, fragte Mrs. Alexander.

Und ich sagte: »Ja. Und erst war es nichts Ernstes, aber im Krankenhaus erlitt sie dann einen Herzanfall.«

»Du meine Güte«, stieß Mrs. Alexander hervor.

»Und starb«, fügte ich hinzu.

Mrs. Alexander sagte noch einmal: »Ach, du meine Güte«, und dann: »Oh, Christopher, das tut mir schrecklich Leid. Das hab ich nicht gewusst!«

»Warum haben Sie denn gesagt: Ich glaube, dass du eigentlich weißt, weshalb dein Vater Mr. Shears nicht besonders mag?«

Mrs. Alexander legte die Hand auf den Mund und sagte: »Oje, oje, oje.« Aber meine Frage beantwortete sie nicht.

Also stellte ich ihr die gleiche Frage noch einmal. Wenn in einem Kriminalroman jemand eine Frage nicht beantwortet, dann deshalb, weil er ein Geheimnis bewahren will oder Angst davor hat, jemand anders in Schwierigkeiten zu bringen. Das bedeutet, dass die Antworten auf diese Frage gerade die allerwichtigsten Antworten sind. Aus diesem Grund muss der Detektiv die Person, die keine Antwort geben will, unter Druck setzen.

Aber Mrs. Alexander antwortete immer noch nicht. Stattdessen stellte sie mir eine Gegenfrage: »Dann weißt du es also nicht?«

»Was weiß ich nicht?«, fragte ich.

»Schau mal, Christopher«, sagte sie, »eigentlich dürfte ich dir das gar nicht erzählen.« Dann fuhr sie fort. »Vielleicht sollten wir ein bisschen im Park spazieren gehen. Das hier ist nicht der richtige Ort, um über solche Dinge zu sprechen.«

Ich wurde unruhig, weil ich Mrs. Alexander nicht kannte. Ich wusste nur, dass sie eine alte Dame war und Hunde mochte. Trotzdem war sie für mich eine Fremde. Und allein gehe ich nie in den Park, weil es zu gefährlich ist und weil hinter den öffentlichen Toiletten in der Ecke Leute herumstehen, die sich Drogen spritzen. Ich wollte nach Hause, in mein Zimmer, Toby füttern oder Mathe lernen.

Andererseits war ich aufgeregt, weil Mrs. Alexander mir vielleicht ein Geheimnis enthüllen würde. Und dieses Geheimnis könnte mit der Frage zu tun haben, wer Wellington getötet hatte. Oder mit Mr. Shears. Und wenn sie es mir verriet, hätte ich vielleicht mehr Beweise gegen ihn in der Hand oder könnte ihn *aus meinen Ermittlungen ausschließen.*

Also beschloss ich, da es ja ein **Superguter Tag** war, im Park mit Mrs. Alexander spazieren zu gehen, auch wenn es mir Angst machte.

Im Park blieb Mrs. Alexander stehen und beugte sich zu mir hinunter: »Ich werde dir jetzt etwas erzählen, aber eines musst du mir versprechen: Verrate deinem Vater niemals, dass du es von mir weißt.«

»Warum?«, fragte ich.

»Ich hätte diese Bemerkung vorhin nicht machen dürfen«, erwiderte sie. »Und wenn ich's dir jetzt nicht erkläre, dann zerbrichst du dir den Kopf, was ich damit wohl gemeint haben könnte. Und fragst am Ende noch deinen Vater. Und das möchte ich nicht, weil er sich dann nur aufregt. Also werde ich dir jetzt erklären, was es mit dieser Bemerkung auf sich hatte. Aber vorher musst du mir versprechen, niemandem zu erzählen, dass du es von mir weißt.«

Ich fragte: »Warum?«

»Bitte, Christopher, vertrau mir doch einfach«, bat sie.

Und ich sagte: »Versprochen.« Falls Mrs. Alexander mir verriet, wer Wellingtons Mörder war oder dass Mr. Shears tatsächlich Mutter getötet hatte, dann konnte ich ja immer noch zur Polizei gehen; wenn man nämlich erfährt, dass jemand ein Verbrechen begangen hat, darf man sein Versprechen ruhig brechen.

Und Mrs. Alexander sagte: »Deine Mutter war vor ihrem Tod sehr gut mit Mr. Shears befreundet.«

»Ich weiß«, erwiderte ich.

Und sie sagte: »Nein, Christopher, ich glaube nicht, dass du das weißt. Sie waren sehr gut befreundet. Sehr, sehr gut befreundet.«

Ich dachte eine Weile nach und sagte dann: »Meinen Sie damit etwa, dass sie Sex miteinander hatten?«

Und Mrs. Alexander antwortete: »Ja, Christopher. Genau das meine ich.«

Dann schwieg sie etwa 30 Sekunden.

»Es tut mir Leid, Christopher. Ich will dir wirklich keine Scherereien bereiten. Du sollst nur begreifen, warum ich das vorhin gesagt habe. Ich war davon ausgegangen, du wüsstest es schon. *Deshalb* hält dein Vater Mr. Shears für einen schlechten Menschen. Und das ist wohl auch der Grund, warum er nicht will, dass du herumläufst und mit anderen Leuten über Mr. Shears sprichst. Weil es schlimme Erinnerungen in ihm wachruft.«

Und ich sagte: »Hat Mr. Shears seine Frau deshalb verlassen, weil er Sex mit jemand anderem hatte, obwohl er mit Mrs. Shears verheiratet war?«

»Ja, das vermute ich«, erwiderte Mrs. Alexander. Und dann fügte sie hinzu: »Es tut mir so Leid für dich, Christopher. Ehrlich.«

»Ich glaube, ich muss jetzt gehen«, sagte ich.

»Alles in Ordnung, Christopher?«

»Ich habe Angst, mit Ihnen im Park zu sein, weil Sie eine Fremde sind.«

»Ich bin keine Fremde, Christopher«, meinte sie. »Ich bin eine Freundin.«

»Ich gehe jetzt heim.«

»Wenn du darüber reden willst«, bot sie an, »kannst du jederzeit zu mir kommen. Du brauchst nur an meine Tür zu klopfen.«

»Okay«, sagte ich.

»Christopher?«

»Was?«

»Du wirst deinem Vater nichts von unserem Gespräch erzählen, nicht wahr?«

»Nein, ich hab's versprochen.«

»Dann geh jetzt nach Hause. Und denk dran, was ich dir gesagt habe. Jederzeit.«

Dann ging ich heim.

# 101

Mr. Jeavons hat mal gesagt, die Mathematik gefalle mir deshalb so gut, weil sie mir Sicherheit gebe. In diesem Fach müsste man Probleme lösen, die knifflig und kompliziert seien, aber am Ende stehe immer eine einfache Antwort. Er hat gemeint, in der Mathematik sei das ganz anders als im richtigen Leben, denn im Leben gebe es keine einfachen Antworten. Ich weiß, dass er das meinte, denn er hat es gesagt.

Und Mr. Jeavons hat es deswegen gesagt, weil er nichts von Zahlen versteht.

Hier folgt eine berühmte Geschichte – **Das Monty Hall Problem** –, die ich in dieses Buch aufgenommen habe, weil sie veranschaulicht, was ich meine.

In einer amerikanischen Zeitschrift namens **Parade** gab es mal eine Kolumne, die **Fragen Sie Marilyn** hieß. Diese Kolumne wurde von Marilyn vos Savant geschrieben, und in der Zeitschrift hieß es, sie habe den höchsten IQ der Welt und stehe im **Guiness Buch der Rekorde.** In der Kolumne beantwortete sie Mathematikfragen, die die Leser eingesandt hatten. Und im September 1990 stellte Craig F. Withaker aus Columbia, Maryland, folgende Frage (hier handelt es sich nicht um ein so genanntes wörtliches Zitat, weil ich es zum besseren Verständnis vereinfacht habe):

**Sie sind bei einer Gameshow im Fernsehen. Bei dieser Gameshow geht es darum, dass man ein Auto gewinnt. Der**

**Moderator zeigt Ihnen drei Türen. Er sagt, dass sich hinter einer der Türen ein Auto, hinter den beiden anderen je eine Ziege befindet. Dann fordert er Sie auf, eine Tür auszuwählen. Sie wählen eine Tür, aber die Tür geht nicht auf. Dann öffnet der Moderator eine der Türen, die Sie nicht ausgewählt haben, und es erscheint eine Ziege (denn er weiß, was sich hinter den Türen verbirgt). Dann sagt er, Sie hätten eine letzte Chance, Ihre Meinung zu ändern, bevor die Türen aufgehen und Sie entweder ein Auto oder eine Ziege bekommen. Er fragt Sie also, ob Sie Ihre Meinung ändern und stattdessen die andere ungeöffnete Tür wählen möchten. Was antworten Sie?**

Marilyn vos Savant rät, die Entscheidung in jedem Fall zu ändern und die letzte Tür zu wählen, weil die Chancen 2 zu 3 stünden, dass sich das Auto hinter dieser Tür befindet.

Wenn man aber seiner Intuition vertraut, denkt man, die Chancen stünden 50:50, dass das Auto hinter der einen oder der anderen Tür wartet.

Viele Leute haben damals an die Zeitschrift geschrieben, dass Marilyn vos Savant sich irre, obwohl sie ganz genau erklärte, warum sie Recht habe. In 92% dieser Briefe stand, sie irre sich, und viele dieser Briefe stammten von Mathematikern und Wissenschaftlern. Hier einige Beispiele:

> Ich mache mir große Sorgen über den allgemeinen Mangel an mathematischen Fähigkeiten. Bitte helfen Sie diesem Zustand ab, indem Sie Ihren Irrtum eingestehen.
>
> *Robert Sachs, Ph.D. , George Mason University*

Die mathematische Unbildung in diesem Land ist schon weit genug fortgeschritten. Es ist doch wirklich nicht nötig, dass der höchste IQ der Welt sie noch fördert. Welch eine Schande!

*Scott Smith, Ph.D., University of Florida*

Es schockiert mich, dass Sie Ihren Irrtum immer noch nicht einsehen wollen, nachdem mindestens drei Mathematiker Sie korrigiert haben.

*Kent Ford, Dickinson State University*

Ich bin sicher, dass Sie viele Briefe von Highschool- und Collegestudenten erhalten werden. Vielleicht sollten Sie sich ein paar dieser Adressen aufbewahren, falls Sie bei Ihrer Kolumne künftig Hilfe benötigen.

*W. Robert Smith, Ph.D., Georgia State University*

Sie haben absolut Unrecht... Wie vieler wütender Mathematiker bedarf es denn noch, um Sie zu einem Sinneswandel zu bewegen?

*E. Ray Bobo, Ph.D., Georgetown University*

Wenn all diese Ph.D.s im Irrtum wären, dann hätte unser Land ernste Schwierigkeiten!

*Everett Harman, Ph.D., U.S. Army Research Institute*

Aber Marilyn vos Savant hatte tatsächlich Recht. Und hier folgen 2 Möglichkeiten, wie man dies zeigen kann.

Erstens mit mathematischen Mitteln, und zwar so:

Die Türen seien X,Y und Z.

Ax stehe für das Ereignis, dass sich der Wagen hinter Tür X usw. befindet

Mx stehe für das Ereignis, dass der Moderator Tür X usw. öffnet.

Angenommen, Sie wählen Tür X, wird die Möglichkeit, ein Auto zu gewinnen, wenn Sie Ihre Entscheidung ändern, durch folgende Formel ausgedrückt:

$$P(Hz \wedge Cy) + P(Hy \wedge Cz)$$
$$= P(Cy) \cdot P(Hz \mid Cy) + (Cz) \cdot P(Hy \mid Cz)$$
$$= (1/3 \cdot 1) + (1/3 \cdot 1) = 2/3$$

Der zweite Weg besteht darin, alle möglichen Resultate bildlich dazustellen, und zwar so:

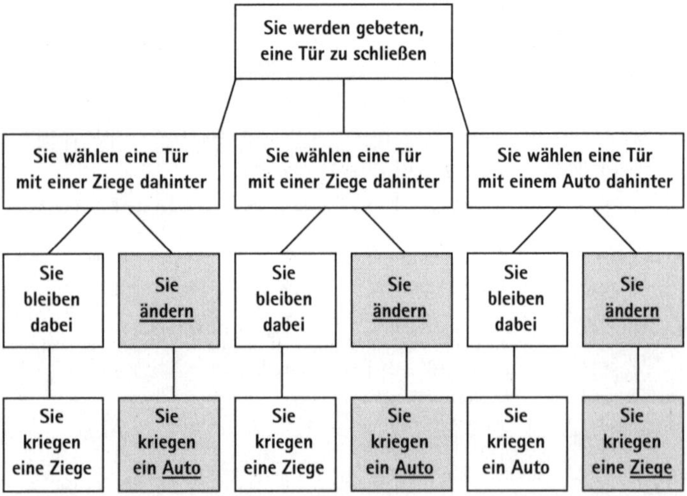

Wenn Sie Ihre Entscheidung also ändern, bekommen Sie in 2 von 3 Fällen ein Auto. Und wenn Sie bei Ihrer Entscheidung bleiben, bekommen Sie nur in 1 von 3 Fällen ein Auto.

Und dies zeigt, dass einen die Intuition manchmal in die Irre führen kann. Und gerade die Intuition wird oft benutzt, um im Leben Entscheidungen zu treffen. Aber die Logik kann einem helfen, die richtige Antwort zu finden.

Dieses Beispiel zeigt auch, dass Mr. Jeavons sich irrte und dass Zahlen manchmal sehr kompliziert sind und überhaupt nicht einfach. Und deshalb finde ich **Das Monty Hall Problem** so gut.

# 103

Als ich nach Hause kam, waren Vater und Rhodri da. Rhodri ist der Mann, der für Vater arbeitet, der ihm hilft, Heizungen zu warten und Boiler zu reparieren. Und manchmal kommt er zu uns nach Hause, um mit Vater ein Bier zu trinken, sich mit ihm zu unterhalten oder fernzusehen.

Rhodri trug eine weiße Arbeitshose, die voller Schmutzflecken war. Am Mittelfinger der linken Hand hatte er einen Goldring, und Rhodri roch nach etwas, dessen Namen ich nicht kenne, wonach auch Vater oft riecht, wenn er von der Arbeit kommt.

Ich legte meine Lakritzstangen und meine Milchschnitte aufs Regal, in eine Schachtel für Essenssachen, die Vater nicht berühren darf, weil sie mir gehört.

»Und was hast du heute so gemacht, junger Mann?«, fragte Vater.

»Ich bin im Laden gewesen und hab mir Lakritzstangen und eine Milchschnitte gekauft.«

»Du bist aber lang weg gewesen«, meinte er.

»Ich habe vor dem Laden mit Mrs. Alexanders Hund gesprochen«, erklärte ich. »Ich habe ihn gestreichelt und er hat an meinen Hosen geschnüffelt.« Das war die nächste Notlüge.

Da sagte Rhodri zu mir: »Mein Gott, das ist ja das reinste Kreuzverhör.«

Aber ich wusste nicht, was ein *Kreuzverhör* ist.

»Und wie geht's dir sonst so, Captain?«, fragte Rhodri.

»Danke, es geht mir sehr gut.« Ich weiß nämlich, dass das so etwa die Antwort ist, die in einem solchen Gespräch erwartet wird.

Da fragte er: »Wie viel ist 251 mal 864?«

Ich dachte eine Weile nach. »216 864.« Das war kinderleicht, weil man nämlich nur 864 mit 1000 mulitiplizieren muss, und das ergibt 864 000. Dann dividiert man durch 4 und erhält 216 000, das ist 250 x 864. Wenn man jetzt einfach noch mal 864 hinzuaddiert, hat man 251 x 864. Und das gibt 216 864.

»Stimmt's?«, fragte ich.

»Ich hab keinen blassen Schimmer«, sagte Rhodri und lachte.

Ich finde es überhaupt nicht gut, wenn er über mich lacht. Und er lacht oft über mich. Vater sagt, er meine das nett.

»Ich schieb für dich mal ein Gobi Aloo Sag in den Backofen, einverstanden?«, schlug Vater vor.

Ich esse gern Gerichte aus Indien, weil sie so einen intensiven Geschmack haben. Aber Gobi Aloo Sag ist gelb, und deshalb mische ich immer rote Lebensmittelfarbe darunter, bevor ich es esse. Davon hab ich ein Plastikfläschchen voll in meiner Essensbox.

Und ich sagte: »Okay.«

»Scheint ganz so, als hätte Parky sie zusammengeflickt, wie?«, meinte Rhodri. Aber das galt Vater, nicht mir.

»Na ja«, antwortete Vater, »diese Platinen waren doch echt vorsintflutlich.«

»Wirst du's ihnen sagen?«, fragte Rhodri.

»Was bringt das schon? Die werden ihn wohl kaum vor Gericht bringen.«

»Das würde ich zu gern erleben«, sagte Rhodri.

»Man sollte keine schlafenden Hunde wecken«, meinte Vater.

Ich ging in den Garten hinaus.

Wenn man ein Buch schreibt, hat Siobhan mir gesagt, muss man auch die Beschreibung von Gegenständen miteinbeziehen. Ich schlug vor, Fotos zu machen und sie in das Buch einzufügen. Aber sie meinte, der Sinn eines Buchs sei es, dass man die Dinge mit Worten so darstellt, dass der Leser sich seine eigene Vorstellung davon bildet.

Am besten, meinte Siobhan, beschreibe man interessante oder ungewöhnliche Dinge.

Sie riet mir auch dazu, in meiner Geschichte Menschen zu beschreiben, indem ich ein oder zwei Details erwähne, so dass sich die Leser im Geist ihr eigenes Bild von den Menschen machen können.

Aus diesem Grund habe ich erwähnt, dass Mr. Jeavons' Schuhe so viele Löcher hatten und dass der Polizist aussah, als guckten zwei Mäuse aus seiner Nase, und dass Rhodri nach etwas roch, von dem ich nicht weiß, wie es heißt.

Ich wollte auch den Garten beschreiben. Doch leider war der nicht besonders interessant. Es war einfach nur ein Garten mit Gras, Schuppen und Wäscheleine. Aber den Himmel fand ich ungewöhnlich, denn normalerweise wirken Himmel ja langweilig, weil sie ganz blau sind oder ganz grau oder wolkenverhangen, jedenfalls wirken sie nicht so, als wären sie hunderte von Meilen über deinem Kopf. Sie sehen eher so aus, als hätte jemand sie auf ein hohes Dach gemalt. Aber an diesem Himmel waren viele verschiedene Wolkenarten in verschiedenen Höhen, so dass man sah, wie groß er war, und darum wirkte er gewaltig.

Am weitesten weg waren Unmengen von kleinen weißen

Wölkchen, die an Fischgräten oder Sanddünen erinnerten und ein sehr regelmäßiges Muster hatten.

Dann, nicht ganz so weit weg und mehr in Richtung Westen hingen ein paar dicke, leicht orange gefärbte Wolken, weil es fast Abend war und die Sonne unterging.

Dann, dem Boden am nächsten gab es noch eine riesige Wolke von grauer Farbe, weil es eine Regenwolke war. Sie hatte lauter Zacken und sah so aus:

Wenn ich lange Zeit hinstarrte, erkannte ich, dass sie sich ganz langsam bewegte, wie ein außerirdisches Raumschiff, hunderte Kilometer lang, wie in **Der Wüstenplanet** oder **Blake's 7** oder **Unheimliche Begegnung der dritten Art**, nur dass sie nicht aus festem Material bestand, sondern aus Tröpfchen kondensierten Wasserdampfes, denn daraus bestehen Wolken.

Und es hätte wirklich ein außerirdisches Raumschiff sein können.

Die Leute glauben immer, außerirdische Raumschiffe seien

aus festem Material beschaffen, aus Metall, mit Lichtern überall, und sie würden langsam durch den Himmel schweben, denn so würden wir ein derart großes Raumschiff bauen, wenn wir dazu im Stande wären. Aber falls es wirklich Aliens gibt, dann wären sie wahrscheinlich ganz anders als wir. Vielleicht würden sie wie riesige Schnecken aussehen oder flach wie Spiegelbilder. Oder sie wären größer als ein Planet. Oder ganz körperlos. Vielleicht bestünden sie einfach aus Informationen, wie in einem Computer. Und vielleicht würden ihre Raumschiffe wie Wolken aussehen oder aus lauter unzusammenhängenden Dingen bestehen, wie Blätter oder Staub.

Dann lauschte ich den Geräuschen im Garten, und ich hörte einen Vogel singen und Verkehrslärm, der wie die Brandung an einem Strand klang. Irgendwo erklang Musik und Kindergeschrei. Und wenn ich ganz still war und aufmerksam lauschte, konnte ich zwischen all diesen Geräuschen einen winzigen, winselnden Laut wahrnehmen und hören, wie die Luft in meine Nase hinein- und wieder hinausströmte.

Ich sog die Luft ganz tief ein, um herauszufinden, wonach sie in diesem Garten roch. Aber sie roch nach nichts Bestimmtem. Und auch das war interessant.

Dann ging ich hinein und fütterte Toby.

# 107

**Der Hund der Baskervilles** ist mein Lieblingsbuch. In diesem Roman erhalten Sherlock Holmes und Doktor Watson Besuch von James Mortimer, einem Arzt, der im Moor von Devon wohnt. Mortimers Freund, Sir Charles Baskerville, ist einem Herzanfall erlegen, und der Arzt glaubt, dass er sich möglicherweise zu Tode erschrocken hat. James Mortimer bringt auch eine alte Handschrift mit, in der der Fluch der Baskervilles geschildert wird.

In dieser Schriftrolle steht, dass Sir Charles einen Vorfahren namens Hugo Baskerville hatte, einen wilden, gottlosen Mann. Der wollte Sex mit der Tochter eines Freisassen haben, aber sie floh. Daraufhin hetzte er sie übers Moor. Und seine Freunde, wüste Draufgänger, hetzten hinterher.

Als sie ihn fanden, war die Tochter des Freisassen an Erschöpfung und Schwäche gestorben. Und sie sahen eine riesige schwarze Bestie, in der Gestalt eines Jagdhunds, aber größer als jeder Jagdhund, den je ein menschliches Auge erblickt hat; und dieser Hund zerfleischte Sir Hugo Baskervilles Kehle. Und einer der Freunde starb noch in derselben Nacht vor Angst, und die anderen zwei waren für den Rest ihrer Tage gebrochene Menschen.

James Mortimer hält es für möglich, dass der Hund der Baskervilles Sir Charles zu Tode erschreckt haben könnte, und er befürchtet, dass seinem Sohn und Erben, Sir Henry Baskerville, auch Gefahr droht, sobald er in Baskerville Hall, das Herrenhaus, einzieht.

Sherlock Holmes schickt Doktor Watson mit Sir Henry Baskerville und James Mortimer nach Devonshire. Und Doktor Watson versucht herauszufinden, wer Sir Charles Baskerville ermordet haben könnte. Sherlock Holmes sagt, er werde in London bleiben, aber dann fährt er doch heimlich nach Devonshire und ermittelt auf eigene Faust.

Und er findet heraus, dass Sir Charles von einem Nachbarn namens Stapleton umgebracht wurde, einem Schmetterlingssammler und entfernten Verwandten der Baskervilles. Da Stapleton arm ist, versucht er auch Sir Henry Baskerville zu töten, damit er selbst das Herrenhaus erbt.

Zu diesem Zweck hatte er einen riesigen Hund aus London mitgebracht und ihn mit Phosphor bestrichen, damit er im Dunkeln leuchtet. Und dieser Hund hatte Sir Charles Baskerville zu Tode erschreckt. Sherlock Holmes, Dr. Watson und Lestrade von Scotland Yard fassen ihn. Sherlock Holmes und Watson erschießen den Hund (einen von mehreren Hunden, die in dieser Geschichte getötet werden), was nicht sehr nett ist, denn das Tier kann ja nichts dafür. Stapleton aber flieht in den Grimpen Mire, der zum Moor gehört, versinkt im Sumpf und stirbt.

Einige Punkte dieser Geschichte gefallen mir nicht. Zum Beispiel die alte Schriftrolle, weil sie in einer altertümlichen Sprache verfasst ist, die man nur schwer versteht.

**So zieht denn aus dieser Geschichte die Lehre, dass es nicht die Früchte der Vergangenheit zu fürchten gilt; hütet euch vielmehr in Zukunft davor, dass jene verruchten Leidenschaften, durch die unserer Familie so bitteres Leid widerfuhr, nicht abermals, uns zum Verderben, entfesselt werden.**

Und manchmal beschreibt Sir Arthur Conan Doyle (also der Autor) Menschen so:

> **Auf subtile Art und Weise stimmte etwas nicht mit dem Gesicht – eine gewisse Grobheit des Ausdrucks, eine gewisse Härte, vielleicht des Blicks, ein frivoler Zug um die Lippen, der seine makellose Schönheit minderte.**

Ich weiß nicht, was *ein frivoler Zug um die Lippen* bedeutet, und außerdem interessieren mich Gesichter nicht.

Aber manchmal macht es Spaß, wenn man nicht weiß, was Wörter bedeuten, weil man sie dann im Lexikon nachschlagen kann, zum Beispiel *Becken* (das ist eine Mulde oder eine breite, meist fruchtbare Senkung in einem Gelände) oder *Massiv* (laut Wörterbuch das Gebirge in seiner Gesamtheit oder ein Gebirgsstock).

**Der Hund der Baskervilles** gefällt mir, weil es ein Kriminalroman ist, das heißt, es gibt Indizien und falsche Fährten. Hier einige der Indizien:

**1. Zwei von Sir Henry Baskervilles Stiefeln verschwinden, während er in einem Londoner Hotel wohnt.** Das heißt, jemand möchte den Hund der Baskervilles wie einen Bluthund daran schnüffeln lassen, damit er Sir Henry jagen kann. Der Hund der Baskerville ist also kein übernatürliches Wesen, sondern ein richtiges Tier.

**2. Stapleton ist die einzige Person, die weiß, wie man durchs Moor kommt, und er warnt Watson, es nicht zu betreten.** Das bedeutet, dass er mitten im Grimpener Sumpf etwas versteckt hat und verhindern will, dass jemand es dort findet.

**3. Mrs. Stapleton rät Doktor Watson, unverzüglich nach London zurückzukehren.** Das tut sie deshalb, weil sie Doktor Watson für Sir Henry Baskerville hält und weil sie weiß, dass ihr Mann diesen umbringen will.

Und hier einige der falschen Fährten:

**1. Sherlock Holmes und Watson werden in London von einem Mann mit schwarzem Bart in einer Kutsche verfolgt.** Natürlich denkt da jeder Leser, der Mann sei Barrymore, der Hausverwalter in Baskerville Hall, denn er ist die einzige Person mit schwarzem Bart. Aber in Wirklichkeit handelt es sich um Stapleton, der einen falschen Bart trägt.

**2. Selden, der Mörder von Notting Hill.** Dieser Mann ist aus einem nahen Gefängnis ausgebrochen und wird jetzt im Moor gejagt. Man denkt gleich, er hätte etwas mit der Sache zu tun, weil er ja ein Verbrecher ist. In Wahrheit hat er jedoch mit diesem Verbrechen überhaupt nichts zu tun.

**3. Der Mann auf der Felsspitze.** Das ist die Silhouette eines Mannes, den Doktor Watson nachts im Moor sieht, ohne ihn zu erkennen, und deshalb denkt man, es handle sich um den Mörder. Aber in Wirklichkeit handelt es sich um Sherlock Holmes, der heimlich nach Devonshire gekommen ist.

**Der Hund der Baskervilles** gefällt mir auch deshalb so gut, weil ich Sherlock Holmes gut finde. Ich glaube, als richtiger Detektiv wäre ich gern genauso ein Detektiv wie er. Er ist sehr intelligent, löst das Rätsel und sagt:

**Die Welt ist voller Dinge, die offen zu Tage liegen, und doch werden sie nie von irgendjemandem bemerkt.**

Aber er bemerkt sie, genau wie ich. In dem Buch heißt es auch:

**Sherlock Holmes verfügte in höchst erstaunlichem Maß über die Fähigkeit, willentlich seine Gedanken abzuschalten.**

Und auch das ist bei mir genauso, denn wenn mich etwas wirklich interessiert, wie zum Beispiel Mathe oder ein Buch über die Apollo-Missionen oder über Weiße Haie, dann kriege ich nichts anderes mehr mit. Wenn Vater mich zum Essen ruft, höre ich es nicht. Und deshalb spiele ich sehr gut Schach, weil ich gezielt alle übrigen Gedanken abschalten kann und mich nur aufs Schachbrett konzentriere, während sich mein Spielpartner nach einer Weile nicht mehr konzentrieren kann und anfängt, sich an der Nase zu kratzen oder aus dem Fenster zu starren. Dann macht er einen Fehler, und ich gewinne.

Doktor Watson sagt auch über Sherlock Holmes:

**Sein Verstand bemühte sich unablässig, ein System zu finden, in das all diese merkwürdigen und scheinbar zusammenhanglosen Ereignisse eingefügt werden konnten.**

Und genau das versuche ich mit diesem Buch.

Sherlock Holmes glaubt nicht an das Übernatürliche, also nicht an Gott und Märchen und Höllenhunde und Flüche, lauter dumme Sachen.

Ich werde dieses Kapitel mit zwei interessanten Fakten über Sherlock Holmes abschließen.

1. **Die Mütze, die Sherlock Holmes auf Bildern und in Comics immer auf dem Kopf trägt, wird in den Geschichten von Arthur Conan Doyle nie erwähnt oder beschrieben. Die Sherlock-Holmes-Mütze wurde von einem Mann namens Sidney Paget erfunden, der die Originalausgaben illustriert hat.**
2. **In den ursprünglichen Geschichten von Arthur Conan Doyle sagt Sherlock Holmes nie: »Ganz einfach, mein lieber Watson.« Das sagt er nur im Kino und im Fernsehen.**

# 109

An jenem Abend schrieb ich weiter an meinem Buch und legte mich schlafen.

Am Morgen darauf nahm ich es mit in die Schule, damit Siobhan mir sagen konnte, ob ich Rechtschreib- und Grammatikfehler gemacht hatte. Meine Lehrerin ist nämlich sehr gründlich und findet es wichtig, dass man fehlerlos schreibt.

Siobhan las das Buch in der großen Pause, in der sie immer eine Tasse Kaffee trinkt und mit den anderen Lehrern am Rand des Schulhofs sitzt.

Nach der großen Pause setzte sie sich neben mich und sagte, sie habe die Stelle über mein Gespräch mit Mrs. Alexander gelesen.

»Hast du deinem Vater davon erzählt?«, fragte sie.

Und ich sagte: »Nein.«

»Wirst du ihm noch davon erzählen?«

»Nein.«

Da sagte sie: »Gut. Das halte ich für eine gute Idee, Christopher.« Und dann: »Hat es dich traurig gemacht, das herauszufinden?«

Und ich fragte: »Was herauszufinden?«

Und sie sagte: »Dass deine Mutter und Mr. Shears eine Affäre miteinander hatten?«

»Nein.«

»Sagst du auch die Wahrheit, Christopher?«

»Ich sage immer die Wahrheit.«

»Das weiß ich, Christopher. Aber manchmal macht uns etwas traurig, und wir sagen anderen Leuten nicht gern, dass wir ihretwegen traurig sind. Wir behalten das lieber für uns. Oder manchmal sind wir traurig, ohne dass es uns überhaupt richtig bewusst würde. Wir sagen dann, wir seien nicht traurig. Aber in Wirklichkeit sind wir es doch.«

Da sagte ich: »Ich bin nicht traurig.«

Und sie: »Falls du deswegen doch noch traurig wirst, musst du wissen, dass du jederzeit zu mir kommen und mit mir reden kannst. Ich glaube nämlich, dass dir das gegen die Traurigkeit helfen würde. Und wenn du mit mir darüber reden willst, obwohl du nicht traurig bist, ist mir das auch recht. Verstehst du?«

Und ich sagte: »Ja, ich verstehe.«

Und sie sagte: »Gut.«

Da erwiderte ich: »Aber ich bin nicht traurig darüber. Weil Mutter ja tot ist. Und weil Mr. Shears ja nicht mehr hier wohnt. Also wäre ich über etwas traurig, das nicht real ist und nicht existiert. Und das wäre dumm.«

Den Rest des Vormittags lernte ich Mathe.

Beim Mittagessen ließ ich die Quiche stehen, weil sie gelb war, dafür aß ich die Karotten und die Erbsen und Unmengen von Tomatenketchup.

Danach aß ich Streuselkuchen mit Brombeeren und Äpfeln, aber ohne die Streusel, weil die auch gelb waren, und ich ließ Mrs. Davis die Streusel herunterschaben, bevor sie den Kuchen auf meinen Teller tat, denn es macht nichts, wenn sich verschiedene Sorten von Essen berühren, bevor sie tatsächlich auf dem Teller liegen.

Nach dem Mittagessen hatte ich Kunstunterricht bei Mrs. Peters und malte ein paar Bilder von Aliens, die so aussahen:

# 113

Mein Gedächtnis ist wie ein Film. Daher kann ich mir alles so gut merken, zum Beispiel die Gespräche, die ich in diesem Buch aufgeschrieben habe, welche Kleidung die Leute trugen und wie sie rochen, denn mein Gedächtnis hat eine Riechspur, die man mit einer Tonspur vergleichen kann.

Wenn ich mich an etwas erinnern soll, drücke ich einfach auf **Rewind** und **Fast Forward** und **Pause** wie bei einem Videorekorder oder eher wie bei einem DVD-Player, weil ich nicht erst das ganze Band zurückspulen muss, um an eine lang zurückliegende Erinnerung zu kommen. Und richtige Tasten gibt es natürlich auch nicht, denn es passiert ja alles in meinem Kopf.

Wenn jemand zu mir sagt: »Christopher, erzähl mir doch mal, wie deine Mutter war«, kann ich zu vielen verschiedenen Szenen zurückspulen und sagen, wie sie in diesen Szenen gewesen ist. Zum Beispiel könnte ich zum 4. Juli 1992 zurückspulen, einem Samstag. Da war ich 9 Jahre alt, und wir machten gerade Ferien in Cornwall, und am Nachmittag waren wir am Strand, in einem Ort namens Polperro. Mutter trug Jeans-Shorts und ein hellblaues Bikini-Oberteil und rauchte Zigaretten mit Mintgeschmack, die Consulate hießen. Und sie ging nicht schwimmen. Mutter lag in der Sonne, auf einem Handtuch mit hell- und dunkelroten Streifen und las ein Buch von Georgette Heyer mit dem Titel **Falsches Spiel**. Dann beendete sie das Sonnenbad, ging zum Schwimmen ins Meer und sagte: »Das ist ja eisig kalt.«

Und sie forderte mich auf, doch auch zu schwimmen, aber ich schwimme nicht gern, weil ich mich nicht gern ausziehe. Und sie sagte, ich solle doch einfach die Hosen hochkrempeln und ein kleines Stück ins Wasser waten, also machte ich das. Da stand ich nun im Wasser. Mutter sagte: »Schau. Es ist wunderbar.« Sie warf sich nach hinten und verschwand unter Wasser, und weil ich dachte, ein Hai hätte sie gefressen, begann ich zu schreien, und da tauchte sie wieder auf und kam zu der Stelle, wo ich stand, und sie hielt ihre rechte Hand hoch, spreizte die Finger wie einen Fächer und sagte: »Komm, Christopher, berühre meine Hand. Na komm schon. Hör auf zu schreien. Berühre meine Hand. Hörst du, Christopher! Du kannst es!« Und nach einer Weile hörte ich auf zu schreien, hielt meine linke Hand hoch und spreizte die Finger wie einen Fächer, und wir legten die Hände so aneinander, dass sich unsere Finger und Daumen berührten. Und Mutter sagte: »Du musst keine Angst haben, Christopher, es ist alles in Ordnung. In Cornwall gibt es wirklich keine Haie«, und da ging es mir besser.

Nur an das, was schon geschehen war, bevor ich etwa vier Jahre alt war, kann ich mich überhaupt nicht mehr erinnern. Damals konnte ich die Dinge noch nicht richtig sehen, und deshalb wurden sie auch nicht richtig in meinem Kopf aufgezeichnet.

Und so erkenne ich jemanden, wenn ich nicht weiß, wer er ist: Ich sehe, was für Kleidung er trägt, oder ob er einen Spazierstock hat, eine komische Frisur oder eine besondere Art von Brille, oder ob er auf eine ganz bestimmte Weise mit den Armen schlenkert, und dann gehe ich mit **Search** meine Erinnerungen durch, ob ich den Betreffenden schon mal gesehen habe.

Auf diese Art finde ich mich auch in schwierigen Situationen zurecht.

Zum Beispiel wenn jemand Dinge sagt, die keinen Sinn ergeben, wie »Also dann bis später, altes Haus!« oder »Du holst dir ja den Tod«, dann gehe ich auf **Search** und prüfe, ob ich das irgendwann schon einmal gehört habe.

Und wenn in der Schule jemand auf dem Boden liegt, durchforste ich mit **Search** mein Gedächtnis, ob ich ein Bild von jemandem finde, der einen epileptischen Anfall hatte, und dann vergleiche ich das Bild mit dem, was gerade vor meinen Augen passiert, damit ich entscheiden kann, ob die Person sich nur hingelegt hat und spielt, ob sie schläft oder ob sie wirklich einen epileptischen Anfall hat. Und wenn sie wirklich einen epileptischen Anfall hat, rücke ich alle Möbel beiseite, damit sie sich nicht mit dem Kopf anschlägt, lege ihr meine Jacke unter den Kopf und rufe einen Lehrer.

Auch andere Leute haben Bilder im Kopf. Aber sie unterscheiden sich von meinen Bildern, denn in meinem Kopf befinden sich nur Bilder von Dingen, die wirklich passiert sind. Andere Leute haben Bilder von Dingen im Kopf, die in Wirklichkeit gar nicht geschehen sind.

Mutter zum Beispiel sagte manchmal: »Wenn ich deinen Vater nicht geheiratet hätte, würde ich jetzt wahrscheinlich in Südfrankreich leben, in einem kleinen Bauernhaus, mit einem Mann namens Jean. Er wäre im Dorf so eine Art Mädchen für alles. Du weißt schon, er würde malern und tapezieren, im Garten arbeiten, Zäune bauen. Wir hätten eine Veranda, von Feigen überwuchert, und hinten im Garten ein Sonnenblumenfeld, und in der Ferne läge ein kleines Städtchen auf dem Berg, und abends würden wir draußen sitzen und Rotwein trinken und Gauloise rauchen und den Sonnenuntergang betrachten.«

Siobhan sagte einmal, wenn sie deprimiert oder traurig sei, schließe sie einfach die Augen und stelle sich vor, dass sie mit ihrer Freundin Elly in einem Haus auf Cape Cod wohne und dass sie von Provincetown aus mit dem Boot in die Bucht hinausfahren würden, um Buckelwale zu beobachten. Dann fühle sie sich ruhig, ausgeglichen und glücklich.

Wenn jemand gestorben ist, so wie Mutter, sagen die Leute danach Sachen wie: »Was würdest du zu deiner Mutter sagen, wenn sie jetzt da wäre?« Oder: »Was würde wohl deine Mutter darüber denken?« Aber das ist dumm, denn Mutter ist tot, und zu Menschen, die tot sind, kann man nichts mehr sagen, und tote Menschen denken nichts mehr.

Und auch Großmutter hat Bilder im Kopf, aber ihre Bilder sind ganz wirr, als hätte jemand die Szenenfolge des Films durcheinander gebracht, so dass sie nicht mehr sagen kann, was in welcher Reihenfolge passiert ist. So kommt es, dass sie Menschen, die schon tot sind, für lebend hält und dass sie nicht mehr weiß, ob etwas im wirklichen Leben passiert ist oder im Fernsehen.

# 127

Als ich aus der Schule kam, war Vater noch in der Arbeit, also schloss ich die Haustür auf, ging hinein und zog meine Jacke aus. Ich lief in die Küche und legte meine Sachen auf den Tisch. Unter anderem dieses Buch hier, das ich mit in die Schule genommen hatte, um Siobhan zu zeigen, was ich über meine Ermittlung im Wellington-Fall geschrieben hatte. Ich mixte mir ein Himbeer-Milchshake, stellte ihn in die Mikrowelle und ging ins Wohnzimmer, um eines meiner **Blue-Planet** -Videos über das Leben in den tiefsten Gebieten des Ozeans anzuschauen.

In diesem Video geht es um die Meereswesen, die in der Nähe der Schwefelkamine leben – das sind Unterwasservulkane, die Gase aus der Erdkruste ins Wasser schleudern. Wissenschaftler hätten nie damit gerechnet, dass dort, wo es so heiß und giftig ist, lebende Organismen existieren, aber man fand dort sogar ganze Ökosysteme.

Das gefällt mir, weil es zeigt, dass die Wissenschaft immer wieder etwas Neues entdeckt und dass alle Fakten, die man für erwiesen hält, falsch sein können. Und mir gefällt auch, dass die Menschen an einem Ort filmen, der schwerer zu erreichen ist als der Gipfel des Mount Everest und doch nur wenige Meilen unter dem Meeresspiegel liegt. Und es ist einer der stillsten, dunkelsten und geheimsten Orte auf der Erdoberfläche. Ich stelle mir manchmal vor, dass ich dort bin, in einem kugelförmigen metallenen Unterseeboot mit Fenstern, die 30 cm dick sind, damit der Wasserdruck sie nicht implodieren lässt. Und ich stelle mir vor, dass ich der einzige Mensch darin bin und dass das Unterseeboot nicht mit einem Schiff verbunden ist, sondern aus eigener Kraft fährt, und ich kann es auf dem Meeresgrund überallhin steuern, wohin ich will, ohne dass man mich je findet.

Um 17.28 Uhr hörte ich, wie Vater zur Haustür hereinkam. Dann trat er ins Wohnzimmer. Er hatte ein limonengrün und himmelblau kariertes Hemd an. Einer seiner Schnürsenkel hatte einen Doppelknoten, der andere einen einfachen Knoten. Er trug ein altes Reklameschild für Fussell's Milk, es war aus Blech, mit blau-weißem Emaille bemalt, übersät mit kleinen Rostpünktchen wie von Einschusslöchern, aber warum er das Schild mit sich schleppte, erklärte er mir nicht.

Er sagte: »Hallo, Partner!« Das ist so ein Scherz von ihm.

Und ich sagte auch Hallo.

Ich sah mir weiter das Video an, während Vater in die Küche ging.

Da mich **Blue Planet** so sehr interessierte, vergaß ich ganz, dass mein Buch noch auf dem Küchentisch lag. Man nennt das *Nicht auf der Hut sein*, und das darf einem Detektiv niemals passieren.

Es war 17.54 Uhr, als Vater wieder ins Wohnzimmer trat. »Was ist das?«, fragte er sehr ruhig. Mir fiel gar nicht auf, dass er wütend war, weil er in normaler Lautstärke sprach. Das Buch hielt er in der rechten Hand.

Ich sagte: »Ein Buch, das ich schreibe.«

Und er: »Ist das wahr? Hast du wirklich mit Mrs. Alexander gesprochen?« Auch dies sagte er ganz ruhig, und deshalb merkte ich immer noch nicht, dass er wütend war.

»Ja«, erwiderte ich.

Da sagte er: »Verdammt noch mal, Christopher. Wie blöd bist du eigentlich?«

Siobhan nennt so etwas eine rhetorische Frage. Es steht zwar ein Fragezeichen am Ende, aber man soll sie gar nicht beantworten, weil der Fragende die Antwort schon kennt. Rhetorische Fragen sind immer schwer zu erkennen.

»Verdammt noch mal, Christopher, was hatte ich dir gesagt?« Jetzt war seine Stimme schon viel lauter.

Und ich erwiderte: »Ich soll Mr. Shears' Namen nicht in unserem Haus erwähnen. Ich soll weder Mrs. Shears noch sonst jemanden fragen, wer Wellington getötet hat. Und ich soll nicht in anderer Leute Gärten eindringen. Und mit diesen verdammten Detektivspielen aufhören. Das alles habe ich auch nicht gemacht. Ich habe lediglich Mrs. Alexander wegen Mr. Shears gefragt, weil...«

Aber Vater unterbrach mich: »Erzähl mir keinen Scheiß, du kleiner Mistkerl. Du hast genau gewusst, was du tust! Ich hab dein Geschreibsel da in der Küche ziemlich genau gelesen, schon vergessen?« Und bei diesen Worten hielt er das Buch hoch und schüttelte es. »Was habe ich dir sonst noch gesagt, Christopher?«

Ich dachte, das könnte vielleicht eine weitere rhetorische Frage sein, war mir aber nicht sicher. Ich wusste kaum noch, was ich sagen sollte, so ängstlich und verwirrt war ich inzwischen.

Vater wiederholte seine Frage: »Was hab ich dir sonst noch gesagt, Christopher?«

Ich antwortete: »Weiß nicht.«

Und er: »Na los, verdammt noch mal. Du hast doch das Supergedächtnis!«

Aber ich konnte an nichts denken.

Und Vater sagte: »Dass du nicht rumlaufen und deine Nase

in anderer Leute Angelegenheiten stecken sollst. Und was tust du? Du läufst durch die Gegend und steckst deine Nase in anderer Leute Angelegenheiten. Du rührst die Vergangenheit auf und quatschst darüber mit Hinz und Kunz. Was soll ich nur mit dir machen, Christopher? Was soll ich mit dir machen, verdammt noch mal?«

»Ich hab doch nur ein bisschen mit Mrs. Alexander geplaudert«, sagte ich. »Ich habe keine Ermittlungen angestellt.«

Und da sagte er: »Tu mir einen Gefallen, Christopher. Nur einen einzigen.«

Und ich: »Ich wollte ja gar nicht mit Mrs. Alexander reden. Es war Mrs. Alexander, die ...«

Aber Vater unterbrach mich und packte mich richtig grob am Arm.

So hatte mich Vater noch nie angefasst.

Mutter hatte mich früher manchmal geschlagen, weil sie ein sehr heißblütiger Mensch war, das heißt, sie geriet schneller in Wut als andere Leute und schrie einen öfter an. Aber Vater ist besonnener, das heißt, er gerät nicht so schnell in Wut und schreit einen nicht so oft an. Daher war ich jetzt sehr überrascht, dass er mich am Arm fest hielt.

Ich mag es überhaupt nicht, wenn Leute mich am Arm packen. Und ich lasse mich auch nicht gern überraschen. Deshalb schlug ich nach ihm, so wie damals nach dem Polizisten, der mich an den Armen vom Boden hoch gezogen hatte. Aber Vater ließ mich nicht los und schrie weiter auf mich ein. Ich schlug noch einmal nach ihm. Was ich dann getan habe, weiß ich nicht mehr.

Mein Gedächtnis setzte für kurze Zeit aus. Es war nur für kurze Zeit, denn ich habe später auf die Uhr geschaut. Es war, als hätte man mich ausgeknipst und wieder angeknipst.

Und als ich wieder angeknipst wurde, saß ich auf dem Teppich, mit dem Rücken an der Wand, und meine rechte Hand war voller Blut, und mein Kopf tat auf einer Seite weh. Und Vater stand auf dem Teppich, einen Meter von mir entfernt, starrte zu mir herunter und hielt immer noch mein Buch in der rechten Hand, aber es war in der Mitte geknickt, und die Ecken waren zerfleddert. Er hatte einen Kratzer am Hals und einen großen Riss im Ärmel seines grünblauen Karohemds, und er atmete ganz tief.

Nach etwa einer Minute drehte er sich um und ging in die Küche. Dann schloss er die Hintertür zum Garten auf und trat hinaus. Ich hörte, wie er den Deckel des Mülleimers hob, etwas hineinwarf und den Deckel wieder drauftat. Als er in die Küche zurückkam, hatte er das Buch nicht mehr in der Hand. Er schloss die Hintertür wieder ab, legte den Schlüssel in das Porzellankännchen, das wie eine dicke Nonne aussieht, blieb mitten in der Küche stehen und schloss die Augen.

Nach einer Weile öffnete er die Augen wieder und sagte: »O mein Gott, jetzt brauche ich etwas zu trinken.«

Und er holte sich eine Bierdose.

# 131

Hier sind einige der Gründe, warum ich gelb und braun hasse.

GELB

1. Senf
2. Bananen (Bananen werden auch braun)
3. Gelbe Markierungslinien
4. Gelbfieber (eine Krankheit aus dem tropischen Amerika und Westafrika, die hohes Fieber, akute Nephritis und Blutungen verursacht und von einem Virus kommt, der durch den Biss einer Stechmücke namens *Aédes aegypti?* übertragen wird, früher *Stegomyia fasciata.*)
5. Gelbe Blumen (weil ich von Blütenpollen Heuschnupfen kriege, eine der drei Arten von Heuschnupfen, die anderen werden durch Gräserpollen und Pilzpollen erregt, und dann fühle ich mich krank.)
6. Zuckermais (weil man es nicht richtig verdaut und es ins Aa kommt, und deswegen sollte man es ebenso wenig essen wie Gras oder Blätter.)

BRAUN

1. Schmutz
2. Bratensoße
3. Aa
4. Holz (weil man früher Maschinen und Fahrzeuge aus Holz hergestellt hat, jetzt aber nicht mehr, denn Holz wird brüchig und fault, und manchmal sind Würmer

drin, und heute baut man Maschinen und Fahrzeuge aus Metall und Plastik, das ist viel moderner.)

5. Melissa Brown (ein Mädchen in der Schule, das eigentlich nicht braun ist wie Anil oder Mohammed, sondern nur so heißt, aber sie hat mein großes Astronautenbild in zwei Teile zerrissen, und ich habe es weggeschmissen, weil es kaputt aussah, obwohl Mrs. Peters es mit Tesafilm zusammengeklebt hat).

Mrs. Forbes hat gesagt, es sei albern, gelb und braun zu hassen. Aber Siobhan meinte, so etwas sollte sie nicht sagen, denn jeder Mensch habe seine Lieblingsfarben. Und Siobhan hatte Recht. Aber Mrs. Forbes hat auch ein bisschen Recht. Denn irgendwie ist es wirklich albern. Allerdings muss man im Leben viele Entscheidungen treffen, sonst würde man überhaupt nichts tun, weil man die ganze Zeit damit zubringen würde, zwischen den vielen Dingen zu wählen, die man tun könnte. Deshalb ist es gut, wenn man einen Grund hat, manche Dinge zu hassen und andere Dinge zu mögen. Das ist wie im Restaurant, wie wenn Vater mit mir in ein Berni Inn geht und er die Speisekarte liest und sich entscheiden muss, was er bestellen will. Aber da man nicht weiß, ob einem etwas schmeckt, was man nie zuvor gegessen hat, hat man Lieblingsgerichte, und die wählt man aus, und man hat Gerichte, die man nicht mag, und die wählt man nicht aus, und dann ist es ganz leicht.

# 137

Am nächsten Tag sagte Vater, es tue ihm Leid, dass er mich geschlagen habe, er habe das nicht gewollt. Er ließ mich die Wunde auf meiner Wange mit Dettol auswaschen, damit sie sich nicht entzündet, und ich musste ein Pflaster draufkleben, so dass sie nicht wieder zu bluten anfing.

Dann, weil Samstag war, sagte er, er wolle einen Ausflug mit mir unternehmen, um mir zu zeigen, dass es ihm wirklich Leid tue, und zwar würden wir in den Twycross Zoo gehen. Er machte mir also ein paar Sandwiches mit Tomaten, Kopfsalat, Schinken und Erdbeermarmelade, weil ich nicht gern irgendwo Sachen esse, von denen ich nicht weiß, woher sie kommen. Und er sagte, es wären bestimmt nicht viele Leute im Zoo, weil Regen angekündigt worden sei, und darüber war ich froh, denn ich finde große Menschenmengen ganz schrecklich und bin froh, wenn es regnet. Also holte ich meinen Regenmantel, der orangefarben ist, und wir fuhren zum Twycross Zoo.

Ich war dort noch nie gewesen, daher hatte ich mir auch noch keine Route ausgedacht, als wir ankamen, und so kauften wir am Infostand einen Führer. Wir sind dann durch den ganzen Zoo gegangen, und ich habe überlegt, welches meine Lieblingstiere sind.

Meine Lieblingstiere waren:

1. **Randyman,** so heißt der älteste rotgesichtige Schwarze Klammeraffe (Ateles paniscus), der je in Gefangenschaft gehalten wurde. Randyman ist 44, genauso alt wie Vater. Er war früher als zahmer Affe auf einem Schiff und hatte einen Metallring um den Bauch, wie in einer Pirategeschichte.
2. **Die Patagonischen Seelöwen,** die **Miracle** und **Star** heißen.
3. **Maliku,** ein **Orang-Utan.** Der gefiel mir besonders gut, weil er in einer Art Hängematte aus grüngestreiften Pyjamahosen lag. Auf dem blauen Plastikschild am Käfig war zu lesen, dass er sich die Hängematte selbst gebastelt hatte.

Schließlich sind wir in ein Café gegangen. Vater bestellte sich Scholle, Pommes, Apfelkuchen, Eis und eine Kanne Earl-Grey-Tee, und ich aß meine Sandwiches und las den Zoo-Führer.

»Ich habe dich sehr lieb, Christopher, vergiss das bitte niemals«, sagte Vater. »Ich weiß, manchmal platzt mir der Kragen, und ich rege mich furchtbar auf und brülle laut herum. Ich weiß, dass das nicht richtig ist. Aber das tue ich nur, weil ich mir Sorgen um dich mache. Ich möchte einfach nicht, dass du Schwierigkeiten bekommst, dass dich jemand verletzt. Kannst du das verstehen?«

Ich wusste nicht recht, ob ich es wirklich verstand. Deshalb sagte ich: »Weiß nicht.«

»Christopher«, sagte Vater, »weißt du denn, dass ich dich lieb habe?«

Ich sagte: »Ja.« Wenn man jemanden lieb hat, hilft man ihm, falls er in Schwierigkeiten steckt, man kümmert sich um ihn, sagt ihm stets die Wahrheit, und Vater kümmert sich ja um mich, wenn ich Probleme habe, zum Beispiel, wenn ich auf der Polizeiwache lande, und er sorgt für mich, indem er für mich kocht, und er sagt mir immer die Wahrheit. Also muss er mich lieb haben.

Er hielt seine rechte Hand hoch und spreizte die Finger wie einen Fächer, und ich hielt meine linke Hand hoch und spreizte die Finger wie einen Fächer, und wir legten unsere Finger und Daumen aneinander.

Dann zog ich einen Zettel aus der Tasche und zeichnete versuchsweise aus dem Gedächtnis einen Plan des Zoos.

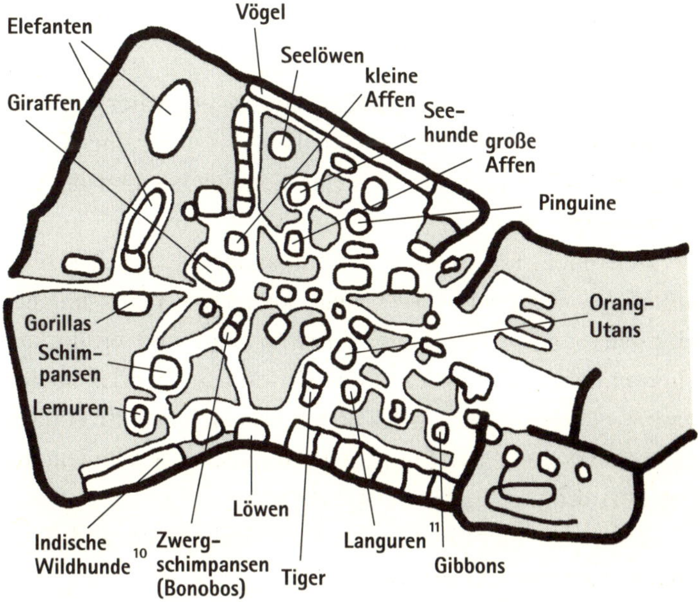


10 Der *Indische Wildhund* heißt auch Rothund und sieht aus wie ein Fuchs.

11 Der Langure heißt *Presbytis entellus.*

Dann schauten wir uns die Giraffen an. Ihr Aa roch genauso wie der Käfig in der Schule, in dem die Rennmäuse sind, und wenn die Giraffen zu rennen anfingen, wurden ihre Beine so lang, dass es aussah, als ob sie sich in Zeitlupe bewegten.

Schließlich sagte Vater, wir müssten jetzt heimfahren, bevor auf den Straßen zu viel los sei.

# 139

Ich finde Sherlock Holmes toll, aber Sir Conan Doyle, den Autor der Sherlock-Holmes-Geschichten, mag ich nicht so sehr. Er war nicht wie Sherlock Holmes, sondern glaubte an übernatürliche Phänomene. Im Alter trat er der Spiritistischen Gesellschaft bei, weil er sich einbildete, mit Toten Verbindung aufnehmen zu können. Das kam daher, dass sein Sohn im Ersten Weltkrieg an Influenza gestorben war und Doyle immer noch gern mit ihm reden wollte.

1917 ereignete sich der berühmte **Fall der Elfen von Cottingley**. 2 Cousinen, die 9-jährige Frances Griffiths und die 16-jährige Elsie Wright, behaupteten, dass sie an einem Fluss namens Cottingley Beck oft mit Elfen spielen würden. Mit der Kamera von Frances' Vater machten sie dieses Foto:

Sie machten noch 4 weitere Aufnahmen: In Wahrheit waren es keine Elfen. Es waren Zeichnungen auf Papier, die die Mädchen ausgeschnitten und mit Stecknadeln aufgestellt hatten, denn Elsie war künstlerisch sehr begabt.

Harold Snelling, ein Experte für Foto-Fälschungen, erklärte damals:

> **Diese tanzenden Figuren sind weder aus Papier noch aus Stoff; sie wurden nicht auf einen fotografischen Hintergrund gemalt – aber was mich am meisten beeindruckt, ist der Umstand, dass sich all diese Figuren während der Belichtung bewegt haben.**

Das ist eine ziemlich dumme Bemerkung. Natürlich bewegt sich Papier während einer Belichtung, die Belichtung dauerte ja auch sehr lang; auf der Fotografie sieht man nämlich im Hintergrund einen kleinen Wasserfall, der ganz verwackelt ist.

Als Sir Arthur Conan Doyle von den Bildern hörte, schrieb er in einem Artikel, der in einem Magazin namens **The Strand** erschien, dass er sie für echt halte. Aber auch das war dumm, denn wenn man die Bilder betrachtet, erkennt man rasch, dass die Elfen genau wie die Elfen in alten Büchern aussehen und Flügel und Kleider und Strumpfhosen tragen: Das wäre, als würden Aliens auf der Erde landen und genau wie die Daleks aus **Doctor Who** oder die imperialen Sturmtruppen vom Todesstern in **Star Wars** aussehen oder wie die kleinen grünen Männchen aus irgendwelchen Alien-Cartoons.

1981 wurden Elsie Wright und Frances Griffiths von einem Mann namens Joe Cooper interviewt, für einen Artikel in dem Magazin **The Unexplained.** Elsie Wright gab zu, dass alle

5 Fotografien gefälscht seien. Frances Griffiths sagte, 4 seien gefälscht, aber eine sei echt. Und sie sagten, Elsie habe die Elfen aus einem Buch von Arthur Shepperson abgezeichnet, das **Princess Mary's Gift Book** hieß.

Und das beweist, dass die Leute es manchmal vorziehen, dumm zu bleiben, und dass sie die Wahrheit gar nicht erfahren wollen.

Und es zeigt auch, dass das, was man *Das Ockhamsche Rasiermesser* nennt, wahr ist. *Das Ockhamsche Rasiermesser* ist kein Rasiermesser, mit dem sich Männer den Bart abschneiden, sondern ein Prinzip, welches besagt

**Entia non sunt multiplicanda praeter necessitatem**

Das ist Lateinisch und heißt

**Man sollte nicht mehr Dinge für existent halten als unbedingt notwendig.**

Das bedeutet, ein Mordopfer wird meist von jemandem getötet, den es kennt, und Elfen bestehen aus Papier, und mit jemandem, der tot ist, kann man nicht mehr reden.

# 149

Als ich am Montag zur Schule ging, fragte mich Siobhan, warum ich eine Schramme auf der Wange hätte. Ich sagte, Vater sei wütend gewesen und habe mich gepackt und deshalb hätte ich nach ihm geschlagen, und dann hätten wir miteinander gekämpft. Siobhan fragte, ob Vater mich geschlagen habe, und ich sagte, ich hätte keine Ahnung, weil ich so wütend geworden sei, dass mein Gedächtnis nicht mehr richtig funktioniert habe. Sie wollte wissen, ob Vater mich aus Wut geschlagen habe. Und ich sagte, er habe mich nicht geschlagen, sondern gepackt, aber aus Wut, ja. Und Siobhan fragte, ob er mich grob gepackt habe, und ich sagte, ja, er hat mich grob gepackt. Und Siobhan fragte, ob ich jetzt Angst hätte, nach Hause zu gehen, und ich sagte nein. Dann fragte sie, ob ich noch weiter darüber reden wolle, und ich sagte, nein. Da sagte sie ›o.k.‹, und wir redeten nicht mehr darüber, denn wenn man jemanden aus Wut am Arm oder an der Schulter packt, ist das o.k., man darf jemanden nur nicht an den Haaren reißen oder ins Gesicht krallen. Schlagen ist auch nicht erlaubt, es sei denn, der Kampf ist schon in vollem Gang, dann ist es nicht so schlimm.

Als ich von der Schule nach Hause kam, war Vater noch in der Arbeit, deshalb ging ich in die Küche, nahm den Schlüssel aus dem kleinen Porzellankännchen, das wie eine Nonne aussieht, schloss die Hintertür auf und schaute draußen in der Mülltonne nach, ob mein Buch darin lag.

Ich wollte mein Buch wieder haben, weil ich gern daran

weiterschreiben wollte. Ich fand es schön, eine Aufgabe zu haben, und besonders schön, dass es ein so schwieriges Projekt war, wie es das Schreiben eines Buches nun einmal ist. Außerdem wusste ich immer noch nicht, wer Wellingtons Mörder war, und in meinem Buch standen all die Indizien, die mir aufgefallen waren, und ich wollte nicht, dass man sie einfach wegwarf.

Aber mein Buch war nicht in der Mülltonne.

Ich klappte den Deckel wieder herunter und lief durch den Garten, um in der Tonne nachzusehen, in die Vater immer die Gartenabfälle wirft, zum Beispiel gemähtes Gras und Fallräpfel, aber da war mein Buch auch nicht drin.

Ich fragte mich, ob Vater vielleicht mit dem Lieferwagen zur Müllhalde gefahren war und es dort in eine der großen Tonnen geworfen hatte,. Ich konnte nur hoffen, dass er das nicht getan hatte, denn dann würde ich mein Buch nie wieder sehen.

Eine andere Möglichkeit war die, dass er es irgendwo im Haus versteckt hatte. Ich entschloss mich daher zu einer Hausdurchsuchung. Nur musste ich dabei sehr aufmerksam auf Geräusche achten, um zu hören, wann der Lieferwagen kam, damit Vater mich nicht beim Detektivspielen erwischte.

Ich fing in der Küche an. Mein Buch war etwa **25 cm x 35 cm x 1 cm** groß, in ganz kleinen Verstecken musste ich also gar nicht erst suchen. Ich schaute oben auf den Schränken, ganz hinten in den Schubladen und unterm Ofen. Mit meiner speziellen Maglite-Spezial-Taschenlampe und einem Spiegel, den ich in der Abstellkammer gefunden hatte, konnte ich in die dunklen Ecken hinter den Schränken spähen, wo sich oft die Mäuse aus dem Garten einnisten und ihre Babies zur Welt bringen.

Ich durchsuchte die Abstellkammer mit den Putzsachen.

Und schließlich das Esszimmer.

Dann das Wohnzimmer, wo ich unterm Sofa das fehlende Rad meines Airfix Messerschmitt Bf 109 G-6-Modells fand.

Dann hörte ich, wie Vater zur Haustür hereinkam. Ich wollte schnell aufspringen und knallte mit dem Knie gegen den Couchtisch. Das tat höllisch weh. Aber es war gar nicht Vater. Das Geräusch war von einem der Junkies von nebenan gekommen, dem etwas runtergefallen war.

Ich ging die Treppe hinauf, suchte aber nicht in meinem eigenen Zimmer, weil ich mir nicht vorstellen konnte, dass er ausgerechnet dort etwas vor mir verstecken würde, es sei denn, er wäre superschlau und würde einen so genannten *Doppelbluff* anwenden wie in einem echten Kriminalroman. Ich beschloss daher, erst dann in meinem eigenen Zimmer zu suchen, wenn ich das Buch sonst nirgends gefunden hatte.

Ich suchte im Bad, aber dort kam nur der Trockenschrank in Frage, und da war nichts drin.

Und so blieb nur noch Vaters Zimmer übrig. Ich wusste nicht, ob ich dort wirklich nachsehen sollte, weil er mich mehrfach ermahnt hatte, ja niemals in seinen Sachen herumzuwühlen. Aber wenn er etwas vor mir verstecken wollte, war sein Zimmer der beste Platz dafür.

Ich sagte mir, dass ich ja gar nicht in seinen Sachen herumwühlen würde. Ich würde sie nur von der Stelle bewegen und wieder an die gleiche Stelle zurücklegen. Und da er nie etwas davon erfahren würde, konnte er sich auch nicht darüber aufregen.

Zuerst guckte ich unters Bett. Dort sah ich 7 Schuhe, einen Kamm voller Haare, ein Stück Kupferrohr, einen Schokoladenkeks, ein Pornoheft, das *Fiesta* hieß, eine tote Biene, eine Homer-Simpson-Krawatte und einen Holzlöffel, aber nicht mein Buch.

Dann durchsuchte ich die Schubladen auf beiden Seiten der Frisierkommode, aber die enthielten nur Aspirin, mehrere Nagelknipser, Batterien, Zahnseide, einen Tampon, Papiertaschentücher und einen Ersatzzahn, für den Fall, dass Vater mal den falschen Zahn verlor, der die Lücke ausfüllte, wo er sich mal seinen richtigen Zahn ausgeschlagen hatte, als er im Garten ein Vogelhäuschen montieren wollte und von der Leiter gefallen war. Aber in den Schubladen war mein Buch auch nicht.

Ich schaute in dem Schrank nach, wo lauter Bügel mit Vaters Kleidung hingen. Ganz oben war ein kleines Fach, in das ich nur hineinsehen konnte, wenn ich mich aufs Bett stellte. Vorher musste ich mir die Schuhe ausziehen, damit ich keinen Schuhabdruck hinterließ, der für meinen Vater ein Indiz wäre, falls er auch einmal ein paar Ermittlungen anstellen sollte. Aber in dem Fach lagen bloß noch mehr Pornohefte, ein kaputter Toaster, 12 Drahtkleiderbügel und ein alter Föhn, der mal Mutter gehört hatte.

Unten im Schrank befand sich eine große Plastikkiste voller Do-it-yourself-Werkzeuge, zum Beispiel ein Bohrer, ein Malerpinsel, ein paar Schrauben und ein Hammer. Ich konnte die Teile alle erkennen, ohne die Kiste zu öffnen, weil sie nämlich aus durchsichtigem grauem Plastik bestand.

Dann fiel mir unter der Werkzeugkiste noch eine andere Kiste auf, und ich hob die Werkzeugkiste aus dem Schrank. Die zweite Kiste war ein alter Karton, wie man sie früher bekam, wenn man Hemden einkaufte. Und als ich die Hemdenschachtel öffnete, lag mein Buch drin.

Jetzt wusste ich nicht, was ich tun sollte.

Ich war glücklich, dass Vater mein Buch nicht weggeworfen hatte. Aber wenn ich das Buch an mich nahm, merkte er ja, dass ich in seinen Sachen herumgewühlt hatte, und würde furchtbar wütend werden, weil ich doch versprochen hatte, nicht in seinen Sachen herumzuwühlen.

In diesem Moment hörte ich draußen den Lieferwagen vorfahren. Jetzt musste ich ganz schnell überlegen und klug handeln. Ich beschloss, das Buch dort zu lassen, wo es war, weil Vater es wahrscheinlich nicht wegwerfen wollte, sonst hätte er es ja nicht in die Hemdenschachtel gelegt. Ich konnte ja in einem anderen Buch weiterschreiben, das ich dann wirklich geheim halten würde, und vielleicht würde er später mal seine Meinung ändern und mir das erste Buch zurückgeben, dann konnte ich das neue Buch in das erste hineinschreiben; und wenn er es mir nie mehr zurückgab, würde ich mich doch zum größten Teil an das Geschriebene erinnern und alles in das zweite geheime Buch übertragen, und falls ich mal überprüfen wollte, ob ich mich richtig erinnerte, konnte ich immer, wenn Vater weg war, in sein Zimmer gehen und nachlesen.

Jetzt hörte ich, wie er die Tür des Lieferwagens zuschlug.

Und in diesem Moment entdeckte ich den Briefumschlag.

Der Briefumschlag war an mich adressiert und lag mit ein paar anderen Kuverts unter meinem Buch in der Hemdenschachtel. Ich nahm ihn heraus. Er war ungeöffnet. Auf dem Kuvert stand

**Christopher Boone**
**36 Randolph Street**
**Swindon**
**Wiltshire**

Dann sah ich noch viele andere Kuverts, alle an mich adressiert. Und das war interessant und verwirrend.

Und dann fiel mir auf, wie die Worte Christopher und Swindon geschrieben waren. Sie waren so geschrieben:

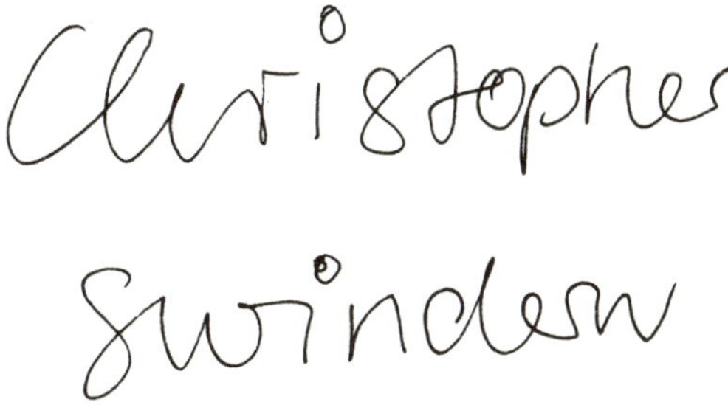


Ich kenne nur 3 Personen, die über den Buchstaben i einen kleinen Kreis und nicht einen Punkt setzen. Eine ist Siobhan, eine war Mr. Loxely, der früher mal an der Schule unterrichtet hat, und eine war Mutter.

Als ich jetzt Vater die Haustür öffnen hörte, zog ich den Briefumschlag unter dem Buch hervor, legte den Deckel wieder auf die Hemdenschachtel, stellte die Werkzeugkiste oben drauf und schloss ganz vorsichtig die Schranktür.

»Christopher?«, rief Vater.

Ich sagte nichts, denn sonst hätte er ja vielleicht gehört, von wo aus ich antwortete. Ich stand auf, ging ums Bett herum zur Tür, den Brief in der Hand, und versuchte so leise wie möglich zu sein.

Vater stand unten an der Treppe. Ich hatte Angst, dass er mich jetzt sehen würde, aber er blätterte die Post durch, die am Morgen gekommen war, und hielt den Kopf gesenkt. Dann entfernte er sich vom Fuß der Treppe in Richtung Küche, und ich machte ganz leise seine Zimmertür zu und schlich in mein eigenes Zimmer.

Ich hätte mir den Briefumschlag gern genauer angeschaut, wollte Vater aber nicht verärgern, darum versteckte ich ihn unter meiner Matratze. Ich ging die Treppe hinunter, um Vater Hallo zu sagen.

»Na, was hast du heute so getrieben, junger Mann?«, fragte er.

»Wir hatten **Alltagsverhalten** bei Mrs. Gray«, sagte ich. »Und zwar **Umgang mit Geld** und **Öffentliche Verkehrsmittel**. Zum Mittagessen gab es Tomatensuppe und drei Äpfel. Und nachmittags hab ich ein bisschen Mathe gelernt, und wir sind mit Mrs. Peters in den Park gegangen und haben Laub für Collagen gesammelt.«

»Hervorragend. Ausgezeichnet. Was würdest du denn heute Abend gern futtern?«

Mit *futtern* meint er essen.

Ich sagte, gebackene Bohnen und Brokkoli.

Und Vater meinte: »Ich glaube, das lässt sich ohne weiteres machen.«

Ich setzte mich aufs Sofa und las weiter in dem Buch **Chaos** von James Gleick.

Später ging ich in die Küche und aß meine gebackenen Bohnen und Brokkoli; für Vater gab es Würstchen, Eier, Toast und eine Tasse Tee.

»Ich stell jetzt mal dieses Regal im Wohnzimmer auf, wenn's dir recht ist«, sagte Vater. »Ich fürchte, das wird ein ziemlicher Lärm, wir müssten also den Fernseher nach oben tragen, falls du schauen willst.«

»Ich gehe jetzt in mein Zimmer«, sagte ich.

»Prima«, meinte er.

Und ich sagte: »Danke fürs Abendessen«, weil das höflich ist.

Und er: »Kein Problem, Junge.«

Dann ging ich hinauf.

Und als ich in meinem Zimmer war, machte ich die Tür zu und zog den Briefumschlag unter der Matratze hervor. Ich hielt das Kuvert gegen das Licht, um zu erkennen, was drin war, aber das Papier des Kuverts war zu dick. Ich schwankte, ob ich es wirklich öffnen sollte, weil ich es doch aus dem Zimmer meines Vaters entwendet hatte. Aber dann dachte ich, dass der Umschlag ja an mich adressiert war und mir gehörte und dass es o.k. war, ihn aufzumachen.

Also öffnete ich ihn.

Er enthielt einen Brief.

Ich las den Brief durch:

451c Chapter Road
Willesden
London NW2 5NG
Tel.: 0208 887 8907

**Lieber Christopher,**

entschuldige bitte, dass es so lange gedauert hat, bis ich Dir schreibe. Ich habe jetzt einen neuen Job als Sekretärin in einer Fabrik, die Sachen aus Stahl herstellt. Da würde es Dir bestimmt sehr gefallen. Die Fabrik steht voller riesiger Maschinen, die den Stahl produzieren, schneiden, walzen und in alle möglichen Formen biegen. Diese Woche machen sie ein Dach für ein Café in einem Einkaufcenter in Birmingham. Es hat die Form einer riesigen Blüte, und später wird Leinwand drübergespannt, damit es wie ein riesiges Zelt aussieht.

Inzwischen sind wir in die neue Wohnung gezogen, wie Du an der Adresse sehen kannst. Sie ist nicht so schön wie die alte, und ich finde Willesden auch keine besonders gute

Gegend, aber Roger kommt von hier aus leichter zur Arbeit. Er hat die Wohnung gekauft (die andere war nur gemietet), so dass wir uns eigene Möbel anschaffen und die Wände in der Farbe anstreichen können, die uns am besten gefällt.

Es hat auch deshalb etwas gedauert, bis ich Dir wieder schreiben konnte, weil es anstrengend war, unsere Sachen ein- und auszupacken. Und nebenher musste ich mich auch noch an den neuen Job gewöhnen.

Ich bin jetzt sehr müde und muss schlafen, und da ich den Brief gleich morgen früh einwerfen möchte, mache ich jetzt Schluss. Ich werde Dir bald wieder schreiben.

Bisher hast Du mir noch nicht geantwortet, also bist Du mir vermutlich immer noch böse. Es tut mir Leid, Christopher. Aber ich habe Dich immer noch lieb. Ich hoffe, Du wirst mir nicht für alle Zeiten böse sein. Und ich fände es wunderschön, wenn Du es schaffen würdest, mir einen Brief zu schreiben (aber denk dran, ihn an die neue Adresse zu schicken!).

**Ich denke immer an Dich.**
**Viele liebe Grüße**
**Deine Mum**

Als ich den Brief zu Ende gelesen hatte, war ich völlig verwirrt. Mutter hatte noch nie als Sekretärin bei einer Firma gearbeitet, die Sachen aus Stahl produziert. Sie war Sekretärin bei einer großen Autowerkstatt in Swindon gewesen. Und sie hatte auch nie in London gelebt. Mutter hatte immer bei uns gelebt. Außerdem hatte sie mir noch nie zuvor einen Brief geschrieben.

Da kein Datum draufstand, konnte ich nicht erkennen, wann sie den Brief geschrieben hatte, und ich überlegte, ob vielleicht jemand anderes den Brief geschrieben und sich für Mutter ausgegeben hatte.

Dann schaute ich auf die Vorderseite des Umschlags und sah einen Poststempel, und auf dem Poststempel stand ein Datum, das ziemlich schwer zu entziffern war, aber es lautete:

Und das bedeutete, dass der Brief am 16. Oktober 1997 eingeworfen worden war, also 18 Monate nach Mutters Tod.

Und dann ging meine Zimmertür auf und Vater fragte: »Was machst du denn?«

Ich sagte: »Ich lese einen Brief.«

Und er: »Ich bin mit dem Bohren fertig. Im Fernsehen kommt jetzt diese Natur-Sendung von David Attenborough, falls es dich interessiert.«

Ich sagte: »Okay.«

Dann ging er wieder hinunter.

Ich starrte auf den Brief und dachte furchtbar angestrengt nach. Es war ein Rätsel, und ich konnte es nicht lösen. Vielleicht hatte der Brief im falschen Umschlag gesteckt und war von Mutter noch vor ihrem Tod geschrieben worden. Aber warum schrieb sie aus London? Sie war höchstens mal eine Woche lang weggewesen, als sie ihre Cousine Ruth besucht hatte, die an Krebs litt, aber Ruth lebte in Manchester.

Und dann dachte ich, dass der Brief vielleicht gar nicht

von Mutter stammte. Vielleicht war es ein Brief an einen anderen Jungen, der auch Christopher hieß.

Ich war aufgeregt. Als ich angefangen hatte, mein Buch zu schreiben, hatte ich nur *ein* Rätsel lösen müssen. Jetzt waren es schon zwei.

Ich beschloss, an diesem Abend nicht länger darüber nachzudenken, weil ich nicht genügend Informationen besaß und leicht *zu falschen Schlüssen gelangen* konnte, wie Mr. Athelney Jones von Scotland Yard. Das ist gefährlich, weil man immer erst sicherstellen sollte, dass man alle verfügbaren Hinweise beisammen hat, bevor man mit den Schlussfolgerungen anfängt. So wird es viel unwahrscheinlicher, dass einem ein Fehler unterläuft.

Ich beschloss zu warten, bis Vater das Haus verlassen hatte. Dann würde ich an den Schrank in seinem Zimmer gehen und nachsehen, von wem die anderen Briefe stammten und was drin stand.

Ich faltete den Brief und versteckte ihn unter meiner Matratze, damit Vater ihn nicht fand und böse wurde. Dann ging ich hinunter und sah fern.

# 151

So vieles ist rätselhaft. Aber das heißt nicht, dass es keine Antwort gäbe. Oft haben die Wissenschaftler die Lösung nur noch nicht gefunden.

Zum Beispiel glauben manche Leute, dass die Geister von Toten zurückkehren können. Onkel Terry hat behauptet, mal in einem Schuhgeschäft in einem Einkaufszentrum in Northampton einen Geist gesehen zu haben. Während er ins Kellergeschoss hinunterstieg, sah er jemanden in grauer Kleidung, der unten an der Treppe vorbeilief. Aber als er im Keller ankam, war dieser ganz leer, und es waren auch nirgends Türen.

Als er der Frau oben an der Kasse davon erzählte, sagte sie, das sei der Geist eines Franziskanermönchs. Er heiße Tuck und habe in dem Kloster gelebt, das vor mehreren Jahrhunderten auf dem gleichen Grundstück gestanden hatte. Deshalb hieß das Einkaufszentrum auch **Franziskaner-Einkaufszentrum**. Die Verkäufer und Kunden hatten sich längst an den Mönch gewöhnt und keine Angst mehr vor ihm.

Eines Tages werden Wissenschaftler etwas entdecken, das Geister erklärt, so wie sie die Elektrizität entdeckt haben, die den Blitz erklärte. Es könnte etwas mit dem menschlichen Gehirn zu tun haben oder mit dem Magnetfeld der Erde, oder vielleicht ist es auch eine völlig neue Kraft. Auf alle Fälle werden die Geister dann nichts Geheimnisvolles mehr haben. Es wird so sein wie mit Elektrizität, Regenbögen und Antihaft-Bratpfannen.

Manche Geheimnisse sind aber auch gar keine richtigen Geheimnisse. Hier folgt ein Beispiel für ein Rätsel, das keines ist:

In unserer Schule wurde ein Teich mit Fröschen angelegt, damit wir lernen, Tiere freundlich und respektvoll zu behandeln. Einige Schüler gehen nämlich ganz schrecklich mit Tieren um und finden es lustig, Würmer zu zertreten oder mit Steinen nach Katzen zu werfen.

In manchen Jahren sind viele Frösche im Teich, in manchen nur ganz wenige. Und wenn man in einem Diagramm darstellen würde, wie viele Frösche im Teich wären, würde es so aussehen (aber dies ist eine so genannte *hypothetische* Graphik, was bedeutet, dass die Zahlen nicht die wirklichen Zahlen sind, sie dienen nur zur *Veranschaulichung*):

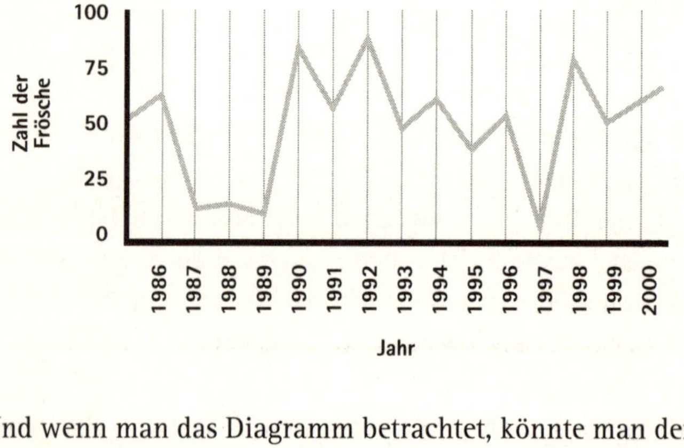


Und wenn man das Diagramm betrachtet, könnte man denken, dass es 1987 und 1988 und 1989 und 1997 sehr kalte Winter gab oder dass ein Reiher auftauchte und viele der Frösche auffraß (manchmal kommt wirklich ein Reiher und will die Frösche fressen, aber über den Teich ist Maschendraht gespanngt).

Doch manchmal hat es nichts mit kalten Wintern oder Katzen oder Reihern zu tun. Manchmal hat es nur mit Mathematik zu tun.

Hier folgt eine Formel für die Population von Tieren:

$$N_{neu} = \lambda (N_{alt}) (1 - N_{alt})$$

Und in dieser Formel steht **N** für die Populationsdichte. Bei N = 1 ist die Population am größten. Und bei N = 0 ist die Population ausgestorben. $N_{neu}$ steht für die Population in einem Jahr und $N_{alt}$ für die Population im Jahr davor. Und $\lambda$ ist eine so genannte Konstante.

Wenn $\lambda$ weniger als 1 beträgt, wird die Population immer kleiner und kleiner und stirbt irgendwann aus. Und wenn $\lambda$ zwischen 1 und 3 ist, wird die Population immer größer und bleibt stabil. Die folgenden Graphiken sind ebenfalls hypothetisch:

Und wenn $\lambda$ zwischen 3 und 3,57 beträgt, verläuft die Population in Zyklen:

Doch wenn λ größer als 3,57 ist, verläuft die Population chaotisch, wie in der Graphik.

Dies wurde von Robert May, George Oster und Jim Yorke entdeckt. Und es bedeutet: Manche Dinge sind so kompliziert, dass man unmöglich vorhersagen kann, wie sie sich entwickeln, obwohl sie nur ganz simplen Regeln gehorchen.

Und es bedeutet auch, dass manchmal eine ganze Population von Fröschen oder Würmern oder Menschen aussterben kann, einzig und allein deshalb, weil Zahlen so funktionieren.

# 157

Es verstrichen sechs Tage, bis ich endlich wieder in Vaters Zimmer gehen und in die Hemdenschachtel im Schrank schauen konnte.

Am ersten Tag, einem Mittwoch, zog Joseph Fleming seine Hosen aus, benutzte den Fußboden des Umkleideraums der Schule als Klo und begann das zu essen, aber Mr. Davis hinderte ihn daran.

Joseph isst alles. Einmal hat er sich sogar einen der kleinen blauen Desinfektionswürfel in den Mund gestopft, die im Klobecken hängen. Und einmal eine £50-Note aus dem Geldbeutel seiner Mutter. Außerdem isst er Schnüre, Gummiringe, Papiertaschentücher, Schreibpapier, Farben und Plastikgabeln. Und er schlägt sich selbst gegen das Kinn und schreit sehr viel.

Als Tyrone mal behauptet hat, es hätten ein Pferd und ein Schwein im Aa gelegen, sagte ich, er sei ein Spinner, aber Siobhan sagte, das sei er nicht. Das waren nämlich die kleinen Plastiktiere aus der Bücherei gewesen, mit denen die Lehrer uns dazu bringen, Geschichten zu erzählen. Und diese Plastiktierchen hatte Joseph aufgegessen.

Ich sagte, ich würde jetzt nicht mehr auf die Toilette gehen, weil Aa auf dem Boden gelegen hatte und weil mich das störte, obwohl Mr. Ennison inzwischen sauber gemacht hatte. Und ich machte mir in die Hosen und musste Ersatzhosen anziehen, aus dem Schrank in Mrs. Gascoynes Zimmer. Deshalb erlaubte mir Siobhan, zwei Tage lang die Lehrertoilette zu benutzen, aber nur zwei Tage lang, dann musste ich wieder auf die Schülertoilette. Und wir trafen eine Abmachung.

Am zweiten, dritten und vierten Tag, also Donnerstag, Freitag und Samstag, passierte nichts Interessantes.

Am fünften Tag, einem Sonntag, regnete es in Strömen. Ich finde es gut, wenn es stark regnet. Es klingt, als sei überall weißes Rauschen, wie Stille, aber nicht leer.

Ich ging nach oben, setzte mich in mein Zimmer und schaute zu, wie das Wasser auf die Straße prasselte. Es prasselte so stark, dass es aussah, als sprühten weiße Funken (das ist ein Vergleich, keine Metapher). Kein Mensch war draußen, weil jeder zu Hause blieb. Und das brachte mich auf den Gedanken, dass alles Wasser in der Welt miteinander verbunden ist und dass dieses Wasser aus den Ozeanen verdampft war, irgendwo mitten im Golf von Mexiko oder der Baffin Bay, bevor es jetzt hier herunterfiel und im Rinnstein versickerte und dann in eine Kläranlage floss und gereinigt wurde, um dann in irgendeinem Fluss wieder zurück zum Ozean zu strömen.

Montagabend erhielt Vater einen Anruf von einer Frau, deren Keller überflutet war. Es handelte sich um einen Notfall, und er musste sofort losfahren.

Wenn es nur *einen* Notfall gibt, fährt Rhodri hin, weil seine Frau und seine Kinder nach Somerset gezogen sind, und das heißt, dass er abends nichts zu tun hat außer Billard zu spielen, zu trinken und fernzusehen. Er muss Überstunden machen, um das Geld zu verdienen, das er seiner Frau schicken kann, die sich um die Kinder kümmert. Und Vater muss sich um mich kümmern. Aber da es an diesem Abend zwei Notfälle gab, sagte Vater, ich solle brav sein und ihn auf dem Handy anrufen, falls es ein Problem gäbe. Dann fuhr er mit dem Lieferwagen weg.

Ich ging in sein Zimmer, öffnete den Schrank, hob die Werkzeugkiste heraus und schaute in die Hemdenschachtel.

Ich zählte die Briefe. Es waren 43. Sie waren alle in der gleichen Handschrift an mich adressiert.

Ich nahm einen Umschlag heraus und öffnete ihn.

Er enthielt diesen Brief:

3. Mai

451c Chapter Road
London NW2 5NG
Tel.: 0208 887 8907

**Lieber Christopher,**

endlich haben wir einen neuen Kühlschrank und Herd! Roger und ich sind am Wochenende zur Mülldeponie gefahren, um die alten Geräte wegzuwerfen. Dort werfen die Leute alles Mögliche weg. Es gibt drei riesige Container für Glas in drei verschiedenen Farben und andere Container für Kartons, Maschinenöl und für Garten- und Haushaltsabfälle und wieder andere für größere Gegenstände (dort haben wir unseren alten Kühlschrank und Herd abgeladen).

Dann sind wir in ein Gebrauchtwarengeschäft gegangen und haben einen neuen Herd und einen neuen Kühlschrank gekauft. Jetzt fühlen wir uns hier schon ein bisschen mehr zu Hause.

Gestern Nacht habe ich ein paar alte Fotos angeschaut, die mich ganz traurig gemacht haben. Ich fand ein Foto, auf dem Du mit der Eisenbahn spielst, die wir Dir vor ein paar Jahren zu Weihnachten gekauft hatten. Und das hat mich glücklich gemacht, weil es damals eine richtig schöne Zeit für uns war.

Erinnerst Du Dich noch, wie Du den ganzen Tag damit gespielt hast und abends nicht ins Bett wolltest, weil Du immer noch damit gespielt hast? Und weißt Du noch, wie wir Dir etwas von Fahrplänen erzählten und Du einen Zugfahrplan aufgestellt und Dir eine Uhr genommen hast und die Züge nach Fahrplan hast fahren lassen? Und dass es einen kleinen hölzernen Bahnhof gab und wir Dir gezeigt haben, dass Leute, die im Zug mitfahren wollten, zum Bahnhof gehen, eine Fahrkarte kaufen und dann einsteigen? Anschließend holten wir eine Landkarte und zeigten Dir die dünnen Linien der Zugverbindungen, die alle Bahnhöfe miteinander verbinden. Wochenlang hast Du damit gespielt, und wir haben Dir weitere Züge gekauft, und Du hast bei jedem gewusst, wohin er fuhr.

Daran habe ich mich sehr gern erinnert.

Jetzt muss ich gehen. Es ist halb drei Uhr nachmittags. Ich habe nicht vergessen, dass Du immer gern genau Bescheid weißt, wie viel Uhr es ist. Ich muss jetzt zum Supermarkt und für Roger Schinken kaufen. Unterwegs werfe ich dann den Brief ein.

**Alles Liebe, Deine Mum**

Dann öffnete ich noch einen Umschlag. Darin war dieser Brief:

Flat 1, 312 Lausanne Rd
London N8 5 BV
Tel.: 0208 756 4321

**Lieber Christopher,**

ich habe gesagt, sobald ich einmal genug Zeit hätte, würde ich Dir erklären, warum ich weggegangen bin. Jetzt habe ich alle Zeit der Welt. Ich sitze auf dem Sofa und höre Radio und will versuchen, Dir alles so gut wie möglich zu erklären.

Ich war keine sehr gute Mutter, Christopher. Wer weiß,

wenn alles anders gewesen wäre, wenn Du anders gewesen wärst, vielleicht hätte ich es dann besser gemacht. Aber so hat es sich nun mal ergeben.

Ich bin nicht wie Dein Vater, der viel mehr Geduld hat. Er kommt mit allem zurecht, und wenn ihn etwas aufregt, lässt er sich nichts anmerken. Aber so bin ich nicht, und daran kann ich auch nichts ändern.

Weißt Du noch, wie wir einmal zusammen in der Stadt einkaufen waren? Und dass wir ein Weihnachtsgeschenk für Oma brauchten und zu Bentalls gingen, wo es so schrecklich voll war? Die vielen Leute haben Dir schreckliche Angst eingejagt.

Es war mitten im Weihnachtsgeschäft, und die Innenstadt wimmelte nur so von Menschen. Ich unterhielt mich mit Mr. Land, der bei den Haushaltswaren arbeitet und früher mal mit mir in die Schule gegangen ist. Und Du hast Dich auf den Boden gekauert und Dir die Ohren zugehalten und warst allen im Weg. Ich wurde wütend, weil mich Weihnachtseinkäufe auch anstrengen, und bat Dich, Dich zusammenzureißen. Ich wollte Dich hochziehen und mit Dir weitergehen. Aber Du hast geschrien und die Mixer vom Regal geworfen, was einen Riesenlärm machte.

Die Kunden drehten sich nach uns um. Und Mr. Land war nett, aber es lagen Schachteln und abgebrochene Teile von Rührschüsseln herum, und alle starrten zu uns, und dann sah ich, dass Du Dich nass gemacht hast. Ich war so aufgebracht und wollte Dich aus dem Laden hinausbringen, aber Du wolltest nicht von mir angefasst werden und lagst einfach nur brüllend auf dem Boden und hast mit Händen und Füßen auf den Boden geschlagen. Der Geschäftsführer erschien und fragte, ob es ein Problem gibt, und ich war fix und fertig und musste zwei kaputte Mixer bezahlen. Wir warteten einfach, bis Du endlich zu schreien aufhörtest. Und dann musste ich den ganzen Heimweg mit Dir zu Fuß zurücklegen, weil mir klar war, dass Du nicht mehr in den Bus steigen würdest.

Und ich weiß noch, dass ich an jenem Abend nur noch heulte, ununterbrochen heulte, und Dein Vater war erst sehr nett und machte Dir was zum Essen und brachte Dich zu Bett und sagte, das könne eben passieren und das käme schon wieder in Ordnung. Aber ich sagte, ich könnte es nicht mehr ertragen, und irgendwann wurde er wütend und sagte, ich sei dumm und solle mich zusammenreißen, und da haute ich ihm eine runter, was ein Fehler war, aber ich war so wütend.

Solche Auseinandersetzungen hatten wir häufig. Weil ich ständig dachte, dass ich es nicht mehr ertragen kann. Und Dein Vater ist äußerst geduldig, aber ich nicht, ich rege mich auf, auch wenn ich es nicht so meine. Und am Schluss haben wir kaum noch miteinander gesprochen, weil wir ja wussten, es würde immer mit einem Streit enden und nirgends hinführen. Und ich fühlte mich sehr einsam.

Und damals fing es an, dass ich viel Zeit mit Roger verbrachte. Ich meine, wir hatten ja schon immer viel Zeit mit den Shears verbracht. Aber jetzt fing es an, dass ich Roger allein traf, weil ich mit ihm reden konnte. Er war der einzige Mensch, mit dem ich wirklich reden konnte. Und wenn ich bei ihm war, fühlte ich mich nicht mehr einsam.

Ich weiß, dass Du das vielleicht überhaupt nicht verstehst, aber ich wollte versuchen, es Dir zu erklären, damit Du es weißt. Und selbst wenn Du es jetzt nicht verstehst, kannst Du diesen Brief aufheben und später lesen, und vielleicht verstehst Du ihn dann.

Roger hat mir erzählt, dass er und Eileen sich schon lange nicht mehr liebten und dass auch er sich einsam fühlte. Wir hatten also eine Erfahrung gemeinsam. Und dann merkten wir, dass wir einander liebten. Er schlug vor, dass ich Deinen Vater verlassen sollte und dass wir zusammen in ein anderes Haus ziehen sollten.

Aber ich sagte, ich könnte Dich nicht verlassen, und darüber war er traurig. Aber natürlich verstand er, dass Du mir sehr wichtig bist.

Und dann hatten wir mal Streit, Du und ich. Weißt Du noch? Es ging um Dein Abendessen. Ich hatte Dir etwas gekocht, und Du wolltest es nicht essen. Du hattest schon seit Tagen nichts gegessen und sahst schon ganz abgemagert aus. Und als Du zu schreien anfingst, wurde ich wütend und warf das Essen durchs Zimmer. Ich weiß, ich hätte das nicht tun sollen. Du hast Dir das Schneidebrett geschnappt und es nach mir geworfen, und es traf meinen Fuß und brach mir die Zehen. Wir mussten ins Krankenhaus fahren, wo ich einen Gipsverband bekam. Und später haben Dein Vater und ich uns zu Hause grässlich gestritten. Er warf mir vor, dass ich wütend auf Dich geworden war, und sagte, ich solle Dir doch einfach geben, was Du willst, und wenn es nur ein Teller Kopfsalat oder ein Erdbeer-Milchshake wäre. Aber ich erwiderte, dass Du zwischendurch auch mal etwas Gesundes essen solltest. Als er meinte, Du könntest doch nichts dafür, habe ich gesagt, ich könnte auch nichts dafür, wenn ich mal die Beherrschung verliere. Aber er meinte, wenn *er* sich beherrschen könne, solle ich es gefälligst auch versuchen. Und so ging es die ganze Zeit weiter.

Einen Monat lang konnte ich nicht richtig laufen, erinnerst Du Dich, und Dein Vater musste sich um Dich kümmern. Ich weiß noch, wie ich euch beide zusammen sah und dachte, dass Du bei ihm ganz anders bist. Viel ruhiger. Ihr habt euch nicht angeschrien. Und das hat mich sehr traurig gemacht, weil es so aussah, als würdest Du mich eigentlich gar nicht brauchen. Und irgendwie war das noch schlimmer, als wenn wir beide uns die ganze Zeit gestritten hätten, weil ich mir wie eine Unsichtbare vorkam.

Und ich glaube, da habe ich eingesehen, dass es euch beiden, Dir und Deinem Vater, wahrscheinlich besser geht, wenn ich nicht bei euch wohne. Denn dann würde er sich nur noch um eine Person kümmern müssen, statt um zwei.

Kurz darauf hat Roger die Bank um seine Versetzung gebeten. Das heißt, er hat gefragt, ob man ihm einen Job in London geben könnte, weil er wegziehen wollte. Er fragte mich, ob ich mitkomme. Ich habe lange nachgedacht, Christopher. Ehrlich. Und es hat mir das Herz gebrochen, aber irgendwann bin ich zu dem Schluss gekommen, dass es für uns alle besser wäre, wenn ich gehen würde. Deshalb sagte ich *ja*.

Ich wollte Dir noch auf Wiedersehen sagen. Ich wollte noch ein paar Kleider abholen, wenn Du von der Schule zurückgekehrt warst. Und bei der Gelegenheit hätte ich Dir auch versprochen, dass ich so oft wie möglich nach Swindon fahre, um Dich zu sehen, und dass Du manchmal auch nach London kommen und bei uns wohnen könntest. Aber als ich Deinen Vater anrief, schrie er, ich dürfe nie mehr zurückkommen. Er war in Rage. Er hat mir verboten, mit Dir zu reden. Ich wusste nicht, wie ich mich verhalten sollte. Er sagte, ich sei ein Egoist und dürfe das Haus nie mehr betreten. Daran habe ich mich gehalten. Stattdessen habe ich Dir diese Briefe geschrieben.

Ich frage mich, ob Du das alles überhaupt verstehen kannst. Ich weiß, es wird sehr schwierig für Dich. Aber ich hoffe, Du kannst es zumindest ein bisschen nachvollziehen.

Christopher, ich wollte Dir nie Schmerz zufügen. Ich dachte, was ich tue, sei das Beste für uns alle. Das hoffe ich jedenfalls. Und Du sollst wissen, dass es nicht Deine Schuld ist.

Früher habe ich davon geträumt, dass sich alles zum Besseren wenden würde. Erinnerst Du Dich, dass Du einmal Astronaut werden wolltest? Nun, ich träumte davon, dass Du Astronaut wärst und im Fernsehen gezeigt würdest, und ich hätte gedacht, das ist mein Sohn. Was Du jetzt wohl später mal werden willst? Hat es sich geändert? Magst Du Mathe immer noch so gern? Ich hoffe es.

Bitte, Christopher, schreib mir doch manchmal oder ruf mich an. Die Telefonnummer steht oben auf dem Brief.

**Liebe und Küsse, Deine Mutter**

Dann öffnete ich einen dritten Umschlag. Und der enthielt diesen Brief:

18. September

Flat 1
312 Lausanne Road
London N 8
Tel.: 0208 756 4321

**Lieber Christopher,**

ich habe gesagt, ich würde Dir jede Woche schreiben, und das habe ich auch getan. Dies ist sogar schon der zweite Brief in dieser Woche, also hab ich mich selbst übertroffen.

Ich habe einen Job! Ich arbeite in Camden, bei Perkin and Rashid, das sind Vermessungs-Ingenieure. Die schauen sich Häuser an und überlegen, was alles renoviert werden müsste und wie viel das kosten würde. Sie rechnen auch aus, wie viel es kostet, neue Häuser und Fabriken zu bauen.

Es ist ein gutes Büro. Die andere Sekretärin heißt Angie. Auf ihrem Schreibtisch stehen kleine Teddybären, Plüschtiere und Fotos von ihren Kindern (deshalb habe ich jetzt auch ein gerahmtes Foto von Dir auf meinen Schreibtisch gestellt). Angie ist sehr nett, und wir gehen immer gemeinsam Mittagessen.

Trotzdem weiß ich nicht, wie lange ich hier bleiben werde.

Ich muss sehr oft Zahlen addieren, wenn wir Rechnungen an Kunden schicken, und das kann ich nicht besonders gut (im Unterschied zu Dir!).

Die Firma wird von zwei Männern geleitet: Mr. Perkin und Mr. Rashid.

Mr. Rashid stammt aus Pakistan, ist sehr streng und treibt uns immer zur Eile an. Mr. Perkin dagegen wirkt leicht unheimlich (Angie nennt ihn den Perversen Perkin). Wenn er neben mir steht, um mich was zu fragen, legt er mir immer die Hand auf die Schulter und beugt sich zu mir hinab, so dass sein Gesicht ganz nah an meinem ist und ich seine Zahnpasta riechen kann, und da überläuft es mich immer ganz kalt. Und die Bezahlung ist auch nicht besonders gut. Daher werde ich mich wohl bei nächster Gelegenheit nach etwas Besserem umschauen.

Kürzlich bin ich zum Alexandra Palace gegangen. Das ist ein großer Park direkt um die Ecke von unserer Wohnung, mit einem großen Konferenz-Zentrum oben auf dem Hügel. Ich musste an Dich denken: Wenn Du mich mal besuchen würdest, könnten wir dort Drachen steigen lassen oder die Flugzeuge beobachten, die vom Flughafen Heathrow kommen, das würde Dir bestimmt Spaß machen.

Ich schreibe dies in meiner Mittagspause (Angie hat Grippe, deshalb können wir heute nicht zusammen essen). Bitte, schreib mir doch mal und lass mich wissen, wie es Dir geht und was die Schule macht.

Ich hoffe, Du hast das Weihnachtsgeschenk bekommen, das ich Dir geschickt habe. Hast Du schon die Lösung gefunden?

Roger und ich haben es in einem Laden in Camden Market gesehen, und ich weiß ja, dass Du Puzzles immer schon gemocht hast. Roger hat versucht, die zwei Teile auseinander zu nehmen, bevor wir es eingepackt haben, aber es ist ihm nicht gelungen. Er hat gesagt, wenn Du es schaffst, bist Du ein Genie.

**Alles, alles Liebe, Deine Mutter**

Und dies war der vierte Brief:

23. August

Flat 1<br>312 Lausanne Road<br>London N 8

**Lieber Christopher,**

entschuldige bitte, dass ich Dir letzte Woche nicht geschrieben habe. Ich musste mir zwei Backenzähne ziehen lassen. Erinnerst Du Dich noch daran, wie wir Dich mal zum Zahnarzt fahren mussten? Niemand durfte Dir mit der Hand in den Mund fassen, und man musste Dir eine Narkose geben, damit der Arzt den Zahn überhaupt ziehen konnte. Nun ja, mir haben sie keine Narkose gegeben, nur eine so genannte Lokalanästhesie, so dass man im ganzen Mund nichts mehr spürt, was auch gut so war, denn sie mussten den Knochen durchsägen, um den Zahn rauszukriegen. Aber es hat überhaupt nicht wehgetan. Ich hab sogar gelacht, weil der Zahnarzt so angestrengt ziehen und zerren musste, und ich fand das richtig lustig.

Aber zu Hause kam der Schmerz zurück, und ich habe zwei Tage lang auf dem Sofa gelegen und haufenweise Schmerzmittel genommen...

Ich hörte auf zu lesen, weil mir übel war.

Mutter hatte gar keinen Herzanfall gehabt. Mutter war

gar nicht gestorben. Mutter hatte die ganze Zeit gelebt. Und Vater hat mich angelogen.

Ich dachte angestrengt nach, ob es eine andere Erklärung gab, aber es fiel mir keine ein. Und dann fiel mir überhaupt nichts mehr ein, weil mein Gehirn nicht mehr richtig funktionierte.

Mir wurde schwindelig. Es war, als ob der Raum hin und her schaukeln würde, als ob ich ganz oben auf einem sehr hohen Gebäude stünde, und das Gebäude würde bei heftigem Wind vor und zurückschwingen (das ist auch ein Vergleich). Aber ich wusste ja, dass der Raum nicht vor und zurückschwingen kann, also musste es etwas sein, das in meinem Kopf passierte.

Ich warf mich aufs Bett und rollte mich zu einer Kugel zusammen.

Mein Magen tat weh.

Was dann passierte, weiß ich nicht, denn dann bekommt mein Gedächtnis eine Lücke, als wäre ein kleines Stück Band gelöscht worden. Aber ich weiß, dass viel Zeit vergangen war, denn als ich später die Augen öffnete, war es draußen vor dem Fenster schon dunkel. Und überall war Erbrochenes, das ganze Bett war voll, und meine Hände, meine Arme, mein Gesicht.

Aber bevor ich das überhaupt merkte, hörte ich Vater nach Hause kommen und meinen Namen rufen, ein weiterer Grund, warum ich weiß, dass viel Zeit vergangen war.

Und es war seltsam, denn er rief: »Christopher...? Christopher?« Ich sah meinen Namen geschrieben, während er ihn aussprach. Wenn jemand etwas sagt, sehe ich es oft geschrieben, wie auf einem Monitor, vor allem, wenn sich derjenige in einem anderen Raum befindet. Aber diesmal war es nicht wie auf einem Computerbildschirm. Ich sah meinen Namen in riesiger Schrift, wie in einer großen Reklame außen an einem Omnibus. Es war die Handschrift meiner Mutter:

Christopher Christopher

Und dann hörte ich, wie Vater die Treppe herauf und ins Zimmer kam.

Und er sagte: »Verdammt noch mal, Christopher, was machst du denn hier?«

Und ich wusste, dass er im Zimmer war, aber seine Stimme klang so winzig und so weit entfernt, wie manchmal die Stimmen von Leuten, wenn ich vor mich hin stöhne und nicht will, dass jemand in meiner Nähe ist.

Und er sagte: »Was zum Teufel …? Das ist mein Schrank, Christopher! Das sind … O Scheiße … Großer Gott, wie konnte das passieren!«

Dann sagte er eine Weile gar nichts mehr.

Er legte mir die Hand auf die Schulter, drehte mich auf die Seite und sagte: »O Gott«. Aber als er mich berührte, tat es nicht weh wie sonst. Ich sah, wie er mich berührte, als sähe ich in einem Film, was im Zimmer passiert, aber ich spürte kaum seine Hand. Es war einfach nur, als würde mich der Wind anwehen.

Und dann schwieg er wieder eine Weile.

Dann sagte er: »Es tut mir Leid, Christopher. Es tut mir so sehr Leid.«

Und da erst merkte ich, dass ich mich erbrochen hatte, weil ich mich überall nass anfühlte und es auch riechen konnte, wie manchmal in der Schule, wenn sich jemand übergibt.

»Du hast die Briefe gelesen«, sagte er.

Ich hörte, dass er weinte, denn sein Atem klang blubbernd

und nass, wie bei einer Erkältung, wenn man eine Menge Rotz in der Nase hat.

»Ich hab es doch nur gut gemeint, Christopher. Ehrlich. Ich wollte dich nicht belügen. Ich dachte nur... ich dachte einfach, es wäre besser für dich, wenn du nicht wüsstest... dass... dass... ich wollte doch nicht... Ich wollte sie dir zeigen, wenn du älter bist.«

Dann schwieg er wieder.

Dann sagte er: »Das hätte nicht passieren dürfen.«

Dann schwieg er wieder.

Dann sagte er: »Ich wusste nicht, was ich dir sagen sollte... ich war so durcheinander... Sie hat einen Zettel dagelassen... Dann hat sie angerufen und... ich hab dir gesagt, sie sei im Krankenhaus, weil... weil ich nicht wusste, wie ich's dir erklären soll. Es war so kompliziert. So schwierig. Und ich... ich hab dir gesagt, sie sei im Krankenhaus. Und natürlich hat es nicht gestimmt. Aber nachdem ich es gesagt hatte... konnte ich... konnte ich nicht mehr zurück. Verstehst du... Christopher? Christopher...? Das Ganze ist einfach außer Kontrolle geraten, und ich würde alles dafür geben, wenn...«

Dann schwieg er sehr lange.

Dann berührte er mich wieder an der Schulter und sagte: »Christopher, wir müssen dich jetzt sauber machen, okay?«

Er rüttelte mich ein bisschen an der Schulter, aber ich rührte mich nicht.

»Christopher«, sagte er, »ich gehe jetzt rüber und lasse heißes Wasser in die Wanne. Dann komme ich zurück und bring dich ins Bad, okay? Ich muss die Bettwäsche in die Waschmaschine stecken.«

Ich hörte, wie er aufstand und ins Bad ging und die Wasserhähne aufdrehte und wie das Wasser in die Wanne lief. Er blieb eine Weile weg. Als er zurückkam, berührte er mich wieder an der Schulter und sagte: »Komm, Christopher, wir machen das jetzt in aller Ruhe. Wir setzen dich jetzt hin und ziehen dich aus, und dann gehen wir ins Bad, okay? Ich muss dich anfassen, aber du wirst sehen, es ist nicht schlimm.«

Er hob mich hoch, und ich musste mich auf den Bettrand setzen. Er zog mir den Pullover und das Hemd aus und legte die Sachen aufs Bett. Ich musste aufstehen und ins Bad hinübergehen. Aber ich brüllte nicht. Ich kämpfte nicht. Und ich schlug nicht nach ihm.

# 163

Als ich noch klein war, zu Beginn meiner Schulzeit, war Julie meine Klassenlehrerin. Damals arbeitete Siobhan noch nicht an unserer Sonderschule. Damit hat sie erst angefangen, als ich 12 war.

Eines Tages setzte sich Julie neben mich ans Pult, legte eine Packung Smarties vor mich hin und fragte: »Christopher, was glaubst du, was da drin ist?«

»Smarties«, antwortete ich.

Da nahm sie den Deckel ab, drehte die Smarties-Rolle um, und als ein kleiner roter Farbstift herausfiel, sagte sie lachend: »Keine Smarties, ein Stift!«

Dann steckte sie den kleinen roten Stift wieder in die Smarties-Rolle und tat den Deckel drauf.

Dann fragte sie: »Wenn jetzt deine Mammi hereinkäme und wir sie fragen würden, was in der Smarties-Rolle ist, was glaubst du, würde sie antworten?« Damals nannte ich Mutter noch *Mammi*, nicht *Mutter.*

»Ein Stift«, antwortete ich.

Als ich klein war, konnte ich mir kaum vorstellen, wie der Verstand anderer Menschen funktioniert. Und Julie teilte Mutter und Vater mit, dass ich damit immer Schwierigkeiten haben würde. Aber jetzt finde ich es gar nicht mehr so schwierig. Weil ich nämlich gemerkt habe, dass es so etwas Ähnliches wie ein Rätsel ist, und bei jedem Rätsel gibt es einen Lösungsweg.

Das ist wie mit Computern. Die Leute glauben, Computer

würden sich von Menschen unterscheiden, weil Maschinen keinen Verstand besitzen, aber im Turing-Test können sich Computer mit Menschen übers Wetter und über Wein unterhalten und darüber, wie es in Italien ist, und sie können sogar Witze erzählen.

Denn der Verstand ist nichts weiter als eine komplizierte Maschine.

Wenn wir die Dinge betrachten, glauben wir immer, wir würden aus unseren Augen hinausblicken wie aus kleinen Fenstern, und in unserem Kopf würde jemand sitzen, aber das stimmt nicht. Wir schauen auf einen Monitor innerhalb unseres Kopfs wie auf einen Computerbildschirm.

Da gab's nämlich ein Experiment, das ich mal im Fernsehen gesehen habe, in der Serie **Unser Verstand und wie er funktioniert.** Bei diesem Experiment steckt man mit dem Kopf in einem Schraubstock und betrachtet eine Textseite auf einem Monitor. Sie sieht aus wie eine ganz normale Textseite, und nichts verändert sich. Aber nach einer Weile, während der Blick über die Seite wandert, merkt man, dass da irgendetwas sehr Seltsames vorgeht, denn wenn man einen Satz zum zweiten Mal lesen will, steht da plötzlich etwas ganz anderes als vorher.

Und das geht so: Wenn die Augen rasch von einem Punkt zum nächsten springen, sieht man überhaupt nichts mehr und ist blind. Und dieses Zucken nennt man Sakkaden. Denn wenn man alles sehen würde, während der Blick von einem Punkt zum nächsten springt, würde einem schwindlig. Und in dem Experiment gibt es einen Sensor, der meldet, wenn der Blick von einem Punkt zum nächsten springt, und dann werden einige Worte an eine andere Stelle verschoben, die man gerade nicht fixiert.

Aber man merkt gar nicht, dass man während der Sakkaden blind ist, weil das Gehirn die Bildschirmseite im Kopf ergänzt, damit es so scheint, als blicke man durch zwei kleine Fenster im Kopf hinaus. Man merkt also nicht, dass die Wörter an eine andere Stelle der Seite verschoben wurden, weil der Verstand eine Abbildung der Dinge ergänzt, die man momentan nicht fixiert.

Der Mensch unterscheidet sich vom Tier, weil er auf dem Monitor in seinem Kopf Abbildungen von Dingen sieht, die er in Wirklichkeit gar nicht erblickt. Er kann Bilder von einer Person im Kopf haben, die gerade in einem anderen Zimmer ist. Oder eine Vorstellung von etwas, das erst morgen geschehen wird. Oder Bilder von sich selbst als Astronaut. Oder Bilder von sehr hohen Zahlen. Sogar von Gedankenketten.

Und deshalb kann es passieren, dass ein Hund beim Tierarzt eine ganz schwere Operation über sich ergehen lassen musste und dass aus seinem Bein Metallstifte ragen, und doch vergisst er die Stifte im Bein, sobald er eine Katze sieht, und rast ihr hinterher. Wenn aber ein Mensch operiert worden ist, hat er ein Bild im Kopf, dass er nun monatelang Schmerzen haben wird. Und ein Bild von all den Nähten in seinem Bein und von dem gebrochenen Knochen und den Stiften, und sogar wenn er einen Bus sieht, den er erreichen müsste, rennt er nicht einfach los, denn er hat ja eine Vorstellung davon, dass die Knochen knirschen und die Nähte aufplatzen und die Schmerzen noch schlimmer werden, wenn er es tatsächlich wagt.

Und darum denken die Leute, Computer besäßen keinen Verstand, und halten ihr eigenes Gehirn für etwas ganz Besonderes, das sie vom Computer unterscheiden würde. Denn die Leute sehen den Monitor in ihrem Kopf und denken, jemand sitzt in ihrem Kopf und guckt auf den Monitor, so wie Captain Jean-Luc Picard in **Star Trek: The Next Generation** in seinem Kommandosessel sitzt und auf einen großen Bildschirm starrt. Sie denken, dass dieser Jemand ihr Menschenverstand ist, den man *Homunkulus* nennt, was *Menschlein* heißt. Und sie glauben, dass ein Computer diesen Homunkulus nicht besitzt.

Doch dieser Homunkulus ist nur ein weiteres Bild auf dem Monitor im Kopf. Und wenn der Homunkulus auf dem Monitor im Kopf erscheint (weil der Mensch gerade über den Homunkulus nachdenkt), gibt es noch einen Teil des Gehirns, der den Monitor beobachtet. Und wenn der Mensch über diesen Teil des Hirns nachdenkt (also den Teil, der den Homunkulus auf dem Monitor beobachtet), versetzt er diesen Teil auf den Monitor, und ein anderer Teil des Gehirns beobachtet nun den Monitor. Aber das Gehirn merkt davon nichts, weil es wie das Auge von einer Stelle zur nächsten springt, und der Mensch ist blind im Kopf, wenn er von einem Gedanken zum nächsten Gedanken springt.

Und deshalb funktioniert das Gehirn des Menschen wie ein Computer. Nicht, weil es etwas Besonderes wäre, sondern weil es immer wieder für Sekundenbruchteile abschaltet, während sich auf dem Monitor etwas verändert. Und da es etwas gibt, das der Mensch nicht sehen kann, denkt er, dass es etwas Besonderes sein muss, denn der Mensch denkt immer, dass das, was er nicht sehen kann, bedeutsam sei, zum Beispiel die Rückseite des Mondes oder die andere Seite eines schwarzen Lochs oder die Dunkelheit, wenn er nachts aufwacht und sich fürchtet.

Der Mensch denkt auch deshalb, dass er kein Computer ist, weil er Gefühle hat, über die ein Computer eben nicht verfügt. Aber Gefühle zu haben, heißt einfach, auf dem Monitor im Kopf ein Bild davon zu haben, was morgen passieren wird oder nächstes Jahr oder was hätte passieren können anstelle dessen, was wirklich geschehen ist. Wenn es ein fröhliches Bild ist, lächelt man, und wenn es ein trauriges Bild ist, weint man.

# 167

Vater badete mich, wusch das Erbrochene von mir ab und rieb mich mit einem Handtuch trocken. Anschließend brachte er mich in mein Zimmer und zog mir frische Sachen an.

»Hast du heute Abend schon etwas gegessen?«, fragte er.

Ich sagte nichts.

»Kann ich dir etwas zu essen bringen, Christopher?«

Aber ich sagte noch immer nichts.

»Okay. Hör mal, ich stecke jetzt deine Kleider und das Bettzeug in die Waschmaschine, und dann komme ich wieder. In Ordnung?«

Ich saß auf dem Bett und starrte auf meine Knie.

Vater ging hinaus, sammelte im Bad meine Kleider vom Boden auf und legte sie auf den Treppenabsatz. Er holte das Bettzeug aus seinem Zimmer und legte es zu meinem Hemd und meinem Pullover auf den Treppenabsatz. Dann hob er alles auf und trug es hinunter. Ich hörte, wie er die Waschmaschine anstellte, wie der Boiler ansprang und das Wasser durch die Wasserrohre in die Waschmaschine floss.

Das war lange Zeit alles, was ich hörte.

Ich multiplizierte im Kopf 2 mit sich selbst, was mich immer beruhigt. Ich kam bis **33 554 432**, also $\mathbf{2^{25}}$, was nicht sehr weit ist, denn ich bin auch schon mal bis $\mathbf{2^{45}}$ gekommen. Aber mein Verstand arbeitete gerade nicht besonders gut.

Als Vater ins Zimmer zurückkam, fragte er: »Wie geht's dir? Soll ich dir irgendwas holen?«

Ich erwiderte nichts, sondern starrte immer noch auf meine Knie.

Und da sagte Vater auch nichts mehr. Er setzte sich einfach nur neben mich aufs Bett, stützte die Ellbogen auf seine Knie und blickte auf das Teppichstück zwischen seinen Beinen hinunter, auf dem ein kleines rotes Legoteil mit acht Noppen lag.

Dann hörte ich, wie Toby aufwachte und in seinem Käfig raschelte. Er ist ja auch ein nachtaktives Säugetier.

Vater schwieg sehr, sehr lange, bevor er sich räusperte. »Vielleicht sollte ich das jetzt nicht sagen, aber ... ich möchte, dass du weißt, dass du mir vertrauen kannst. ... Gut, mag sein, dass ich nicht immer die Wahrheit sage. Ich versuche es weiß Gott, Christopher, weiß Gott, aber ... Das Leben ist so schwierig. Es ist verdammt schwer, immer die Wahrheit zu sagen. Manchmal ist es unmöglich. Aber du musst wissen, dass ich es versuche, ehrlich. Und vielleicht ist jetzt nicht der richtige Zeitpunkt dafür, es dir zu versprechen ... aber du sollst wissen, dass ich dir von nun an immer die Wahrheit sagen werde. Über alles. Denn ... wenn man die Wahrheit nicht gleich sagt, tut sie später ... tut sie später noch viel mehr weh. Und deshalb ...«

Vater strich mit den Händen über sein Gesicht und starrte an die Wand. Ich konnte das aus den Augenwinkeln sehen.

»Ich war es, Christopher, der Wellington getötet hat.«

Ich überlegte, ob das vielleicht ein Witz war. Ich verstehe ja keine Witze, aber wenn jemand einen erzählt, meint er nicht das, was er sagt.

»Bitte, Christopher. Lass es mich ... erklären.« Vater atmete tief ein und sagte: »Als deine Mum wegging ... war Eileen ...

Mrs. Shears... sehr gut zu uns. Sehr gut zu mir. Sie half mir über eine sehr schwierige Zeit hinweg. Ich weiß gar nicht, was ich ohne sie gemacht hätte. Du weißt ja, dass sie fast jeden Tag hier war und gekocht und geputzt hat. Dass sie regelmäßig vorbeigeschaut hat, ob alles in Ordnung ist, ob wir irgendetwas brauchen. Ich dachte... Na ja... Scheiße, Christopher, ich versuch es so einfach wie möglich zu machen... Ich dachte, vielleicht kommt sie weiterhin rüber. Ich dachte... und vielleicht war das dumm von mir..., sie würde hier bei uns einziehen. Oder wir bei ihr. Wir... wir kamen wirklich sehr gut miteinander aus. Ich dachte, wir und Mrs. Shears wären Freunde. Wahrscheinlich hab ich mich geirrt. Wahrscheinlich... läuft es am Ende... auf... Mist... Wir haben uns gestritten, Christopher, und... sie sagte ein paar Dinge, die ich jetzt nicht wiederholen werde, weil sie alles andere als nett waren, und die mich verletzt haben, aber... ich glaube, ihr lag mehr an diesem verdammten Köter als an mir, an uns. Was aus ihrer Sicht vielleicht gar nicht so dumm war. Wir hätten ihr ganz schön zu schaffen gemacht. Vielleicht ist es ja einfacher, allein zu leben und sich nur um so einen verdammten Köter zu kümmern, als mit Menschen zusammenzuleben. Ich will damit sagen, Kumpel, dass wir zwei ja nicht gerade pflegeleicht sind, stimmt's...? Jedenfalls hatten Mrs. Shears und ich Zoff miteinander. Und zwar ziemlich häufig, um ehrlich zu sein. Nach einem Streit, der besonders schlimm war, hat sie mich hochkantig rausgeworfen. Du weißt ja, wie dieser verdammte Hund nach der Operation war. Echt schizophren. In einem Moment rollt er sich scheißfreundlich zur Seite und lässt sich den Bauch kraulen. Im nächsten beißt er dich ins Bein. Eileen und ich brüllen uns deswegen gerade an, und er ist im Garten und macht sein Geschäft. Sie knallt die Tür hinter mir zu, und da wartet er schon auf mich. Und ... ich weiß, ich weiß. Wenn ich ihm einfach einen Tritt versetzt hätte, wäre er wahrscheinlich abgehauen. Aber, Scheiße, Christopher, wenn man plötzlich nur noch rot sieht, mein Gott, du kennst das ja. Ich meine, da sind wir gar nicht so verschieden, du und ich. Ich konnte nur noch denken, dass ihr dieser blöde Hund mehr bedeutet als ich und du. Und plötzlich kam irgendwie alles, was sich seit zwei Jahren in mir aufgestaut hatte ...«

Vater schwieg einen Moment.

Dann sagte er: »Es tut mir Leid, Christopher. Ich schwör dir, ich habe das nicht gewollt.«

Da wusste ich, dass es kein Witz war, und bekam es wirklich mit der Angst.

»Wir alle machen Fehler, Christopher. Du, ich, deine Mum, jeder von uns. Und manchmal sind es echt große Fehler. Wir sind alle nur Menschen.«

Vater hielt seine rechte Hand hoch und spreizte die Finger wie einen Fächer.

Aber ich schrie und stieß ihn zurück, so dass er von der Bettkante auf den Boden fiel.

Er setzte sich auf und sagte: »Okay. Schau, Christopher. Es tut mir Leid. Belassen wir's dabei für heute Abend, ja? Ich gehe jetzt runter, und du schläfst ein bisschen, und morgen früh werden wir noch mal miteinander reden.« Dann sagte er noch: »Alles wird gut. Ehrlich. Vertrau mir.«

Er stand auf, holte tief Luft und verließ das Zimmer.

Ich saß lange auf dem Bett und schaute zu Boden. Ich hörte Toby in seinem Käfig scharren. Als ich hochsah, starrte er mich durch die Gitterstäbe an.

Ich musste weg von hier. Vater hatte Wellington ermordet. Das hieß, dass er vielleicht auch mich ermordete, und ich konnte ihm nicht mehr vertrauen, auch wenn er gesagt hatte »Vertrau mir«, denn er hatte in einer wichtigen Sache gelogen.

Aber ich konnte nicht sofort weglaufen, das hätte er ja bemerkt. Ich musste warten, bis er eingeschlafen war.

Es war jetzt 23.16 Uhr.

Ich versuchte erneut, 2 mit sich selbst zu multiplizieren, aber ich kam nicht weiter als $\mathbf{2^{15}}$, was **32 768** ergibt. Ich stöhnte vor mich hin, um mir die Zeit zu vertreiben und nicht nachdenken zu müssen.

Dann war es 1.20 Uhr nachts, aber ich hatte Vater noch immer nicht heraufkommen und zu Bett gehen hören. Ich fragte mich, ob er unten schlief oder ob er bloß darauf wartete, in mein Zimmer zu kommen und mich umzubringen. Daher nahm ich mein Schweizer Armeemesser und klappte schon einmal die Sägeklinge aus, um mich zur Not sofort verteidigen zu können. Dann verließ ich ganz leise mein Zimmer und lauschte. Ich hörte nichts und schlich ganz leise die Treppe hinunter. Als ich fast unten war, sah ich durch die Wohnzimmertür Vaters Fuß. Ich wartete 4 Minuten, ob er sich bewegte, was jedoch nicht geschah. Also schlich ich weiter die Treppe hinunter, bis in den Flur. Dann ging ich zur Tür und schaute ins Wohnzimmer hinein.

Vater lag mit geschlossenen Augen auf dem Sofa.

Ich betrachtete ihn lange.

Plötzlich fing er an zu schnarchen, und ich fuhr vor Schreck zusammen. Ich hörte das Blut in meinen Ohren rauschen, mein Herz raste, und ich spürte einen Schmerz, als hätte jemand in meiner Brust einen riesigen Ballon aufgeblasen.

Ich fragte mich, ob ich gleich einen Herzinfarkt bekam.

Vater hatte immer noch die Augen zu. Aber vielleicht

stellte er sich nur schlafend. Ich umklammerte das Taschenmesser ganz fest und klopfte gegen den Türrahmen.

Vater bewegte den Kopf von einer Seite zur anderen, sein Fuß zuckte, und er machte »nnnnn«. Aber er öffnete nicht die Augen. Und dann schnarchte er weiter.

Er war also wirklich am Schlafen.

Das hieß, ich konnte das Haus verlassen, wenn ich so leise war, dass ich ihn nicht aufweckte.

Ich nahm meine beiden Anoraks und meinen Schal von den Haken neben der Haustür und zog alles an, weil es draußen kalt sein würde. Leise stieg ich wieder die Treppe hinauf, was aber schwierig war, weil mir die Beine zitterten. Ich ging in mein Zimmer und hob den Käfig hoch. Da Toby wieder zu scharren begann, zog ich einen der Anoraks aus und legte ihn über den Käfig, um das Geräusch zu dämpfen. Dann trug ich ihn hinunter.

Vater schlief immer noch.

Ich ging in die Küche und holte meine Essensbox. Ich schloss die Hintertür auf und trat ins Freie. Damit das Schloss nicht zu laut einschnappte, drückte ich die Klinke lange runter, als ich die Tür zumachte. Dann ging ich bis zum Ende des Gartens, wo der Schuppen steht. Darin werden der Rasenmäher und die Heckenschere aufbewahrt und das Gartenzubehör, das Mutter immer benutzt hat, zum Beispiel Blumentöpfe, Komposttüten, Bambusstöcke, Schnur und Spaten. Im Schuppen wäre es ein bisschen wärmer als draußen gewesen, aber ich wusste, dass Vater dort suchen würde, deshalb ging ich um den Schuppen herum und zwängte mich in den Spalt zwischen der Rückwand und dem Zaun, hinter die große, schwarze Plastiktonne, in der das Regenwasser gesammelt wird. Dort setzte ich mich hin und fühlte mich etwas sicherer.

Ich beschloss, den zweiten Anorak auf dem Käfig zu lassen, weil ich nicht wollte, dass meine Ratte sich erkältete und starb.

Ich öffnete die Essensbox. Sie enthielt eine Milchschnitte, zwei Lakritzschnüre, drei Clementinen, eine pinkfarbene Waffel und meine rote Lebensmittelfarbe. Hunger hatte ich nicht, aber ich musste etwas essen, denn wenn man nichts zu sich nimmt, wird einem kalt. Darum aß ich zwei Mandarinen und die Milchschnitte.

Ich dachte nach, was ich als Nächstes tun sollte.

# 173

Zwischen dem Dach des Schuppens und der großen Pflanze, die vom Nachbarhaus über den Zaun herüberhängt, konnte ich das Sternbild des **Orion** sehen.

Angeblich heißt **Orion** deshalb Orion, weil Orion ein Jäger war und das Sternbild aussieht wie ein Jäger mit einer Keule und mit Pfeil und Bogen; etwa so:

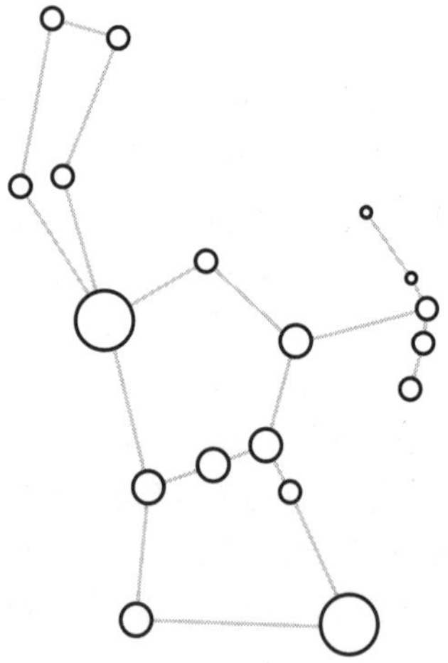

Aber das ist ziemlich dumm, weil es ja nur Sterne sind und man die Punkte auf jede beliebige Art miteinander verbinden könnte.

Zum Beispiel so, dass es aussieht wie eine winkende Frau mit Regenschirm oder wie Mrs. Shears' Kaffeemaschine, die aus Italien kommt und einen Griff hat und Dampf ausstößt, oder wie ein Dinosaurier.

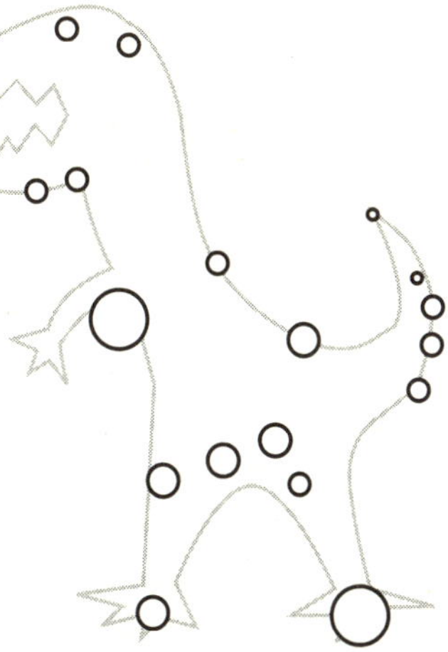

Und da es im Weltraum keine Linien gibt, könnte man Teile des **Orion** mit Teilen von **Lepus** oder **Taurus** oder **Gemini** verbinden und sagen, sie bildeten ein Sternbild namens **Traube** oder **Jesus** oder **Das Fahrrad** (allerdings gab es zur Zeit der Römer und Griechen, als **Orion** Orion getauft wurde, noch keine Fahrräder).

Und außerdem ist **Orion** sowieso weder ein Jäger noch eine Kaffeemaschine noch ein Dinosaurier. Er besteht aus Beteigeuze und Bellatrix und Alnilam und Rigel und 17 weiteren Sternen, deren Namen ich nicht kenne. Und das sind Kernexplosionen, Billionen von Meilen entfernt.

Und das ist die Wahrheit.

# 179

Ich blieb bis 3.47 Uhr wach. Da schaute ich das letzte Mal auf meine Uhr, bevor ich einschlief. Ihr Zifferblatt leuchtet auf, wenn man einen Knopf drückt, deshalb konnte ich im Dunkeln die Zeit ablesen. Ich fror und hatte Angst, Vater könnte rauskommen und mich finden. Aber ich fühlte mich sicherer als drinnen, weil es ein Versteck war.

Ich sah oft zum Himmel hinauf. Es ist schön, nachts im Garten den Himmel zu betrachten. Im Sommer gehe ich manchmal in der Dunkelheit mit meiner Taschenlampe und meiner Planisphäre hinaus, das sind zwei Kreise aus Plastik mit einer dünnen Nadel mittendurch. Und unten ist eine Himmelskarte und oben ein Schlitz, eine Öffnung in Form einer Parabel, und wenn man das Ganze umdreht, blickt man auf eine Karte des Himmels, den man an diesem Tag des Jahres von 51.5 Grad nördlicher Breite aus sehen kann, dem Breitengrad, auf dem Swindon liegt, denn der größte Teil des Himmels liegt immer auf der anderen Seite der Erde.

Und wer den Himmel betrachtet, weiß, dass er auf Sterne schaut, die Hunderte und Tausende von Lichtjahren entfernt sind. Manche Sterne existieren gar nicht mehr, wenn wir sie sehen, weil ihr Licht so lange gebraucht hat, um zu uns zu gelangen, dass sie schon erloschen sind, oder sie sind explodiert und dann zu roten Zwergen kollabiert. Und da kommt man sich ganz klein vor, und wenn man in seinem Leben Schwierigkeiten hat, ist es schön, sich vorzustellen, dass sie *unerheblich* sind, das heißt, sie sind so klein, dass man sie nicht berücksichtigen muss, wenn man etwas plant.

Ich schlief nicht sehr gut, wegen der Kälte und weil der Boden unter mir ganz hart und holprig war und weil Toby die ganze Zeit in seinem Käfig scharrte. Aber als ich dann aufwachte, dämmerte es schon, und der ganze Himmel war orange und blau und purpurrot, und ich hörte die Vögel singen, was man *Das Morgenkonzert* nennt. Und ich blieb noch 2 Stunden und 32 Minuten, wo ich war, dann hörte ich Vater in den Garten kommen und rufen: »Christopher…? Christopher…?«

Ich drehte mich um und sah eine alte, dreckige Plastiktüte, in der früher mal ein Düngemittel gewesen war. Dann zwängte ich mich mit Tobys Käfig und meiner Essensbox in die Ecke zwischen Schuppenwand, Zaun und Regentonne und deckte mich mit dem Düngemittelsack zu. Als ich Vater näher kommen hörte, zog ich mein Schweizer Armeemesser aus der Tasche und klappte wieder die Sägeklinge heraus, für den Fall, dass er uns fand. Die Tür des Schuppens knarzte. Kurz darauf fluchte er laut. Ich hörte seine Schritte im Gebüsch an der seitlichen Schuppenwand, und mein Herz schlug sehr schnell, und ich hatte wieder das Gefühl von einem Ballon in meiner Brust, und vielleicht hat Vater um die Rückwand des Schuppens geguckt, aber das konnte ich nicht sehen, weil ich mich ja versteckte; und er sah mich auch nicht, denn ich hörte, wie er durch den Garten zurücklief.

Ich blieb ganz still, schaute auf die Uhr und harrte so 27 Minuten lang aus. Dann hörte ich, wie Vater den Motor des Lieferwagens anließ. Ich merkte sofort, dass es sein Wagen war, das Geräusch war ganz nah, und ich wusste, dass es keines der Nachbarautos war, denn Mr. Thompson in Nummer 40 hat einen Vauxhall Cavalier, die Leute mit den

Drogen fahren ein Volkswagen-Wohnmobil und die Leute in Nummer 34 einen Peugeot, und deren Motoren klingen anders.

Als ich Vater wegfahren hörte, konnte ich es wagen, aus meinem Versteck zu kommen.

Ich musste mich entscheiden, was ich tun sollte. In einem Haus mit Vater konnte ich nicht länger leben, das war zu gefährlich.

Ich beschloss, bei Mrs. Shears an die Tür zu klopfen und sie zu fragen, ob ich von nun an bei ihr wohnen könne. Sie war keine Fremde für mich, ich war schon mal länger in ihrem Haus gewesen, als auf unserer Straßenseite der Strom ausgefallen war. Dieses Mal würde sie mich nicht fortschicken, weil ich ihr jetzt sagen konnte, wer Wellington getötet hatte, und da würde sie merken, dass ich ein Freund war. Bestimmt würde sie auch verstehen, warum ich nicht mehr bei Vater wohnen konnte.

Ich nahm die Lakritzschnüre, die pinkfarbene Waffel und die letzte Mandarine aus meiner Essensbox und steckte sie in meine Tasche. Die Essensbox verbarg ich unter dem Düngemittelsack. Dann nahm ich Tobys Käfig und meinen Ersatzanorak und kletterte hinter dem Schuppen hervor. Ich ging durch den Garten, seitlich am Haus entlang. Ich schob den Riegel des Gartentors auf und trat auf den Gehweg.

Da die Straße leer war, überquerte ich sie, ging die Einfahrt zu Mrs. Shears' Haus hinauf und klopfte an die Tür. Dann wartete ich und überlegte, was ich sagen würde, wenn sie aufmachte.

Aber sie kam nicht an die Tür. Ich klopfte erneut.

Als ich mich umdrehte, sah ich ein paar Leute die Straße herunterkommen und erschrak, weil es zwei der Drogensüchtigen von nebenan waren. Ich packte den Käfig, lief seitlich um Mrs. Shears' Haus herum und setzte mich hinter den Mülleimer, damit man mich nicht sah.

Jetzt musste ich mir wieder überlegen, was zu tun war.

Ich ging alle Möglichkeiten, die ich hatte, einzeln durch, indem ich jedes Mal entschied, ob es richtig war, das zu tun oder nicht.

Ich entschied, dass ich nicht mehr nach Hause zurückkehren konnte.

Und ich entschied, dass ich nicht einfach zu Siobhan ziehen konnte, weil sie nach der Schule keine Zeit für mich hätte. Außerdem war sie Lehrerin und weder eine Freundin noch ein Familienmitglied.

Zu Onkel Terry konnte ich auch nicht ziehen, weil der in Sunderland wohnte und ich keine Ahnung hatte, wie man dorthin kommt. Und ich konnte Onkel Terry noch nie gut leiden, weil er raucht und mir ständig übers Haar streicht.

Und ich machte mir auch klar, dass ich nicht zu Mrs. Alexander ziehen konnte, weil sie keine Freundin oder ein Familienmitglied war, auch wenn sie einen Hund hatte. Ich hätte niemals in ihrem Haus übernachten oder ihre Toilette benutzen können, weil sie diese ja schon benutzt hatte und eine Fremde war.

Und dann dachte ich, ich könnte ja zu Mutter ziehen, weil sie zu meiner Familie gehörte. Ich wusste auch, wo sie wohnte, denn an die Adresse auf den Briefen erinnerte ich mich gut: 451c Chapter Road, London, NW2 5 NG. Leider war ich noch nie in London gewesen. Nur in Dover, um von dort nach Frankreich zu fahren, in Sunderland, um Onkel Terry zu besuchen, und in Manchester, um Tante Ruth zu besuchen, die Krebs hatte, aber damals, als ich sie besuchte, litt sie noch nicht an Krebs. Weiter als bis zum Laden am

Ende der Straße bin ich noch nie allein gegangen. Und die Vorstellung, an einem fremden Ort allein zu sein, war furchtbar.

Aber dann überlegte ich, wie es wohl wäre, nach Hause zurückzugehen oder dazubleiben, wo ich war, mich jeden Abend im Garten zu verstecken, bis ich eines Tages doch von Vater entdeckt würde. Und da bekam ich noch größere Angst. Schon wenn ich daran dachte, wurde mir fast so schlecht wie am vorigen Abend.

Allmählich wurde mir klar, dass es jetzt für mich keine richtige Sicherheit mehr gab, ganz egal, was ich tat. Und ich entwarf im Kopf folgendes Bild:

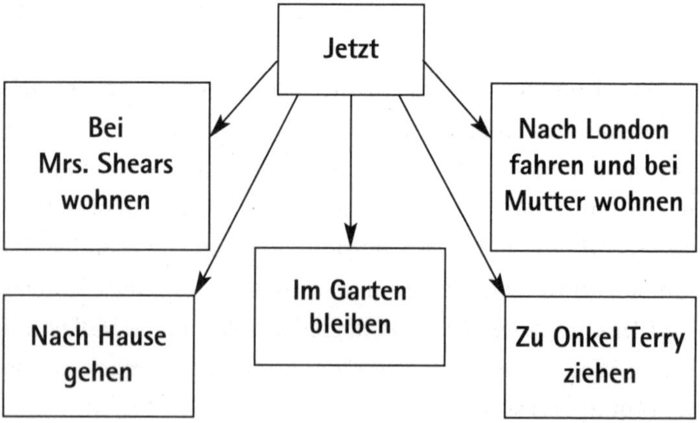


Ich begann alle Möglichkeiten auszustreichen, die bei näherer Betrachtung nicht mehr in Frage kamen, wie bei einer Matheprüfung, wenn man sich alle Fragen anschaut und dann entscheidet, welche man löst und welche nicht. Die man nicht lösen wird, streicht man aus, dann hat man eine Entscheidung gefällt und kann seine Meinung nicht mehr ändern.

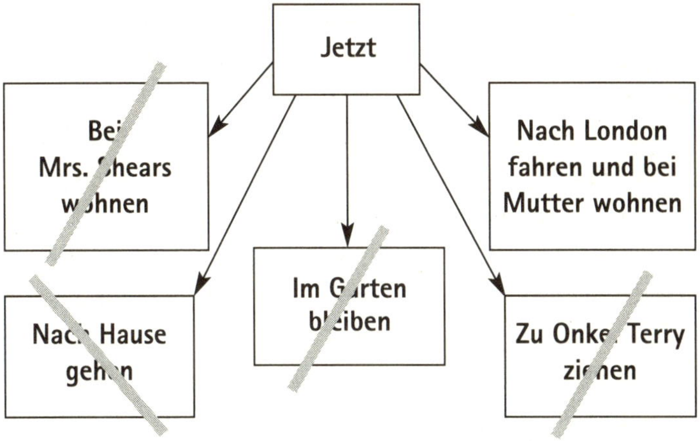


Das bedeutete, ich musste nach London fahren, um bei Mutter zu wohnen. Es könnte mir gelingen, wenn ich mit einem Zug fuhr.

Da ich immer viel mit meiner Modelleisenbahn gespielt hatte, kannte ich mich mit Zügen ganz gut aus. Ich wusste, wie man den Fahrplan liest, eine Fahrkarte löst und auf der Abfahrtstafel nachschaut, ob der Zug auch pünktlich kommt. Dann geht man zum richtigen Bahnsteig und steigt ein. Ich würde von Swindon abfahren, wo Sherlock Holmes und Doktor Watson in **Das Rätsel von Boscombe Valley** auf ihrem Weg von Paddington nach Ross Station machen, um zu Mittag zu essen.

Und dann betrachtete ich die Mauer auf der anderen Seite des kleinen Durchgangs seitlich von Mrs. Shears' Haus, wo ich saß, und da lehnte der runde Deckel einer uralten Eisenpfanne an der Wand. Er war total verrostet. Er sah aus wie die Oberfläche eines Planeten, wo der Rost lauter Länder, Kontinente und Inseln bildete.

Plötzlich wurde mir klar, dass ich nie Astronaut werden konnte. Astronaut zu sein hieß, dass man hunderttausende

Meilen von zu Hause entfernt war, und mein Zuhause war bald in London, und das lag etwa 100 Meilen entfernt, also über 1000 mal näher, als es mein Zuhause sein würde, wenn ich mich im Weltraum befand, und dieser Gedanke tat weh. So weh wie damals, als ich mal auf dem Spielplatz hingefallen war und mir an einer kaputten Flasche, die jemand über die Mauer geworfen hatte, das Knie aufgeschnitten hatte, und es hing ein Hautfetzen runter, und Mr. Davis musste das Fleisch unter dem Fetzen mit Desinfektionsmittel säubern, um die Keime und den Dreck zu erwischen, und das tat so weh, dass ich weinen musste. Aber jetzt war der Schmerz in meinem Kopf. Und der Gedanke, dass ich nie Astronaut werden konnte, machte mich traurig.

Und dann dachte ich, dass ich wie Sherlock Holmes *willentlich in höchst erstaunlichem Maß meine Gedanken abschalten* musste, damit ich nicht merkte, wie stark der Schmerz in meinem Kopf war.

Und dann fiel mir ein, dass ich ja Geld brauchte, wenn ich nach London fuhr. Und ich brauchte etwas zu essen, denn es war eine lange Reise. Außerdem musste sich ja jemand um Toby kümmern, wenn ich nach London fuhr, weil ich ihn nicht mitnehmen konnte.

Und dann *entwickelte ich einen Plan*. Da ging es mir gleich besser, weil etwas in meinem Kopf war, das eine Ordnung und ein Muster hatte, und weil ich nur den Anweisungen folgen musste, einer nach der anderen.

Ich stand auf und vergewisserte mich, dass sich niemand auf der Straße befand.

Dann ging ich zu Mrs. Alexanders Haus, das neben Mrs. Shears' Haus steht, und klopfte an die Tür.

Mrs. Alexander öffnete und sagte: »Um Himmels willen, Christopher, was ist denn mit dir passiert?«

Und ich sagte: »Können Sie sich um Toby kümmern?«

Und sie fragte: »Wer ist denn Toby?«

Und ich sagte: »Toby ist meine Ratte.«

Dann sagte Mrs. Alexander: »Ach ... Ach, ja. Jetzt erinnere ich mich. Das hast du mir ja erzählt.«

Ich hielt den Käfig hoch und sagte: »Das ist er.«

Mrs. Alexander trat einen Schritt in den Flur zurück.

Und ich sagte: »Er frisst Spezialkörner, die man in der Tierhandlung kaufen kann. Aber Kekse, Karotten, Brot und Hühnerknochen verträgt er auch. Nur Schokolade dürfen Sie ihm nicht geben, weil da Coffein und Theobromin drin ist, das sind Methylxanthine, die für Ratten in großen Mengen giftig sind. Und er muss jeden Tag frisches Wasser in seine Flasche kriegen. Es wird ihm nichts ausmachen, dass er sich in einem fremden Haus befindet, weil er ja ein Tier ist. Und er kommt gern aus seinem Käfig, aber es macht auch nichts, wenn Sie ihn nicht herauslassen.«

»Warum brauchst du denn jemand, der sich um Toby kümmert, Christopher?«

»Ich fahre nach London.«

»Für wie lange?«, fragte sie.

»Bis ich auf die Universität komme.«

»Kannst du Toby nicht mitnehmen?«

»London ist weit weg, und ich möchte ihn nicht im Zug mitnehmen, weil ich ihn verlieren könnte.«

Mrs. Alexander sagte: »Natürlich.« Und dann: »Zieht ihr denn um, du und dein Vater?«

Und ich sagte: »Nein.«

»Aber warum fährst du dann nach London?«

»Ich werde bei Mutter wohnen.«

»Hast du mir nicht erzählt, deine Mutter sei tot?«

»Ich dachte, sie ist tot, aber sie lebt noch. Und Vater hat

mich angelogen. Und er hat auch gestanden, dass er Wellington umgebracht hat.«

Da sagte Mrs. Alexander: »O Gott!«

Und ich sagte: »Ich ziehe zu meiner Mutter, weil Vater Wellington umgebracht und mich angelogen hat und weil ich Angst habe, mit ihm im Haus zu sein.«

»Ist deine Mutter denn hier?«, fragte Mrs. Alexander.

»Nein. Mutter ist in London.«

»Dann wirst du jetzt allein nach London fahren?«

»Ja.«

»Hör mal, Christopher«, sagte Mrs. Alexander, »komm doch rein und setz dich, dann können wir darüber reden und gemeinsam überlegen, was jetzt das Beste ist.«

Und ich sagte: »Nein, ich kann nicht hereinkommen. Werden Sie sich für mich um Toby kümmern?«

»Ich glaube wirklich nicht, dass das eine gute Idee ist, Christopher.«

Ich sagte nichts.

Dann fragte sie: »Wo ist dein Vater im Moment, Christopher?«

»Ich weiß nicht.«

Da sagte sie: »Vielleicht sollten wir mal versuchen, ihn anzurufen. Ich bin sicher, dass er sich Sorgen um dich macht. Und ich bin sicher, dass da ein schreckliches Missverständnis vorliegt!«

Da drehte ich mich um und rannte über die Straße zu unserem Haus zurück. Ich schaute nicht zur Seite, bevor ich die Straße überquerte. Ein gelber Mini bremste mit kreischenden Reifen. Ich rannte auf unser Haus zu und riegelte das Gartentor hinter mir zu.

Ich wollte die Küchentür öffnen, aber sie war abgeschlossen. Ich hob einen Ziegelstein vom Boden und zerschmetterte die Scheibe. Die Glassplitter flogen in alle Richtungen. Ich steckte den Arm durch das Loch in der Scheibe und öffnete die Tür von innen.

Ich ging ins Haus und stellte Toby auf den Küchentisch. Anschließend rannte ich in den ersten Stock hinauf, schnappte meine Schultasche und nahm folgende Sachen mit: Futter für Toby, ein paar meiner Mathebücher, ein Paar frische Unterhosen, ein Unterhemd und ein sauberes T-Shirt. Nun ging ich hinunter und machte den Kühlschrank auf. Ich packte auch einen Karton Orangensaft und eine noch ungeöffnete Milchflasche ein. Dann nahm ich mir noch einmal zwei Klementinen und holte zwei Dosen gebackene Bohnen und eine Packung mit Vanillecreme aus dem Schrank und verstaute sie ebenfalls in dem Tornister. Mit dem Büchsenöffner an meinem Schweizer Armeemesser könnte ich die Dosen jederzeit öffnen.

Plötzlich sah ich auf der Arbeitsfläche neben dem Ausguss Vaters Handy, seine Brieftasche und sein Adressbuch liegen und spürte, *wie meine Haut unter den Kleidern ganz kalt wurde*, ganz so, wie es Doktor Watson in **Das Zeichen der Vier** ergeht, wenn er die kleinen Fußabdrücke von Tonga, dem Andaman-Insulaner, auf dem Dach von Bartholomew Sholto's Haus in Norwood entdeckt. Ich fürchtete schon, Vater sei wieder nach Hause gekommen, und der Schmerz in meinem Kopf wurde noch viel schlimmer. Als ich jedoch die Bilder in meiner Erinnerung zurückspulte, sah ich, dass sein Lieferwagen nicht vor dem Haus stand, also musste er das Handy, die Brieftasche und das Adressbuch vergessen haben, als er aus dem Haus ging. Ich nahm seine Scheckkarte aus der Brieftasche, weil ich so an Geld kommen konnte, denn die Karte hat eine PIN-Nummer, das ist der Geheimcode, den man in der Bank in den Automaten eintippt, und Vater hatte sie nicht aufgeschrieben und an einem sicheren Ort hinterlegt, sondern er hatte sie mir genannt, weil er wusste, ich würde sie nie vergessen. Sie lautete 3558.

Ich holte Toby aus dem Käfig und steckte ihn in die andere Anoraktasche, denn der Käfig war zu schwer, um ihn bis nach London mitzuschleppen. Und dann trat ich wieder durch die Küchentür in den Garten.

Ich ging durchs Gartentor, vergewisserte mich, dass mich niemand beobachtete, und lief zur Schule, weil ich diese Richtung kannte. In der Schule konnte ich Siobhan fragen, wo der Bahnhof war.

Normalerweise hätte ich auf dem Weg zur Schule immer mehr Angst bekommen, weil ich ihn ja noch nie zu Fuß gegangen war. Aber ich hatte auf zwei verschiedene Arten Angst. Einerseits davor, so weit von einem Ort entfernt zu sein, den ich gut kannte, und andererseits davor, dort zu sein, wo Vater lebte, und die beiden Arten von Angst verhielten sich umgekehrt proportional zueinander, so dass die Summe der Angst eine Konstante blieb, während ich mich immer weiter von daheim und von Vater entfernte, nämlich so:

$$\textbf{Angst}_{\text{Summe}} = \textbf{Angst}_{\text{neuer Ort}} \times \textbf{Angst}_{\text{Nähe Vater}} = \textbf{Konstante}$$

Der Bus braucht von unserem Haus zur Schule 19 Minuten, aber zu Fuß benötigte ich für die gleiche Strecke 47 Minuten. Deshalb war ich sehr müde, als ich dort ankam. Ich hoffte, eine Weile in der Schule bleiben zu können und dort Kekse und Orangensaft zu bekommen, bevor ich zum Bahnhof ging. Aber daraus wurde nichts, denn als ich die Schule erreichte, sah ich auf dem Parkplatz Vaters Lieferwagen stehen. Ich wusste, dass es sein Lieferwagen war, weil an der Seite **Ed Boone Heizungswartung & Boilerreparaturen** stand, und ein Zeichen mit gekreuzten Schraubenschlüsseln, das so aussieht:

Als ich den Lieferwagen entdeckte, wurde mir gleich wieder schlecht. Aber diesmal war ich darauf vorbereitet, mich wieder übergeben zu müssen, deshalb spuckte ich mich nicht selber voll, sondern bloß die Mauer und den Gehsteig, und es war auch nicht so viel, weil ich ja kaum was gegessen hatte. Nach dem Erbrechen hätte ich mich am liebsten auf dem Boden zusammengerollt und vor mich hingestöhnt. Aber ich wusste, wenn ich mich jetzt auf dem Boden zusammenrollte und vor mich hinstöhnte, würde Vater aus der Schule kommen, mich schnappen und nach Hause bringen. Ich atmete daher ein paarmal ganz tief ein und aus. Siobhan hat mir geraten, das zu tun, wenn ich in der Schule von jemandem geschlagen werde. Ich zählte fünfzig Atemzüge lang, konzentrierte mich ganz stark auf die Zahlen und erhob sie, während ich sie aussprach, zur dritten Potenz. Und dadurch tat der Schmerz nicht mehr so weh.

Ich putzte mir den Mund ab und beschloss, herauszufinden, wie man zum Bahnhof kommt. Ich müsste jemanden fragen, und zwar eine Frau. Als es in der Schule um *Vorsicht – Fremde!* ging, hat man uns Folgendes erklärt: Wenn ein Mann auf uns zukommt und wir Angst bekommen, sollen wir laut schreien und zu einer Frau laufen, weil Frauen nicht so gefährlich sind. Also zog ich mein Schweizer Armeemesser aus der Tasche, klappte die Sägeklinge auf und hielt das Messer fest umklammert in der Anoraktasche, in der Toby nicht saß, so dass ich gleich losstechen konnte, falls mich jemand packen würde. Als ich auf der anderen Straßenseite eine Frau sah, mit einem Baby im Kindersportwagen und einem kleinen Jungen mit einem Spielzeugelefanten, beschloss ich sie zu fragen. Aber dieses Mal schaute ich nach rechts und nach links, bevor ich die Straße überquerte.

Ich sprach die Frau an: »Wo kann ich hier einen Stadtplan kaufen?«

Und sie sagte: »Wie bitte?«

»Wo kann ich hier einen Stadtplan kaufen?« Ich spürte, dass die Hand, in der ich das Messer hielt, zitterte.

Sie sagte: »Patrick, lass das fallen, es ist schmutzig. Einen Stadtplan von wo?«

»Einen Stadtplan von hier.«

»Ich weiß nicht.« Dann sagte sie: »Wo möchtest du denn hin?«

»Ich will zum Bahnhof.«

Da lachte sie und meinte: »Wenn du zum Bahnhof willst, brauchst du doch keinen Stadtplan!«

Und ich sagte: »Doch, weil ich nicht weiß, wo der Bahnhof liegt.«

»Du kannst ihn von hier aus sehen.«

»Nein, kann ich nicht. Und außerdem muss ich wissen, wo es einen Geldautomaten gibt.«

Sie zeigte hin und sagte: »Dort drüben. In dem Haus. Wo oben *Signal Point* drauf steht. Am anderen Ende ist ein Eisenbahn-Schild. Und dahinter kommt der Bahnhof. Patrick, was hab ich dir gesagt? Was hab ich dir schon tausendmal gesagt? Du sollst keine Sachen vom Gehweg aufheben und in den Mund stecken!«

Ich sah zwar ein Gebäude, auf dem oben irgendwas geschrieben stand, aber es war so weit weg, dass man die Schrift kaum lesen konnte, und ich fragte: »Meinen Sie das gestreifte Haus mit den horizontalen Fenstern?«

»Genau.«

»Wie komme ich dorthin?«

»Gordon Bennett.« Und sie fügte hinzu: »Lauf einfach dem Bus dort nach« und deutete auf einen vorbeifahrenden Bus.

Also rannte ich los. Aber Busse fahren sehr schnell, und ich musste aufpassen, dass mir Toby nicht aus der Tasche fiel. Ich lief dem Bus ziemlich lange nach und überquerte 6 Seitenstraßen, bevor er wieder abbog und ich ihn nicht mehr sehen konnte.

Und dann hörte ich auf zu rennen, weil ich schon richtig keuchte und meine Beine schmerzten. Ich stand in einer Straße mit vielen Geschäften. Und ich erinnerte mich, dass ich manchmal mit Mutter in dieser Straße eingekauft hatte. Es waren sehr viele Leute da, die ihre Einkäufe erledigten, aber da ich nicht von ihnen berührt werden wollte, hielt ich mich am Straßenrand auf. Ich fand es schrecklich, dass all diese Leute um mich herum waren und so viel Krach machten, denn das waren zu viele Informationen in meinem Kopf, und ich konnte kaum noch denken, als würde in meinem Kopf alles durcheinander schreien. Also hielt ich mir mit beiden Händen die Ohren zu und stöhnte ganz leise vor mich hin.

Und dann merkte ich, dass ich immer noch das ⇌ sehen konnte, auf das die Frau gezeigt hatte, und ich ging weiter darauf zu.

Und dann sah ich das ⇌ nicht mehr. Ich hatte vergessen, wo es sich befand, und das war beängstigend, weil ich sonst nie etwas vergesse. Ich hatte mich verirrt. Normalerweise hätte ich im Kopf eine Karte entworfen und wäre der Karte gefolgt, und ich selbst wäre ein kleines Kreuz auf der Karte gewesen, das gezeigt hätte, wo ich mich gerade befand, aber in meinem Kopf überlagerten sich zu viele Eindrücke, und das hatte mich verwirrt. Ich stand unter der grünweißen Stoffmarkise vor einem Gemüseladen, neben Karotten, Zwiebeln, Pastinaken und Brokkoli in Kisten, die mit einem grünen pelzartigen Plastikteppich ausgelegt waren, und machte einen Plan.

Ich wusste, dass der Bahnhof irgendwo in der Nähe lag. Und wenn etwas in der Nähe liegt, kann man es dadurch finden, dass man sich wie in einer Spirale bewegt, immer im Uhrzeigersinn, und jede rechte Abzweigung nimmt, bis man wieder eine Straße erreicht, auf der man schon mal war,

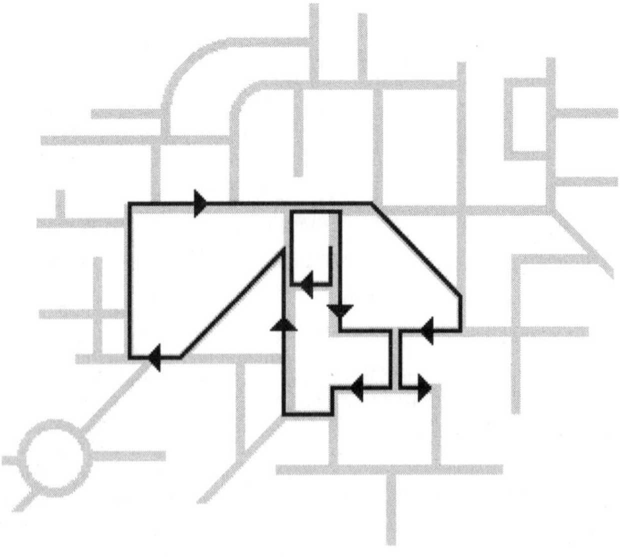

dann nimmt man die nächste Straße links, und auch jede weitere Abzweigung links, und so weiter, ungefähr so (dies ist ein hypothetisches Diagramm und kein Stadtplan von Swindon):

Ich habe beim Laufen im Kopf eine Karte des Stadtzentrums angefertigt, und so fiel es mir leichter, all die Leute und den Krach um mich herum zu ignorieren. So kam ich doch noch ans Ziel.

Und dann betrat ich den Bahnhof.

# 181

Ich sehe alles. Deswegen finde ich fremde Orte so schlimm.

Wenn ich an einem Ort bin, den ich gut kenne, zum Beispiel daheim oder in der Schule oder im Bus oder im Laden oder auf der Straße, habe ich fast alles schon einmal gesehen und muss nur noch die Dinge anschauen, die sich verändert oder wegbewegt haben. Zum Beispiel war in einer Woche mal das **Shakespeare's Globe**-Poster von der Wand des Klassenzimmers gefallen, und das sah man genau, weil jemand es ein bisschen weiter rechts aufgehängt hatte. Außerdem waren links an der Wand noch drei kleine Klebstoffreste erkennbar. Und am nächsten Tag hatte in unserer Straße jemand **Crow Aptok** an den Lampenpfahl 437 gesprüht, das ist vor dem Haus Nr. 35.

Aber die meisten Leute sind sehr träge und schauen sich nie etwas genauer an. Man sagt, sie *werfen einen flüchtigen Blick* drauf, was bedeutet, dass ihr Blick den Gegenstand nur streift und gar nicht richtig erfasst. Und die Informationen in ihrem Kopf sind ganz simpel. Wenn so jemand sich zum Beispiel auf dem Land befindet, könnten diese Informationen lauten:

1. Ich stehe auf einer Fläche voller Gras.
2. Auf den Feldern stehen Kühe.
3. Die Sonne kommt hinter den Wolken hervor.
4. Im Gras sind ein paar Blumen.

5. In der Ferne ist ein Dorf.
6. Am Rand des Felds ist ein Zaun mit einem Tor.

Und mehr bemerken sie gar nicht, weil sie sofort wieder andere Sachen denken, wie zum Beispiel: »Oh, es ist wunderschön hier!« Oder: »Hoffentlich habe ich nicht den Gasherd angelassen.« Oder: »Ich frage mich, ob Julie schon entbunden hat.« [12]

Aber wenn ich auf dem Land auf einer Weide stehe, entgeht mir nichts. Zum Beispiel erinnere ich mich, dass ich am Donnerstag, den 15. Juni 1994, auf einer Weide stand, weil Vater und Mutter und ich nach Dover fuhren, um die Fähre nach Frankreich zu nehmen. Wir wählten, wie Vater das nennt, *eine landschaftlich schöne Strecke*, das heißt, man fährt enge Straßen entlang und isst in einem Gartenlokal zu Mittag. Und einmal hielten wir an, weil ich pinkeln musste, und ich ging auf eine Kuhweide, und nach dem Pinkeln blieb ich stehen, betrachtete die Weide und bemerkte folgende Dinge:

1. Auf der Weide sind 19 Kühe, 15 davon schwarzweiß, und 4 davon braunweiß.
2. In der Ferne ist ein Dorf, das 31 sichtbare Häuser hat und eine Kirche mit einem quadratischen Turm, nicht mit einem Spitzturm.
3. Auf den Feldern sind Raine zu sehen, das bedeutet, dass es im Mittelalter ein so genanntes Rain- und Furchenfeld war und von den Menschen, die im Dorf lebten, jeder einen Rain zum Bewirtschaften hatte.

12 Das stimmt wirklich, weil ich Siobhan gefragt habe, was die Leute so denken, wenn sie Sachen anschauen, und das war ihre Antwort.

4. In der Hecke hängen eine Einkaufstüte, eine zerquetschte Cola-Dose mit einer Schnecke drauf und eine lange orangefarbene Schnur.
5. Die nordöstliche Ecke der Weide liegt am höchsten und die südwestliche Ecke am tiefsten (ich hatte einen Kompass dabei, weil wir in Urlaub fuhren und ich in Frankreich wissen wollte, wo Swindon liegt), und das Feld ist entlang der Verbindungslinie zwischen diesen beiden Ecken leicht geknickt, so dass die nordwestliche und südöstliche Ecke etwas tiefer liegen, als wenn die Weide eine geneigte Ebene wäre.
6. Ich sehe drei verschiedene Grassorten und im Gras zwei verschiedene Blumenfarben.
7. Die Kühe schauen größtenteils bergaufwärts.

Meine Liste umfasste 31 weitere Punkte, aber Siobhan meinte, es sei nicht nötig, dass ich alles, was mir aufgefallen sei, aufschreibe. Es ist aber sehr anstrengend für mich, an einem neuen Ort zu sein, weil ich all diese Dinge sehe, und wenn mich jemand nachher fragen würde, wie denn die Kühe ausgesehen hätten, könnte ich fragen, *welche,* und zu Hause eine Zeichnung von ihnen anfertigen und darstellen, dass eine ganz bestimmte Kuh dieses Muster hatte:

Ich merke gerade, dass ich in **Kapitel 13** gelogen habe, als ich behauptete: »Ich kann keine Witze erzählen.« Denn es gibt 3 Witze, die ich verstehe und auch erzählen kann. Einer davon handelt von einer Kuh, und Siobhan hat gesagt, ich müsse die Stelle in **Kapitel 13** nicht nachträglich ändern, es sei überhaupt nicht schlimm, weil es nämlich keine Lüge ist, nur eine *Klarstellung*.

Und hier ist der Witz:

Drei Männer fahren im Zug. Einer von ihnen ist Ökonom, der andere Logiker und der Dritte Mathematiker. Als sie die Grenze zu Schottland überquert haben (warum sie nach Schottland fahren, weiß ich nicht), sehen sie durch das Zugfenster eine braune Kuh, die auf einer Weide steht (die Kuh steht parallel zum Zug).

Der Ökonom sagt: »Schaut mal, die Kühe in Schottland sind braun.«

Der Logiker sagt: »Nein. Es gibt Kühe in Schottland, von denen mindestens eine braun ist.«

Und der Mathematiker sagt: »Nein. Es gibt mindestens eine Kuh in Schottland, deren eine Seite braun zu sein scheint.«

Und das ist lustig, weil Ökonomen keine richtigen Wissenschaftler sind, Logiker schon etwas klarer denken, die Mathematiker aber am besten sind.

Wenn ich an einen neuen Ort komme, ist es so (weil ich ja alles sehe), als würde ein Computer zu viele Dinge gleichzeitig machen und als wäre der Hauptprozessor blockiert und es gäbe keinen freien Speicherplatz mehr, um über andere Dinge nachzudenken. Und wenn an diesem neuen Ort auch noch viele Menschen sind, ist es noch schwerer, weil die Menschen nicht wie Kühe und Blumen und Gras sind, sondern mit einem reden können und Dinge tun, die man nicht erwartet. Und deshalb muss man auf alles achten, was sich an diesem Ort befindet, aber auch noch zusätzlich auf Dinge, die vielleicht passieren könnten. Und manchmal, wenn ich an einen neuen Ort mit vielen Leuten komme, ist es wie bei einem Computercrash, und ich muss die Augen schließen und die Hände auf die Ohren pressen und vor mich hin stöhnen, und das ist dann, als würde ich **CTRL + ALT + DEL** drücken, alle Programme schließen, den Computer herunterfahren und wieder neu booten, damit ich mich wieder erinnern kann, was ich tue und wo ich hin soll.

Und das ist der Grund, warum ich so gut in Schach und Mathe und Logik bin, denn die meisten Leute sind beinahe blind und sehen die meisten Dinge nicht, und in ihren Köpfen gibt es viel freie Speicherkapazität, die mit zusammenhanglosen und albernen Dingen ausgefüllt ist, wie »Hoffentlich habe ich nicht den Gasherd angelassen.«

# 191

Zu meiner Modelleisenbahn gehörte ein kleines Haus, das zwei Zimmer hatte, mit einem Flur dazwischen, und eines war der Schalter, wo man die Fahrkarten kauft, und das andere ein Warteraum. Aber der Bahnhof in Swindon sah anders aus. Da gab es einen Tunnel, Treppen, einen Laden, ein Café und einen Warteraum:

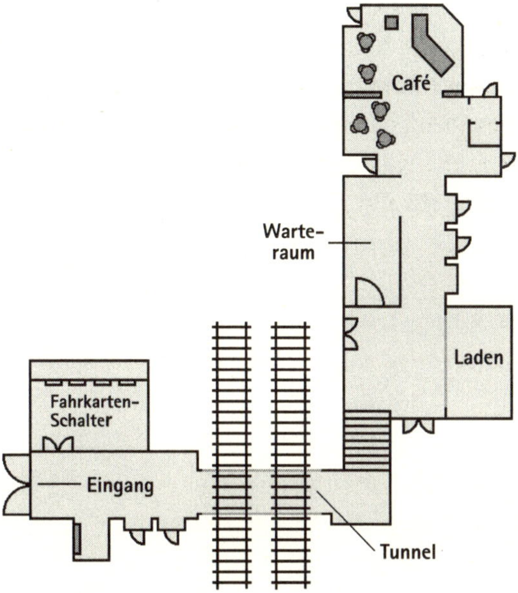


Dieser Plan ist jedoch nicht exakt, denn vor lauter Angst habe ich nicht so gut wie sonst auf die Dinge geachtet, und deshalb ist das, woran ich mich erinnere, nur eine *Annäherung.*

Es kam mir vor, als würde ich bei ganz starkem Wind auf einer Klippe stehen, denn mir war schwindlig und schlecht, weil so viele Leute in den Tunnel hineingingen und aus ihm herauskamen und es ziemlich hallte. Es gab nur einen einzigen Weg, und zwar in den Tunnel hinunter, und dort roch es nach Klo und Zigaretten. Ich stellte mich an die Wand und klammerte mich an den Rand eines Schilds mit der Aufschrift: **Kunden, die Zugang zum Parkhaus suchen, benutzen bitte das Servicetelefon gegenüber,** damit ich nicht nach vorn kippte und in die Hocke gehen musste. Am liebsten wäre ich wieder zurückgekehrt. Aber ich hatte Angst vor Vater. Ich versuchte einen Plan zu machen, was ich als Nächstes unternehmen sollte, doch es gab zu viel zu sehen und zu viel zu hören.

Ich presste die Hände auf die Ohren, um den Lärm auszusperren und nachzudenken. Ich werde im Bahnhof bleiben, um einen Zug zu kriegen, dachte ich. Bis dahin sollte ich mich irgendwo hinsetzen. In der Nähe des Eingangs gab es jedoch keine Sitzgelegenheit, also musste ich den Tunnel durchqueren. Deshalb sagte ich zu mir, im Kopf, nicht laut: »Ich werde jetzt durch den Tunnel gehen, und vielleicht kann ich mich irgendwo hinsetzen, die Augen zumachen und nachdenken.« Und dann lief ich durch den Tunnel und versuchte mich auf das Schild am Ende des Tunnels zu konzentrieren, auf dem stand: **Achtung Videoüberwachung.** Und es kam mir vor, als würde ich von der Klippe auf ein Seil treten.

Und schließlich kam ich ans Ende des Tunnels, und da waren ein paar Stufen. Ich ging die Stufen hinauf, aber da waren immer noch Unmengen von Leuten, und ich stöhnte vor mich hin, und oben an der Treppe gab es einen Laden und einen Raum mit Stühlen drin, aber in dem Raum mit den Stühlen waren zu viele Leute, deshalb lief ich vorbei. Und da waren Schilder, auf denen stand **Great Western** und **Kalte Biere und Lagerbiere** und **ACHTUNG NASSER BODEN** und **Ihre 50 Pence erhalten ein Frühgeborenes 1,8 Sekunden lang am Leben** und **Reisen verwandelt** und **Erfrischend anders** und **SO KÖSTLICH SO CREMIG FÜR NUR £1.30 HEISSE SCHOKOLADE DE LUXE** und **0870 777 7676** und **The Lemon Tree** und **Rauchen verboten** und **Feine Teesorten**, und da gab es ein paar kleine Tische mit Stühlen, und einer der Tische war leer und stand in der Ecke, und dort setzte ich mich auf einen Stuhl und schloss die Augen. Ich steckte die Hände in die Taschen, und als Toby sich in meine Hand schmiegte, gab ich ihm zwei Körnchen Rattenfutter aus meiner Schultasche und umschloss mit der anderen Hand das Schweizer Armeemesser, und da ich mir jetzt nicht mehr die Ohren zuhielt, stöhnte ich vor mich hin, um den Lärm zu übertönen; aber nicht so laut, dass mich jemand stöhnen hörte und herkam und mich ansprach.

Ich versuchte darüber nachzudenken, was ich jetzt tun musste, aber es klappte nicht, weil in meinem Kopf zu viele andere Dinge waren. Ich fing an, ein mathematisches Problem zu lösen, damit ich wieder klarer denken konnte.

Und das mathematische Problem, das ich mir vornahm, nennt man **Conways Soldaten**. In **Conways Soldaten** hat man ein Schachbrett, das sich endlos in alle Richtungen erstreckt, und unterhalb einer horizontalen Linie liegt auf jedem Quadrat ein farbiger Stein, also so:

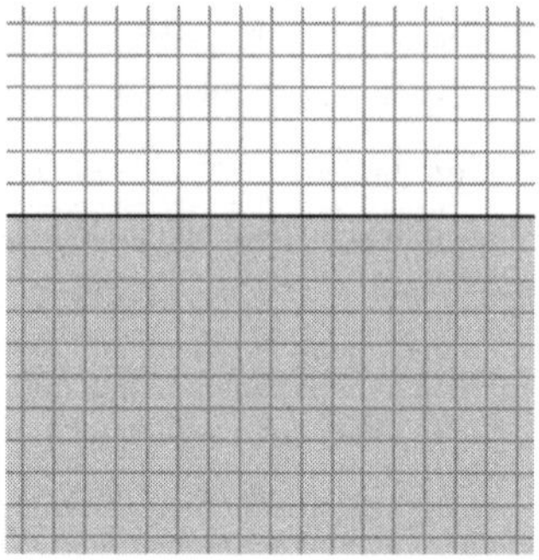

Man darf einen farbigen Stein nur dann bewegen, wenn er horizontal oder vertikal (aber nicht diagonal) über einen anderen farbigen Stein springen kann, auf ein leeres Quadrat, zwei Felder weiter. Und wenn man einen farbigen Stein auf diese Weise bewegt, muss man den Stein, den er überspringt, entfernen, also so:

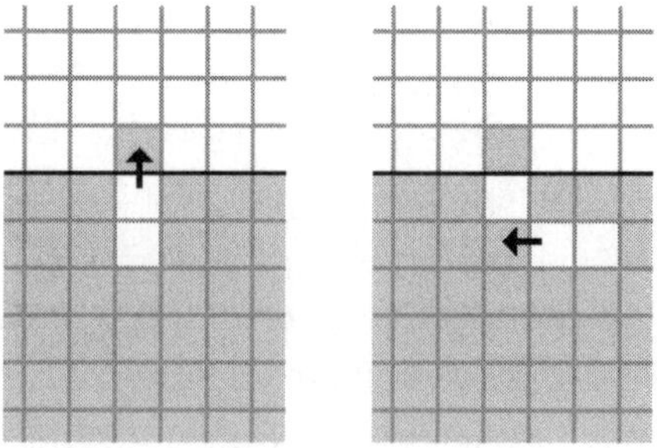

Es geht darum, wie weit man die farbigen Steine über die horizontale Startlinie bringt. Zum Beispiel kann man so anfangen:

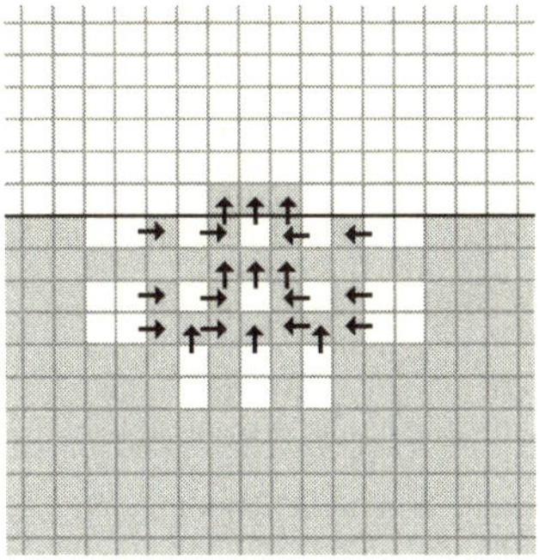

Und dann macht man Folgendes:

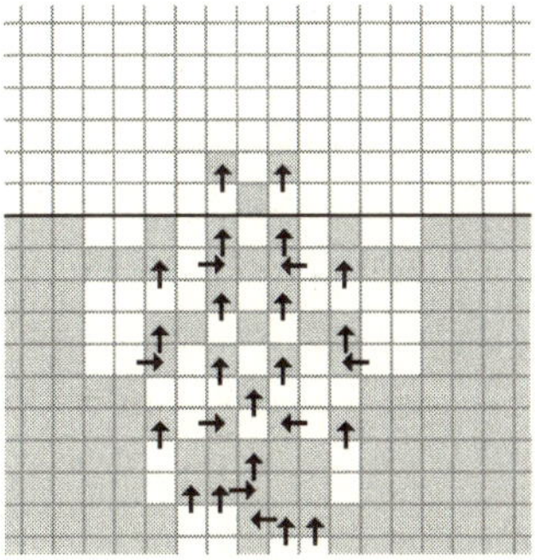

Ich kenne die Antwort, denn egal wie man die farbigen Steine auch bewegt – man wird keinen einzigen farbigen Stein mehr als 4 Felder über die horizontale Startlinie bringen. Dieses mathematische Problem lässt sich gut im Kopf lösen. Wenn man gerade über nichts anderes nachdenken will, kann man es so schwierig machen wie nötig, um das Gehirn auszufüllen, indem man sich das Schachbrett so groß denkt und die Züge so kompliziert gestaltet, wie es nur irgend möglich ist. Ich war bis hierher gekommen:

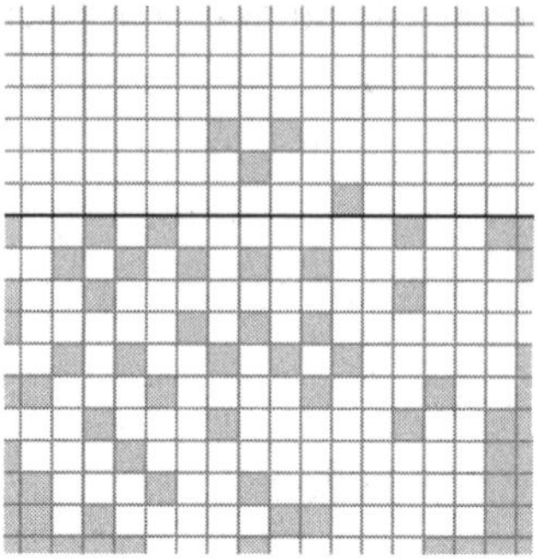

Und dann blickte ich hoch und sah vor mir einen Polizisten stehen, der sagte: »Hallo, aufwachen!«

Ich verstand nicht, was er meinte.

»Alles in Ordnung, junger Mann?«, fragte er.

Ich sah ihn an, dachte kurz nach, um die Frage korrekt beantworten zu können, und sagte dann: »Nein.«

»Du schaust ein bisschen mitgenommen aus.« Der Polizist trug einen goldenen Fingerring mit gewundenen Buchstaben darauf, aber ich konnte nicht erkennen, welche es waren.

»Die Frau im Café behauptet, du wärst schon seit zweieinhalb Stunden hier, und als sie dich ansprechen wollte, da seist du völlig verstört gewesen.« Und dann fragte er: »Wie heißt du denn?«

»Christopher Boone.«

»Wo wohnst du?«

»36 Randolph Street.« Jetzt ging es mir schon etwas besser, weil ich Polizisten mag und es eine einfache Frage war. Ich überlegte, ob ich ihm erzählen sollte, dass Vater Wellington umgebracht hatte, und ob er Vater dann verhaften würde.

Er fragte: »Was machst du denn hier?«

Und ich antwortete: »Ich musste mich setzen und in Ruhe nachdenken.«

»Okay, machen wir's nicht zu kompliziert .Was tust du im Bahnhof?«

»Ich fahre zu Mutter.«

»Zu Mutter?«

»Ja, zu Mutter.«

»Wann geht denn dein Zug?«

» Ich weiß nicht. Sie wohnt in London. Ich weiß nicht, wann ein Zug nach London geht.«

»Dann wohnst du also gar nicht bei deiner Mutter?«

»Nein. Aber bald.«

Und dann setzte er sich neben mich und sagte: »Wo wohnt denn deine Mutter?«

»In London.«

»Ja, aber wo in London?«

»451c Chapter Road, London NW2 5 NG.«

Da sagte er: »Mein Gott. Was ist denn das?«

Und ich schaute hinunter und erwiderte: »Das ist meine Hausratte, Toby«, weil er aus meiner Tasche heraus den Polizisten anguckte.

»Eine Hausratte?«

»Ja, eine Hausratte. Aber sie leidet nicht an Beulenpest.«

»Nun, das ist ungeheuer beruhigend.«

»Ja.«

»Hast du eine Fahrkarte?«

»Nein.«

»Hast du denn wenigstens genug Geld für eine Fahrkarte dabei?«

»Nein.«

Er fragte: »Kannst du mir mal verraten, wie du dann nach London kommen willst?«

Da wusste ich nicht mehr, was ich sagen sollte, weil ich Vaters Scheckkarte in der Tasche hatte und es verboten war, Sachen zu stehlen, aber einem Polizisten muss man ja die Wahrheit sagen, daher antwortete ich: »Ich habe eine Scheckkarte.«

Ich zog sie aus der Tasche und zeigte sie ihm. Dies war eine Notlüge.

Aber der Polizist fragte: »Ist das deine Karte?«

Und weil ich dachte, er würde mich vielleicht verhaften, sagte ich: »Nein, sie gehört Vater.«

»Vater?«

»Ja, Vater.«

Und da sagte er: »Okay«, aber ganz langsam, und dabei presste er mit Daumen und Zeigefinger seine Nase zusammen.

Und ich erklärte: »Er hat mir die Nummer gesagt.« Das war die nächste Notlüge.

»Warum machen wir zwei nicht mal einen kleinen Spaziergang zum Geldautomaten, hm?«

»Sie dürfen mich nicht anfassen.«

»Warum sollte ich dich anfassen wollen?«

»Ich weiß nicht.«

»Ich auch nicht.«

»Ich hab nämlich eine Verwarnung gekriegt, weil ich einen Polizisten geschlagen habe, aber ich wollte ihm nicht wehtun, und wenn es noch mal passiert, kriege ich noch mehr Schwierigkeiten.«

Da sah er mich an und sagte: »Das ist jetzt offenbar dein Ernst.«

Und ich erwiderte: »Ja.«

»Du gehst voraus.«

»Wohin?«

»Wieder zurück, am Schalter vorbei«, und er zeigte mit dem Daumen in die entsprechende Richtung.

Und dann gingen wir durch den Tunnel zurück, aber jetzt hatte ich keine solche Angst mehr, weil ja ein Polizist bei mir war.

Ich steckte die Scheckkarte in den Automaten, wie mit Vater, wenn wir zusammen einkaufen gingen, und als es hieß **Geben Sie Ihre persönliche Geheimzahl ein,** tippte ich **3558** und dann die ENTER-Taste, und der Automat sagte: **Bitte geben Sie den Betrag ein,** und man hatte die Wahl zwischen

| | |
|---|---|
| **← £10** | **£20 →** |
| **← £50** | **£100 →** |

**Anderer Betrag**
**(nur durch 10 teilbare Beträge) →**

Und ich fragte den Polizisten: »Wie viel kostet eine Fahrkarte nach London?«

»Ungefähr dreißig.«

»Pfund?«

»Großer Gott!«, sagte er und lachte. Aber ich lachte nicht, weil ich es nicht mag, wenn jemand über mich lacht, selbst wenn es ein Polizist ist. Und da hörte er auf zu lachen und meinte: »Ja. Dreißig Pfund.«

Also drückte ich auf 50£, und es kamen fünf 10£-Noten aus dem Automaten und ein Beleg. Ich steckte die Scheine, den Beleg und die Karte ein.

Der Polizist sagte: »Tja, dann will ich dich auch nicht länger aufhalten.«

»Wo kriege ich jetzt eine Zugfahrkarte her?«, fragte ich, denn wer nicht weiter weiß und Anweisungen braucht, kann sich immer an einen Polizisten wenden.

Und da sagte er: »Du bist vielleicht ein ulkiger Typ.«

Und ich fragte: »Wo kriege ich jetzt eine Zugfahrkarte?«, weil er meine Frage nicht beantwortet hatte.

»Da drin«, erwiderte er und zeigte zu einem großen Raum mit einem verglastem Schalter hinüber, auf der anderen Seite des Eingangs vom Bahnhof. »Weißt du auch wirklich, was du tust?«

Und ich antwortete: »Ja. Ich fahre nach London, um bei meiner Mutter zu leben.«

»Hat deine Mutter ein Telefon?«

»Ja.«

»Und kannst du mir die Nummer sagen?«

»Ja. 0208 887 8907.«

»Und du rufst sie an, wenn du in Schwierigkeiten kommst, okay?«

»Ja«, erwiderte ich, weil ich wusste, dass man jemanden aus der Telefonzelle anrufen kann, wenn man Geld hat, und ich hatte jetzt Geld.

Da sagte er: »Gut.«

Ich ging zu dem großen Raum, wo der Fahrkartenschalter war, und als ich mich umdrehte und sah, dass der Polizist noch immer zu mir herüberschaute, fühlte ich mich sicher. Ich ging auf einen langen Tisch mit einer Glasscheibe obendrauf zu. Vor dem Schalter stand ein Mann, und hinter der Glasscheibe saß auch ein Mann, und ich sagte zu dem Mann hinter dem Glas: »Ich möchte nach London.«

Und der Mann vor dem Schalter sagte: »Wenn du nichts dagegen hast.« Er drehte mir den Rücken zu, und der Mann hinter dem Schalter gab ihm einen kleinen Zettel zum Unterschreiben, und er unterschrieb und schob den Zettel wieder unter der Scheibe durch, und der Mann hinter dem Glas gab ihm ein Ticket. Und der Mann vor dem Schalter guckte mich an und sagte: »Was gibt's da zu glotzen, verdammt noch mal?« und ging weg.

Er hatte Rasta-Locken, wie manche Farbige, aber er war weiß, und Rasta-Locken hat man, wenn man sich nie die Haare wäscht, so dass sie aussehen wie alte Seile. Er trug rote Hosen mit Sternen drauf. Und ich umklammerte mein Schweizer Armeemesser, für den Fall, dass er mich anfassen wollte.

Jetzt war niemand mehr vor dem Schalter, und ich sagte zu dem Mann hinter der Scheibe: »Ich möchte nach London.« Während der Polizist bei mir gewesen war, hatte ich keine Angst gehabt, aber als ich mich jetzt umdrehte und sah, dass er weg war, bekam ich wieder Angst, deshalb versuchte ich so zu tun, als würde ich ein Computerspiel namens **Der Zug nach London** spielen, eines wie **Myst** oder **The Eleventh Hour**, und man musste eine Menge verschiedener Probleme lösen, um auf die nächste Stufe zu kommen, und ich konnte es jederzeit abschalten.

Und der Mann sagte: »Einfach oder mit Rückfahrt?«

»Was heißt *Einfach oder mit Rückfahrt?*«

»Möchtest du nur eine Strecke fahren oder auch wieder zurück?«

»Ich will dort bleiben, wenn ich dort angekommen bin.«

»Wie lange?«

»Bis ich auf die Universität gehe.«

»Also einfach«, sagte er, und dann: »Das macht zweiunddreißig Pfund.«

Ich gab ihm die £50, und er gab mir £10 heraus und sagte: »Nicht verlieren.«

Und dann gab er mir eine kleine gelb-orangefarbene Fahrkarte und £8 in Münzen, und ich steckte alles zu meinem Messer in die Anoraktasche. Es gefiel mir überhaupt nicht, dass die Fahrkarte halb gelb war, aber ich musste sie behalten, denn es war meine Zugfahrkarte.

Und dann sagte er: »Wenn du jetzt bitte den Schalter freimachen könntest.«

Und ich fragte: »Wann fährt der Zug nach London los?«

Er sah auf die Uhr und sagte: »Gleis eins, in fünf Minuten.«

»Wo ist Gleis eins?«

»Durch die Unterführung und die Treppen hinauf. Da siehst du dann die Schilder.«

*Unterführung* und *Tunnel* war offenbar das Gleiche, denn ich sah, wo er hinzeigte. Ich verließ also den Raum mit dem Fahrkartenschalter, aber es war überhaupt nicht wie in einem Computerspiel, denn ich steckte mittendrin, und es war so, als würden sämtliche Schilder in meinem Kopf durcheinander schreien. Und dann stieß jemand im Vorbeigehen mit mir zusammen, und ich bellte wie ein Hund, um ihn zu verscheuchen.

Und ich stellte mir im Kopf eine lange rote Linie am Boden vor, die bei meinen Füßen begann und durch den ganzen Tunnel führte. Ich begann die rote Linie entlangzulaufen und sagte die ganze Zeit: »Links, rechts, links, rechts, links, rechts«, weil es mir bei Angst oder Wut manchmal hilft, wenn ich etwas mache, das einen Rhythmus hat, zum Beispiel Musik oder Trommeln; das hat mir Siobhan beigebracht.

Ich stieg die Treppe hinauf und sah ein Schild, auf dem stand **➔ Gleis 1** und das **←** zeigte auf eine Glastür, deshalb öffnete ich diese, und da stieß wieder jemand mit mir zusammen, der einen Koffer trug. Ich bellte wieder wie ein Hund, und der Typ schrie: »Pass auf, wo du hinläufst, verdammt noch mal.« Aber ich tat so, als sei er einer der Dämonenwächter im Computerspiel **Der Zug nach London,** und da stand ein Zug, und ich sah, wie ein Mann mit einer Zeitung und einer Tasche mit Golfschlägern auf eine der Zugtüren zuging und auf einen großen Knopf drückte, der daneben angebracht war, und da glitten die Türen elektronisch auf, und das gefiel mir. Hinter ihm schlossen sich die Türen wieder.

Ich schaute auf meine Armbanduhr. Es waren 3 Minuten vergangen, seit ich am Schalter gewesen war, und das hieß, dass der Zug in 2 Minuten abfuhr.

Ich ging auf die Tür zu und betätigte den großen Knopf. Die Türen glitten auf, und ich trat hindurch.

Ich war im Zug nach London.

# 193

Als ich noch mit meiner Modelleisenbahn spielte, entwarf ich einen Zugfahrplan, weil ich Fahrpläne und Zeitpläne toll finde. Ich mag Zeitpläne, weil ich immer gern weiß, wann etwas passieren wird.

Und dies war mein Zeitplan, als ich noch daheim bei Vater wohnte und dachte, Mutter sei an einem Herzanfall gestorben (es war der Zeitplan für Montag, und auch dies ist nur eine *Annäherung*):

| | |
|---|---|
| **7.20 Uhr** | Aufwachen |
| **7.25 Uhr** | Zähne putzen und Gesicht waschen |
| **7.30 Uhr** | Toby Futter und Wasser geben |
| **7.40 Uhr** | Frühstücken |
| **8.00 Uhr** | Schulkleidung anziehen |
| **8.05 Uhr** | Schultasche packen |
| **8.10 Uhr** | Buch lesen oder Video schauen |
| **8.32 Uhr** | Bus zur Schule erwischen |
| **8.43 Uhr** | Am Tropenfisch laden vorbeigehen |
| **8.51 Uhr** | Ankunft in der Schule |
| **9.00 Uhr** | Schulversammlung |
| **9.15 Uhr** | Erste Vormittagsstunde |
| **10.30 Uhr** | Pause |
| **10.50 Uhr** | Kunststunde bei Mrs. Peters[13] |
| **12.30 Uhr** | Mittagessen |
| **13.00 Uhr** | Erste Nachmittagsstunde |
| **14.15 Uhr** | Zweite Nachmittagsstunde |
| **15.30 Uhr** | In den Bus nach Hause |

| | |
|---|---|
| **15.49 Uhr** | Daheim aus dem Schulbus aussteigen |
| **15.50 Uhr** | Saft und kleines Essen |
| **15.55 Uhr** | Toby Futter und Wasser geben |
| **16.00 Uhr** | Toby aus dem Käfig lassen |
| **16.18 Uhr** | Toby in den Käfig tun |
| **16.20 Uhr** | Fernsehen oder Video schauen |
| **17.00 Uhr** | Buch lesen |
| **18.00 Uhr** | Tee trinken |
| **18.30 Uhr** | Fernsehen oder ein Video anschauen |
| **19.00 Uhr** | Mathe lernen |
| **20.00 Uhr** | Ein Bad nehmen |
| **20.15 Uhr** | Pyjama anziehen |
| **20.20 Uhr** | Computerspiele machen |
| **21.00 Uhr** | Fernsehen oder ein Video anschauen |
| **21.20 Uhr** | Saft und etwas essen |
| **21.30 Uhr** | Ins Bett gehen |

Am Wochenende denke ich mir immer einen eigenen Zeitplan aus und schreibe ihn auf ein Stück Karton, das ich an die Wand hänge. Da steht zum Beispiel drauf: **Toby füttern** oder: **Mathe lernen** oder: **In den Laden gehen und Süßigkeiten kaufen.** Und das ist auch einer der Gründe, warum ich nicht gern in Frankreich bin, denn wenn man in Ferien ist, hat man keinen Zeitplan, und Mutter und Vater muss-

13 In der Kunststunde machen wir Kunst, aber in der ersten Vormittagsstunde und der zweiten Nachmittagsstunde lernen wir tausend verschiedene Dinge wie z.B. **Lesen** und **Klassenarbeiten** und **Sozialverhalten** und **Wir kümmern uns um Tiere** und **Was wir am Wochenende gemacht haben** und **Schreiben** und **Mathe** und **Vorsicht – Fremder!** und **Geld** und **Körperpflege**

ten mir jeden Morgen ganz genau sagen, was wir am betreffenden Tag unternehmen würden, damit ich mich besser fühlte.

Denn Zeit ist nicht wie Raum. Wenn man irgendwo etwas hinlegt, z.B. einen Winkelmesser oder einen Keks, dann kann man im Kopf einen Plan anfertigen, der einem sagt, wo man den Gegenstand gelassen hat, aber wenn man keinen Plan hat, ist dieser Gegenstand trotzdem so da, denn ein Plan ist eine *Darstellung* von etwas, das wirklich existiert, deshalb kann man den Winkelmesser oder den Keks wieder finden. Und ein Zeitplan ist ein Plan der Zeit, nur dass die Zeit, wenn man keinen Zeitplan hat, nicht trotzdem da ist, wie zum Beispiel der Treppenabsatz, der Garten oder der Schulweg da sind. Denn die Zeit ist ja nur die Beziehung zwischen der Art und Weise, in der sich verschiedene Dinge verändern, zum Beispiel das Kreisen der Erde um die Sonne, das Pulsieren der Atome, das Ticken der Uhren, Tag und Nacht, Aufwachen und Schlafengehen, und es ist wie West oder Nord-Nord-Ost, was nicht mehr existieren wird, wenn die Erde nicht mehr existiert und in die Sonne stürzt, denn hier handelt es sich nur um eine Beziehung zwischen Nordpol und Südpol und allem anderen, wie zum Beispiel Mogadishu und Sunderland und Canberrra.

Und es ist keine feste Beziehung wie die Beziehung zwischen unserem Haus und Mrs. Shears' Haus oder die Beziehung zwischen 7 und 865, sondern sie hängt davon ab, wie schnell sich etwas im Vergleich zu etwas anderem bewegt. Wenn man in einem Raumschiff startet, fast mit Lichtgeschwindigkeit reist und dann zurückkommt, ist vielleicht die ganze Familie gestorben, man selbst ist noch jung und befindet sich in der Zukunft, aber ein Blick auf die Uhr wird einem sagen, dass man nur ein paar Monate weg war.

Und da nichts schneller ist als die Lichtgeschwindigkeit, heißt dies, dass wir nur über einen Bruchteil der Dinge Bescheid wissen, die sich im Universum abspielen, also:

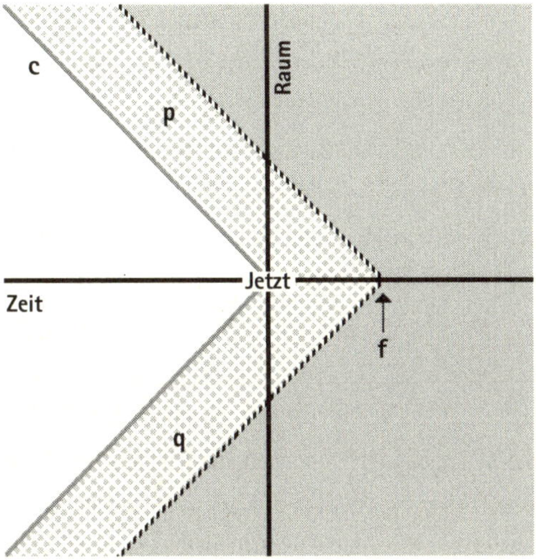


Dies ist eine Karte von allem und überall, und die Zukunft befindet sich auf der rechten Seite und die Vergangenheit auf der linken, und der Gradient der Linie **c** ist die Lichtgeschwindigkeit, aber über die Dinge, die in den dunkleren Flächen passieren, wissen wir nichts, obwohl sich manche von ihnen bereits ereignet haben, aber wenn wir **f** erreichen, wird es möglich sein, etwas über die Dinge herauszufinden, die sich in den helleren Flächen **p** und **q** abspielen.

Und das heißt, dass die Zeit ein Geheimnis ist, nicht einmal ein Ding, und dass niemand jemals das Rätsel gelöst hat, was Zeit eigentlich genau ist. Wenn man sich also in der Zeit verirrt, dann ist es, als habe man sich in der Wüste verirrt, nur dass man diese Wüste nicht sieht, weil sie kein Ding ist.

Darum mag ich Zeitpläne, weil sie dafür sorgen, dass man sich nicht in der Zeit verirrt.

# 197

Es waren furchtbar viele Leute im Zug, und das gefiel mir nicht, weil ich furchtbar viele Leute, die ich nicht kenne, nicht mag. Noch schlimmer finde ich es, mit furchtbar vielen Leuten, die ich nicht kenne, in einem Raum eingepfercht zu sein, und ein Zug ist wie ein Raum, und man kann nicht hinaus, sobald er fährt.

Ich musste daran denken, wie ich einmal im Auto von der Schule nach Hause gefahren wurde, weil der Bus repariert werden musste. Mutter holte mich ab, und Mrs. Peters bat sie, auch Jack und Polly nach Hause zu bringen, weil deren Mütter nicht kommen konnten, und Mutter stimmte zu. Aber kaum dass wir losfuhren, fing ich an zu schreien, weil zu viele Menschen im Auto saßen und Jack und Polly nicht in meiner Klasse waren und Jack immer mit dem Kopf gegen alle möglichen Gegenstände schlägt und dabei Laute ausstößt wie ein Tier. Ich wollte aussteigen, aber das Auto fuhr bereits, und da fiel ich auf die Straße und musste mit drei Stichen am Kopf genäht werden. Vorher rasierte man mir das Haar ab, und es dauerte drei Monate, bis es wieder nachgewachsen war.

Jetzt stand ich im Zugwaggon und rührte mich nicht.

Plötzlich hörte ich jemanden sagen: »Christopher.«

Ich dachte, es sei jemand, den ich kenne, zum Beispiel ein Lehrer aus der Schule oder jemand aus unserer Straße, aber das stimmte nicht. Es war wieder der Polizist. Und er sagte: »Da hab ich dich ja gerade noch rechtzeitig erwischt«, und er schnaufte sehr laut und hielt sich die Knie.

Ich sagte nichts.

»Dein Vater ist bei uns auf der Polizeiwache«, sagte er.

Und ich dachte, jetzt teilt er mir gleich mit, dass Vater verhaftet worden sei, weil er Wellington umgebracht hatte. Stattdessen sagte er: »Er sucht dich.«

Und ich erwiderte: »Ich weiß.«

»Warum fährst du dann nach London?«

»Weil ich zu Mutter ziehe.«

»Tja, ich glaube, da hat dein Vater auch noch ein Wörtchen mitzureden.«

Und da dachte ich, er bringt mich jetzt zu Vater zurück, und das machte mir Angst, weil er doch Polizist war und Polizisten eigentlich gute Menschen sein sollten, und deshalb wollte ich wegrennen, aber er packte mich, und ich fing an zu schreien. Da ließ er mich los.

»Schon gut, keine Panik«, sagte er. Und dann: »Ich werde dich jetzt auf die Polizeiwache bringen, und dort setzen wir uns zusammen, du und ich und dein Dad, und dann unterhalten wir uns mal darüber, wer wohin geht.«

»Ich gehe zu Mutter nach London«, sagte ich.

Und er: »Nein, noch nicht.«

»Haben Sie Vater verhaftet?«

»Verhaftet? Wieso?«

»Er hat einen Hund umgebracht. Mit einer Mistgabel. Der Hund hieß Wellington.«

»Jetzt vor kurzem?«, fragte der Polizist.

»Ja«, erwiderte ich.

»Na, darüber können wir dann ja auch reden«, meinte er. Und dann: »So, junger Mann, ich glaube, das reicht jetzt für heute.«

Er streckte wieder die Hand nach mir aus, ich fing wieder an zu brüllen, und er sagte: »Jetzt hör mir mal zu, du kleiner Affe. Entweder tust du, was ich sage, oder ich muss…«

Da gab es einen Ruck, und der Zug setzte sich in Bewegung.

Und der Polizist sagte: »Verdammte Scheiße.«

Dann blickte er zur Decke des Waggons und legte die Hände vor dem Mund zusammen wie jemand, der zu Gott im Himmel betet, und er atmete so laut in seine Hände, dass ein pfeifendes Geräusch entstand, und dann hörte er auf damit, weil es wieder einen Ruck gab und er sich an einem der Gurte festhalten musste, die von der Decke hingen.

Und dann sagte er: »Rühr dich nicht von der Stelle.«

Er zog sein Walkie-Talkie heraus, drückte einen Knopf und sagte:

»Rob…? Ja, hier Nigel. Ich sitze in dem verdammten Zug fest. Ja. Hab nicht mal… Hör jetzt gut zu. Der Zug hält am Didcot Parkway. Wenn du mir da einen Wagen hinschicken könntest… Danke. Sag seinem alten Herrn, wir haben ihn jetzt, aber er muss sich noch ein Weilchen gedulden. Okay? Super.«

Dann schaltete er sein Walkie-Talkie aus und sagte: »Suchen wir uns einen Platz.« Er deutete auf zwei gegenüberliegende Sitzbänke in der Nähe und sagte: »Hock dich hin. Und keine faulen Tricks!«

Die Leute auf den Sitzbänken standen auf und gingen weg, weil er Polizist war, und wir setzten uns einander gegenüber.

»Meine Güte«, sagte er. »Du machst einem ganz schön zu schaffen.«

Und ich überlegte, ob mir der Polizist helfen würde, 451c Chapter Road, London NW2 5NG zu finden.

Ich sah aus dem Fenster, und wir fuhren an Fabriken

und Schrottplätzen voller alter Autos vorbei, und da waren 4 Campingwagen auf einem sumpfigen Gelände und zwei Hunde und zum Trocknen aufgehängte Wäsche.

Draußen vor dem Fenster sah es wie auf einer Landkarte aus, nur dass alles dreidimensional war und lebensgroß. Da gab es so viel zu sehen, dass mir der Kopf wehtat, deshalb schloss ich die Augen, aber dann machte ich sie wieder auf, weil es war, als würde man fliegen, nur näher am Boden, und ich glaube, Fliegen ist schön. Und dann kamen wir aufs Land, und ich sah Felder und Kühe und Pferde und eine Brücke und eine Farm und andere Häuser und viele kleine Straßen mit Autos drauf. Und da dachte ich, dass es in der Welt ja Millionen Meilen von Schienen geben musste, und alle führten an Häusern und Straßen und Flüssen und Feldern vorbei, und danach kam mir der Gedanke, wie viele Menschen es auf der Welt geben muss und dass sie alle Häuser haben und Straßen, auf denen sie fahren, und Autos und Haustiere und Kleider, und dass sie alle zu Mittag essen, schlafen gehen, Namen haben, und auch davon tat mir der Kopf weh, deshalb schloss ich wieder die Augen und zählte und stöhnte vor mich hin.

Als ich die Augen wieder öffnete, las der Polizist eine Zeitung namens The Sun, und vorne drauf stand **£ 3 m Anderson's Callgirl-Schande**, und drunter war ein Bild von einem Mann und ein Bild von einer Frau im BH.

Ich übte im Kopf ein bisschen Mathe und löste ein paar quadratische Gleichungen mit der Formel

$$x = \frac{b \pm \sqrt{(b?-4ac)}}{2a}$$

Und dann wollte ich pinkeln, aber ich war ja im Zug. Ich wusste nicht, wie lang wir nach London brauchen würden, und ich spürte, wie die Panik kam, und ich fing an, mit den Fingerknöcheln einen Rhythmus an die Scheibe zu klopfen, um leichter warten zu können und nicht daran denken zu müssen, dass ich aufs Klo wollte. Ich schaute auf meine Uhr und wartete 17 Minuten, aber wenn ich aufs Klo will, muss es immer ganz schnell gehen, deshalb bin ich gern zu Hause oder in der Schule und gehe immer nochmal pinkeln, bevor ich in den Bus steige, und deshalb lief ein bisschen etwas raus, und meine Hosen wurden nass.

Und da schaute der Polizist zu mir herüber und sagte: »O Gott, du hast ja…« Und dann legte er seine Zeitung hin und sagte: »Um Himmels willen, geh auf die Toilette, verdammt noch mal!«

Und ich sagte: »Aber ich bin doch im Zug.«

»Im Zug gibt's auch Toiletten.«

»Wo ist denn im Zug die Toilette?«

Und er zeigte mir die Richtung und sagte: »Durch die Tür dort. Aber ich werde dich im Auge behalten, kapiert?«

Und ich sagte: »Nein«, weil ich zwar wusste, was es bedeutet, *jemanden im Auge zu behalten*, aber wenn ich auf der Toilette war, konnte er mich ja nicht sehen.

Er sagte: »Jetzt geh schon aufs Klo, verdammt noch mal.«

Also stand ich auf und presste die Augen zu, bis meine Lider nur noch kleine Schlitze waren, damit ich die anderen Leute im Zug nicht sehen musste, und ging zur Tür, und als ich durch die Tür gegangen war, sah ich rechts noch eine Tür, und die war halb offen und es stand **Toilette** darauf, deshalb ging ich hinein.

Aber da drinnen war es schrecklich, weil der Toilettensitz

mit Aa verschmiert war, und es stank nach Aa, wie wenn Joseph allein in der Schultoilette war, weil er mit seinem Aa spielt.

Ich wollte das Klo nicht benutzen, weil das Aa von fremden Leuten war und außerdem braun, aber ich musste, weil es wirklich dringend war. Also machte ich die Augen zu und pinkelte, und weil der Zug schwankte, ging viel auf den Sitz und auf den Boden, aber ich wischte meinen Penis mit Klopapier ab und betätigte die Spülung, und dann wollte ich das Waschbecken benutzen, aber der Wasserhahn funktionierte nicht, deshalb tat ich mir Spucke auf die Hände, wischte sie mit einem Papierhandtuch ab und warf es ins Klo.

Ich verließ die Toilette und sah direkt gegenüber zwei Fächer mit Koffern und einem Rucksack. Da musste ich an den Trockenschrank zu Hause denken und dass ich da manchmal hineinklettere und mich in Sicherheit fühle. Deshalb kletterte ich in das mittlere Fach und zog einen der Koffer wie eine Tür zu, so dass ich eingeschlossen war. Es war dunkel, und außer mir befand sich niemand hier drin, und ich hörte die Leute nicht mehr reden; ich fühlte mich jetzt schon viel ruhiger, und das war schön.

Ich löste noch ein paar quadratische Gleichungen, wie zum Beispiel

$$0 = 437x^2 + 103x + 11$$

und

$$0 = 79x^2 + 43x + 2089$$

und ich machte einige der Koeffizienten ganz groß, damit sie schwer zu lösen waren.

Und dann fuhr der Zug allmählich langsamer, und jemand kam, stand nah bei den Kofferfächern und klopfte an die Toilettentür. Es war der Polizist, der rief: »Christopher…? Christopher…?« Er öffnete die Toilettentür und sagte: »Scheiße!« Er war so nah, dass ich sein Rasierwasser roch und sein Walkie-Talkie und seinen Gummiknüppel sehen konnte. Aber er sah mich nicht, und ich sagte kein Wort, weil ich nicht wollte, dass er mich zu Vater zurückbrachte.

Und dann rannte er weg.

Der Zug blieb stehen, und ich fragte mich, ob ich in London war, aber ich rührte mich nicht, weil ich nicht wollte, dass der Polizist mich fand.

Und dann kam eine Frau. Sie trug einen Pullover mit Bienen und Blumen aus Wolle drauf, nahm den Rucksack aus dem Fach über meinem Kopf und sagte: »Du hast mich zu Tode erschreckt!«

Aber ich erwiderte nichts.

Und dann sagte sie: »Ich glaube, da draußen auf dem Bahnsteig sucht dich jemand.«

Aber ich sagte immer noch nichts.

Da sagte sie: »Na ja, das ist deine Sache« und ging weg.

Dann liefen noch drei andere Leute vorbei, und einer davon war ein Schwarzer in einem langen weißen Gewand, und er legte ein großes Paket in das Fach über mir, sah mich aber nicht.

Und dann setzte sich der Zug wieder in Bewegung.

# 199

Die Leute glauben an Gott, weil die Welt sehr kompliziert ist und weil sie es für sehr unwahrscheinlich halten, dass etwas so Kompliziertes wie ein Flughörnchen oder das menschliche Auge oder ein Gehirn einfach durch Zufall entstehen könnte. Aber sie bräuchten nur logisch zu denken, dann würde ihnen auffallen, dass sie diese Frage nur stellen können, weil diese Dinge bereits entstanden sind und existieren. Es gibt Billionen Planeten ohne jedes Leben, aber auf keinem dieser Planeten ist jemand, der ein Gehirn besitzt, um dies wahrzunehmen. Und das ist so, als würden alle Menschen auf der Welt eine Münze werfen, und einer, der würde 5698 mal hintereinander Kopf werfen, und die anderen würden glauben, sie seien etwas ganz Besonderes. Aber das wären sie nicht, weil es Millionen von Leuten geben würde, die nicht 5698 mal Kopf geworfen hätten.

Dass es Leben auf der Erde gibt, beruht auf einem Zufall. Aber auf einer ganz besonderen Art von Zufall. Und damit sich dieser Zufall auf diese ganz besondere Art ereignen kann, müssen 3 Bedingungen erfüllt sein. Und zwar:

1. Dinge müssen sich selbst kopieren (das nennt man **Reproduktion**)
2. Dabei müssen ihnen kleine Fehler unterlaufen (das nennt man **Mutation**)
3. Die gleichen Fehler müssen auch in den Kopien auftauchen (das nennt man **Vererbung**)

Diese Bedingungen werden nur sehr selten erfüllt, aber es kommt vor, und daraus entsteht Leben. Es passiert einfach. Es müssen aber nicht unbedingt Nashörner und Menschen und Wale dabei herauskommen. Es könnte alles Mögliche entstehen.

Und zum Beispiel sagen manche Leute: Wie kann ein Auge durch Zufall entstehen? Ein Auge muss sich doch aus etwas entwickeln, das dem Auge ganz ähnlich ist, und das passiert doch nicht einfach nur aufgrund eines genetischen Fehlers, und welchen Nutzen hätte ein halbes Auge? Aber ein halbes Auge ist sogar sehr nützlich, denn ein halbes Auge bedeutet, dass ein Tier die Hälfte eines Tiers sehen kann, von dem es sonst gefressen würde, und es kann ihm aus dem Weg gehen, und stattdessen wird ein Tier gefressen, das nur ein Drittel eines Auges oder 49 % eines Auges besitzt und nicht schnell genug weglaufen konnte. Und das Tier, das gefressen wurde, wird keine Kinder kriegen, weil es jetzt nämlich tot ist. Und auch 1% von einem Auge ist besser als überhaupt kein Auge.

Leute, die an Gott glauben, meinen immer, dass Gott die Menschen auf die Erde gebracht hätte, weil der Mensch das beste aller Tiere sei. Aber der Mensch ist einfach nur ein Tier, das sich zu einem anderen Tier entwickeln wird. Und dieses Tier wird noch klüger sein und wird Menschen in den Zoo stecken, so wie wir Schimpansen und Gorillas in den Zoo stecken. Oder die Menschen kriegen eine Krankheit und sterben aus, oder sie treiben die Umweltverschmutzung zu weit und bringen sich selber um, und irgendwann gibt es nur noch Insekten auf der Welt, und die werden dann die besten aller Tiere sein.

# 211

Ich überlegte, ob der Zug gerade in London gehalten hatte und ich besser ausgestiegen wäre, und bekam Angst. Denn wenn der Zug woanders hinfuhr, würde ich an einen Ort kommen, wo ich niemanden kannte. Jemand ging auf die Toilette und trat wieder heraus, sah mich aber nicht in dem Gepäckfach. Ich roch sein Aa, und das roch anders, als es vorhin gerochen hatte, als ich selbst auf der Toilette gewesen war. Dann schloss ich die Augen und löste noch ein paar Matherätsel, um nicht mehr darüber nachdenken zu müssen, wohin der Zug fuhr. Als der Zug erneut hielt, überlegte ich, ob ich aus dem Versteck klettern, meine Tasche holen und aussteigen sollte. Aber ich wollte nicht, dass der Polizist mich fand und zu Vater brachte, deshalb blieb ich in dem Gepäckfach und rührte mich nicht, und diesmal sah mich niemand.

Ich erinnerte mich, dass in einem der Klassenzimmer in der Schule eine Karte von Großbritannien an der Wand hing, und ich stellte sie mir jetzt im Kopf vor, mit Swindon und London drauf, und das sah so aus:

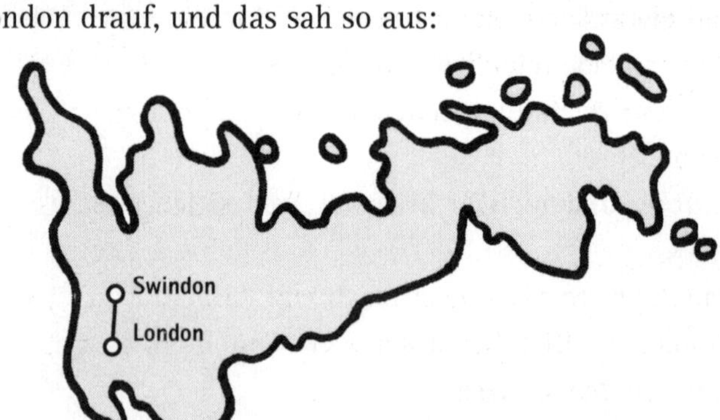

Ich hatte immer wieder auf meine Uhr geschaut, seit der Zug um **12.59 Uhr** in Swindon abgefahren war. Der erste Halt war um **13.16 Uhr** erfolgt, also nach 17 Minuten. Und jetzt war es **13.39 Uhr**, also 23 Minuten nach dem ersten Halt, was bedeutete, dass wir am Meer waren, sofern der Zug nicht in einer weiten Kurve fuhr. Aber ich wusste eben nicht, ob er in einer weiten Kurve fuhr.

Der Zug hielt noch 4 mal. 4 Leute holten Taschen aus den Fächern, 2 Leute legten Taschen drauf, aber niemand verschob den großen Koffer, hinter dem ich mich verbarg. Nur einer entdeckte mich und sagte: »Du bist mir vielleicht ein schräger Typ«, und das war ein Mann, der einen gestreiften Anzug trug. 6 Leute gingen aufs Klo, machten aber nicht so Aa, dass ich etwas gerochen hätte, und das war auch besser so.

Dann hielt der Zug, und eine Frau im gelben Regenmantel kam, nahm den großen Koffer herunter und sagte: »Hast du den angefasst?«

»Ja«, antwortete ich.

Da ging sie weg.

Und dann stand ein Mann vor den Fächern und sagte: »Schau dir das an, Barry. Hier gibt's so was wie 'nen Zugkobold.«

Und ein anderer Mann trat neben ihn und sagte: »Na ja, wir haben beide reichlich getrunken.«

Der erste meinte: »Vielleicht sollten wir ihm ein paar Nüsse geben.«

Und der andere: »Du kriegst selber gleich eins auf die Nuss!«

Und der erste: »Los, jetzt mach mal voran, du Arschloch! Ich brauch ein Bier, bevor ich wieder nüchtern werde.«

Dann gingen sie weg.

Der Zug stand nun wirklich still und setzte sich auch nicht mehr in Bewegung. Ich hörte niemanden mehr. Deshalb beschloss ich, von dem Fach hinabzusteigen, meine Tasche zu holen und nachzusehen, ob der Polizist immer noch an seinem Platz saß.

Ich kletterte also hinunter und schaute durch die Tür ins Abteil, aber der Polizist war nicht mehr da. Und meine Tasche war auch verschwunden, mit Tobys Futter drin, meinen Mathebüchern, meinen frischen Unterhosen, dem Unterhemd, dem sauberen T-Shirt, dem Orangensaft, der Milch, den gebackenen Bohnen und der Vanillecreme.

Plötzlich hörte ich Schritte und drehte mich um. Es war ein Polizist, aber nicht der von vorhin. Ich sah ihn durch die Tür im nächsten Waggon, wo er gerade unter die Sitze guckte. Mir wurde klar, dass ich Polizisten jetzt nicht mehr so gern mochte wie früher, und ich stieg aus dem Zug.

Als ich sah, wie groß die Halle war, in der der Zug stand, und als ich hörte, wie es hier lärmte und hallte, ließ ich mich auf die Knie sinken, weil ich dachte, ich würde gleich nach vorn kippen. Während ich auf dem Boden kniete, überlegte ich, in welche Richtung ich gehen sollte, und beschloss, in die Richtung zu laufen, in der der Zug in den Bahnhof eingefahren war, denn wenn das seine letzte Station war, musste London in dieser Richtung liegen.

Also stand ich auf und stellte mir vor, auf dem Boden würde eine dicke rote Linie verlaufen, parallel zum Zug bis zur Absperrung am anderen Ende, und diese Linie ging ich entlang und sagte wieder wie schon am Bahnhof in Swindon: »Links, rechts, links, rechts…«

Als ich die Absperrung erreicht hatte, sagte ein Mann zu mir: »Ich glaube, dich sucht jemand, Kleiner.«

Ich fragte: »Wer sucht mich?«, weil ich dachte, es sei vielleicht Mutter und der Polizist in Swindon habe sie unter der Telefonnummer angerufen, die ich ihm gegeben hatte.

Aber der Mann sagte: »Ein Polizist.«

Und ich: »Ich weiß.«

Da meinte er: »Ach so.« Und kurz darauf: »Warte hier, ich sag's ihm.« Und dann lief er den Zug entlang.

Also ging ich weiter. Ich hatte immer noch das Gefühl, als sei ein Ballon in meiner Brust, und das tat weh, und ich hielt mir die Ohren zu und stellte mich mitten in die Halle an die Wand eines kleinen Ladens, auf der stand: **Hotel- und Theaterreservierungen Tel.: 0207 402 5164**, und dann nahm ich die Hände von den Ohren und stöhnte, um den Lärm auszublenden, und ich las alle Schilder in dem großen Raum, um zu sehen, ob das London war. Und auf den Schildern stand:

Sweet Pastries **Heathrow Airport Check-In Here** *Bagel Factory* **EAT** ***excellence and taste*** **YO!** sushi **Stationlink** Buses **W H Smith** MEZZANINE **Heathrow Express** Clinique First Class Lounge FULLERS **easyCar.com** ***The Mad Bishop* and Bear Public House** Fuller's London Pride Dixons **Our Price** Paddington Bear at Paddington Station **Tickets** Taxis **Toilets** First Aid **Eastbourne Terrace** [redacted]**ing-ton** Way Out **Praed Street The Lawn** Q Here Please Upper Crust Sainsbury's **Local ⓘ Information** GREAT WESTERN FIRST Ⓟ Position Closed **Closed** Position Closed Sock Shop Fast Ticket Point **Millie's Cookies**

Doch nach ein paar Sekunden sahen sie so aus:

Weil es zu viele waren und mein Gehirn nicht mehr richtig arbeitete. Das machte mir Angst, deshalb schloss ich wieder die Augen und zählte langsam bis 50, aber diesmal ohne die Zahlen ins Quadrat zu erheben. Ich stand da, klappte in der Tasche mein Schweizer Armeemesser auf und umklammerte es fest, damit ich mich sicherer fühlte.

Und dann formte ich mit der Hand eine kleine Röhre, öffnete die Augen und guckte durch die Röhre, so dass ich immer nur *ein* Zeichen auf einmal sah, und nach langer Zeit erblickte ich ein Zeichen, das hieß ⓘ **Information,** und es befand sich oberhalb des Fensters eines kleinen Ladens.

Wieder kam ein Mann auf mich zu. Er trug eine blaue Jacke, blaue Hosen, braune Schuhe und hatte ein Buch in der Hand. »Du siehst aus, als hättest du dich verlaufen«, sagte er.

Ich zückte wieder mein Schweizer Armeemesser.

Da sagte er: »Hey, hey, hey, hey, hey!« und hob beide Hände. Dabei spreizte er die Finger wie einen Fächer, so als solle auch ich die Finger wie einen Fächer spreizen und seine Finger berühren, weil er mir sagen wollte, dass er mich lieb hätte, aber er tat es mit beiden Händen, nicht nur mit einer Hand wie Vater oder Mutter, und ich wusste ja nicht, wer er war.

Dann ging er rückwärts von mir weg.

Also lief ich zu dem Laden, an dem ⓘ **Information** stand. Ich spürte mein Herz ganz heftig klopfen und hörte in den Ohren ein lautes Rauschen wie das Meer. Als ich ans Fenster kam, fragte ich: »Ist das London?«, aber es war niemand hinter dem Fenster.

Und dann saß jemand hinter dem Fenster. Es war eine Frau, und sie war schwarz und hatte lange Fingernägel, die pink lackiert waren, und ich fragte: »Ist das London?«

»Klar doch, Kleiner«, sagte sie.

»Ist das London?«, fragte ich.

»Und wie.«

»Wie komme ich zu 451 c Chapter Road, London, NW2 5 NG?«

»Wo soll das sein?«

»Es ist 451 c Chapter Road, London NW2 5NG. Man kann aber auch schreiben: 451c Chapter Road, Willesden, London NW2 5NG.«

Und da sagte die Frau zu mir: »Du nimmst die U-Bahn nach

Willesden Junction, Kleiner, oder nach Willesden Green. Es muss dort irgendwo in der Nähe sein.«

Ich sagte: »Welche Art von U-Bahn?«

Und sie: »Meinst du das jetzt im Ernst?«

Ich schwieg.

»Dort drüben. Siehst du das große Treppenhaus mit den Rolltreppen? Kannst du das Schild erkennen? Da steht *U-Bahn* drauf. Du nimmst die Bakerloo Line bis Willesden Junction oder die Jubilee bis Willesden Green. Ist sonst alles in Ordnung, Kleiner?«

Ich schaute in die Richtung, in die sie zeigte, und da führte eine große Treppe in die Erde, und oben war ein Schild, das so aussah:

UNDERGROUND

Und ich dachte, *ich schaff das,* weil bis jetzt alles sehr gut geklappt hatte und ich in London war und meine Mutter finden würde. Ich musste einfach nur denken, *die Leute sind wie Kühe auf dem Feld,* musste einfach nur die ganze Zeit vor mich hinschauen und in dem Bild des großen Raums in meinem Kopf am Boden eine rote Linie ziehen und ihr folgen.

Ich lief durch den großen Raum zu den Rolltreppen. Und in der einen Tasche hielt ich mein Schweizer Armeemesser umklammert, und mit der anderen hielt ich Toby fest, damit er nicht entwischte.

*Die Rolltreppen* waren Treppen, die sich unaufhörlich bewegten, und die Leute traten darauf und wurden abwärts und aufwärts getragen. Ich musste lachen, weil ich so etwas noch nie gesehen hatte und weil es mir wie in einem Sciencefiction-Film vorkam. Ich wollte sie aber nicht benutzen und ging stattdessen die normalen Treppen hinunter.

Und dann befand ich mich in einem kleineren Raum unter der Erde, da waren viele Leute, und es gab Pfeiler, die unten im Boden ringsherum blaue Lichter hatten, und die gefielen mir, aber die Leute gefielen mir nicht. Und als ich eine Fotokabine sah, wie die Kabine, in der am 25. März 1994 mein Passfoto gemacht wurde, ging ich rein, weil das wie ein Schrank war und ich mich sicherer fühlte und durch den Vorhang hinausschauen konnte.

Und ich beobachtete genau, dass die Leute Tickets in graue Drehkreuze steckten und dann durchgingen. Manche von ihnen kauften auch an den großen schwarzen Automaten an der Wand Fahrkarten.

Ich beobachtete 47 Leute und prägte mir ein, was man tun musste. Dann stellte ich mir eine rote Linie auf dem Boden vor und ging zu der Wand hinüber, an der ein Plakat hing, auf dem eine Liste der Orte stand, wo man hinfahren konnte. Es war eine alphabetische Liste, und ich entdeckte Willesden Green und da stand £ 2.20. Ich ging zu einem der Automaten hinüber, und da war ein kleiner Bildschirm, worauf zu lesen war **KARTENART WÄHLEN**, und ich drückte den Knopf, auf den die meisten Leute gedrückt hatten: **EIN ERWACHSENER** und **£2:20**, und auf dem Bildschirm erschien **£2:20** und dann steckte ich 3 £ 1-Münzen in den Schlitz, und es gab ein klickendes Geräusch, und jetzt stand auf dem Bildschirm **TICKET UND WECHSELGELD** entnehmen, und in einer kleinen Öffnung am unteren Teil des Automaten kamen ein Ticket und ein 50 Pence-Stück, ein 20-Pence-Stück und ein 10-Pence-Stück zum Vorschein. Ich steckte die Münzen in die Tasche, ging auf eine der grauen Sperren zu und steckte mein Ticket in den Schlitz, und es wurde eingezogen und kam auf der andern Seite der Sperre wieder heraus. Jemand sagte: »Weitergehen«, und ich bellte wie ein Hund und ging vorwärts, und diesmal öffnete sich die Sperre. Ich nahm mein Ticket heraus wie die anderen Leute. Die graue Sperre gefiel mir sehr gut, weil sie mir auch aussah wie aus einem Sciencefiction-Film.

Und dann musste ich überlegen, in welche Richtung ich gehen würde. Deshalb stellte ich mich an die Wand, damit die Leute mich nicht berührten, und da war ein Schild für **Bakerloo Line** und **District and Circle Line**, aber keines für **Jubilee Line,** wie die Frau behauptet hatte, deshalb machte ich einen Plan und der hieß *mit der Bakerloo Line bis Willesden Junction fahren.*

Und dann kam noch ein Schild für die Bakerloo Line:

Und ich las all die Wörter, und als ich **Willesden Junction** fand, folgte ich dem Pfeil ¨ und ging durch den linken Tunnel, und da war ein Zaun in der Mitte des Tunnels, und die Leute liefen links daran vorbei und kamen einem rechts in der anderen Richtung entgegen, wie auf einer Straße, deshalb lief ich auch links vorbei, und da machte der Tunnel eine Biegung nach links, und es kamen noch mehr Sperren, und auf einem Schild stand **Bakerloo Line,** und es wies eine Rolltreppe hinunter, deshalb musste ich die Rolltreppe hinuntergehen und mich am Gummigeländer festhalten, aber das bewegte sich auch, und so fiel ich nicht um, und die

## ← Bakerloo Line

platform 3 | platform 4

Harrow & Wealdstone ⇌
Kenton
South Kenton
Northwick Park
North Wembley
Wembley Central
Stonebridge Park
Harlesden
Willesden Junction ⇌
Kensal Green
Queens Park
↑ Kilburn Park ⇌
Maida Vale
Warwick Avenue
**Paddington** ⇌
Edgeware Road
Marylebone ⇌
↓ Baker Street
Regent's Park
Oxford Circus
Piccadilly Circus
Charing Cross ⇌
Embankment
Waterloo ⇌
Lambeth North
Elephant & Castle ⇌

Leute standen ganz dicht bei mir, und ich hätte am liebsten nach ihnen geschlagen, damit sie weggingen, aber ich tat es doch nicht, wegen der Verwarnung.

Und dann war ich am unteren Ende der Rolltreppe und musste abspringen. Ich geriet ins Stolpern, und jemand sagte: »Langsam!«, und man konnte in zwei Richtungen gehen, und eine hieß **Richtung Norden,** und in die ging ich, weil **Willesden** in der oberen Hälfte des Plans stand, und oben auf Plänen immer Norden ist.

Und dann befand ich mich in einem anderen Bahnhof, aber der war winzig klein, und er war in einem Tunnel, und es gab nur ein einziges Gleis, und die Wände waren gekrümmt und mit großen Hinweisschildern und Reklametafeln bedeckt, auf denen stand **AUSGANG** und **London's Transport Museum** und **Nehmen Sie eine Auszeit, um Ihre Berufswahl zu bedauern** und **JAMAICA** und **British Rail** und **No Smoking** und **Be moved** und **Be moved** und **Be moved** und **Für Haltestellen nach Queen's Park nehmen Sie den ersten Zug und steigen, falls nötig, am Queen's Park um** und **Hammersmith und City Line** und **You're closer than my family ever gets.** Und in dem kleinen Bahnhof standen viele Leute, und da es unterirdisch war, gab es keine Fenster, und das gefiel mir nicht, und deshalb suchte ich mir eine Bank und setzte mich an deren Ende.

Dann kamen auf einmal sehr viele Leute in den kleinen Bahnhof. Und jemand setzte sich auf das andere Ende der Bank, und es war eine Frau mit einer schwarzen Aktentasche und purpurroten Schuhen und einer Brosche in Papageienform. Es strömten immer mehr Leute in den kleinen Bahnhof, so dass er noch voller war als vorhin der große Bahnhof. Und dann konnte ich die Wände nicht mehr sehen, und die Rückseite von einem Mantel berührte mein Knie, und mir wurde schlecht, und ich begann so laut vor mich hinzustöhnen, dass die Frau von der Bank aufstand und sich auch sonst niemand mehr in meine Nähe setzte. Ich fühlte mich so, wie ich mich fühle, wenn ich Grippe habe und den ganzen Tag im Bett bleiben muss und mir alles wehtut und ich weder laufen noch essen noch schlafen noch Mathe üben kann.

Und dann kam ein Geräusch, als würden Leute mit Schwertern kämpfen, und ich spürte einen starken Wind, und man hörte ein Tosen, und ich schloss die Augen, und das Tosen wurde lauter, und ich stöhnte ganz laut vor mich hin, konnte den Lärm aber nicht aus meinen Ohren aussperren, und ich dachte, gleich wird der kleine Bahnhof einstürzen, oder irgendwo ist ein großes Feuer, und ich würde sterben. Und dann wurde das Tosen zu einem Rasseln und Kreischen, und allmählich wurde es leiser, und dann hörte es auf, und ich hatte immer noch die Augen zu, weil ich mich sicherer fühlte, wenn ich nicht sah, was passierte. Und dann hörte ich wieder, wie sich die Leute bewegten, weil es jetzt stiller war. Und als ich die Augen aufmachte, konnte ich erst gar nichts sehen, weil zu viele Leute da waren. Und dann sah ich, dass sie in einen Zug stiegen, der vorher noch nicht da gewesen war, und das Tosen war dieser Zug gewesen. Und mir lief der Schweiß unter den Haaren hervor übers Gesicht, und jetzt stöhnte ich nicht mehr, sondern jammerte wie ein Hund, der sich an der Pfote verletzt hat, und ich hörte es zwar, merkte aber erst gar nicht, dass ich das war.

Und dann schlossen sich die Zugtüren, und der Zug setzte sich in Bewegung, und wieder kam das Getöse, aber diesmal nicht mehr so laut, und es fuhren 5 Waggons vorbei, und der Zug fuhr in den Tunnel am Ende des kleinen Bahnhofs, und es war wieder still, und die Leute liefen alle in die Tunnel, die aus dem kleinen Bahnhof hinausführten.

Und ich zitterte und wäre gern wieder zu Hause gewesen, und dann wurde mir klar, dass das nicht ging, weil dort Vater war und mich angelogen hatte und Wellington getötet hatte, und das hieß, dass es nicht mehr mein Zuhause war, mein Zuhause war jetzt 451 c Chapter Road, London NW2 5 NG, und es machte mir Angst, dass ich so einen falschen Gedanken dachte wie *Wenn ich doch nur wieder zu Hause wäre*, weil das hieß, dass mein Verstand nicht richtig funktionierte.

Und dann kamen noch mehr Leute in den kleinen Bahnhof, und er wurde immer voller, und dann begann wieder das Tosen, und ich schloss die Augen und schwitzte und mir war schlecht, und ich hatte wieder das Gefühl, als wäre ein Ballon in meiner Brust, und der war so groß, dass ich kaum noch Luft kriegte. Und dann gingen die Leute weg, und der kleine Bahnhof war wieder leer. Und dann füllte er sich wieder mit Leuten, und der nächste Zug kam mit dem gleichen Tosen herein. Und es war genau wie damals, als ich Grippe hatte, weil ich wollte, dass es aufhört, so wie man einfach den Stecker aus der Wand ziehen kann, wenn der Computer abstürzt, weil ich schlafen wollte, damit ich nicht mehr denken musste, denn das Einzige, woran ich denken konnte, war, wie sehr es schmerzte, weil sonst für nichts mehr Platz in meinem Kopf war, aber ich konnte nicht schlafen gehen und musste einfach hier sitzen, und es gab nichts zu tun, außer zu warten und Schmerzen zu haben.

# 223

Hier folgt eine dieser Beschreibungen, von denen Siobhan gesagt hat, sie gehörten unbedingt in ein Buch. Es ist die Beschreibung einer Reklame an der Wand des kleinen Bahnhofs mir gegenüber, aber ich kann mich nicht mehr an alle Details erinnern, weil ich glaubte, ich müsste sterben.

Und die Reklame lautete:

**Dream** holiday
think **Kuoni**
in **Malaysia**

Hinter der Schrift sah man eine große Fotografie von 2 Orang-Utans, die auf den Ästen schaukelten, und hinter ihnen standen Bäume, aber das Laub war unscharf, weil die Kamera auf die Orang-Utans eingestellt war, nicht auf die Blätter, und weil die Orang-Utans sich bewegten.

*Orang-utan* kommt von dem malaysischen Wort **ōranghūtan,** was *Waldmensch* heißt, aber **ōranghūtan** ist nicht das malaysische Wort für Orang-Utan.

Und Reklamen sind Bilder oder Fernsehprogramme, die einen dazu bringen sollen, sich Autos oder Snickers zu kaufen oder einen Internet Service Provider zu benutzen. Aber die Reklame. die ich gerade beschrieben habe, sollte einen dazu bringen, den Urlaub in Malaysia zu verbringen. Malaysia liegt in Südostasien und besteht aus der malaiischen Halbinsel und Sabah und Sarawak und Labuan, und die Hauptstadt heißt Kuala Lumpur, und der höchste Berg ist der Kinabalu mit 4.101 Meter Höhe, aber das stand nicht in der Reklame.

Siobhan sagt, dass die Leute in Urlaub fahren, um neue Dinge zu sehen und sich zu entspannen. Aber mich würde das nicht entspannen, an einem ganz fremden Ort zu sein. Und neue Dinge kann man auch sehen, wenn man die Erde durchs Mikroskop betrachtet oder wenn man die Form zeichnet, die entsteht, wenn sich drei Rundstäbe von gleicher Stärke im rechten Winkel kreuzen. Schon in einem einzigen Haus gibt es so viele Dinge, dass man Jahre brauchen würde, über alles gründlich nachzudenken. Und außerdem ist etwas nur interessant, weil man darüber nachdenkt, und nicht, weil es neu ist.

Siobhan zeigte mir zum Beispiel, dass ein singender Ton entsteht, wenn man mit angefeuchtetem Finger über den Rand eines dünnen Glases reibt. Und wenn man verschiedene Wassermengen in verschiedene Gläser gießt, entstehen verschiedene Töne, weil sie so genannte verschiedene *Resonanzfrequenzen* aufweisen. Auf diese Art kann man eine Melodie wie **Alle meine Entchen** spielen. Viele Leute haben dünne Gläser im Haus und wissen gar nicht, was sie damit machen können.

In der Reklame stand:

**Malaysia, das wahre Asien.**

**Angeregt durch die Sehenswürdigkeiten und Düfte merken Sie gleich, dass Sie in einem Land der Kontraste angelangt sind. Sie entdecken Tradition, Natürlichkeit und Weltoffenheit. Tage in der City, Ausflüge zu Naturschutzgebieten**

**und entspannende Stunden am Strand werden Ihnen in Erinnerung bleiben. Preise ab £ 5575 pro Person.**

**Rufen Sie uns an unter 01306/747000, gehen Sie in Ihr Reisebüro oder besuchen Sie die Welt unter** www.kuoni.co.uk.

**Eine Welt der Unterschiede.**

Und dann waren da noch drei weitere, sehr kleine Bilder zu sehen, und zwar von einem Luxushotel, einem Strand und von noch einem Luxushotel.

Die Orang-Utans sahen so aus:

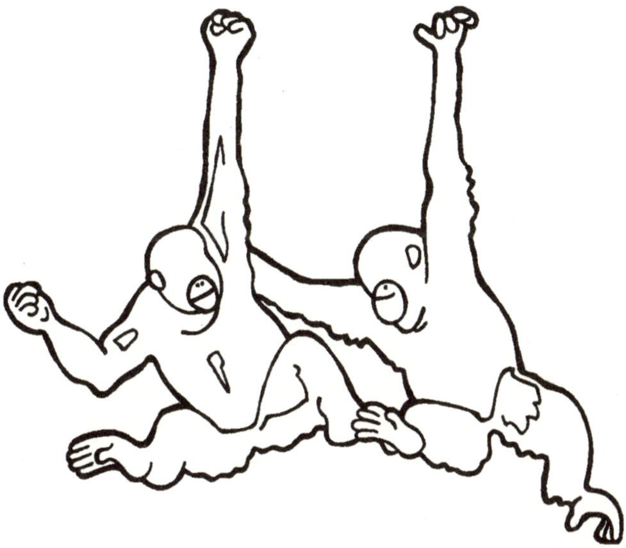

# 227

Ich hielt die Augen geschlossen und sah nicht auf die Uhr. Das Ein- und Ausfahren der Züge hatte einen Rhythmus wie Musik oder Getrommel. Es war, als würde man immer sagen: »links, rechts, links, rechts…« Das hat Siobhan mir als eine Methode beigebracht, wie ich mich beruhigen kann. Ich dachte: »Zug kommt, Zug hält, Zug fährt, Stille. Zug kommt, Zug hält, Zug fährt, Stille…« Als ob es die Züge nur in meinem Kopf geben würde.

Normalerweise stelle ich mir nie Dinge vor, die in Wirklichkeit nicht geschehen, weil das eine Lüge ist und mir Angst macht, aber es war immer noch besser als zuzuschauen, wie die Züge in den Bahnhof einfuhren und wieder hinaus, denn das machte mir noch größere Angst. Ich hielt die Augen geschlossen und sah nicht auf die Uhr. Es war wie in einem dunklen Raum mit geschlossenen Vorhängen, wo man nicht sehen kann und nachts aufwacht, und die einzigen Geräusche, die man hört, sind die Geräusche im eigenen Kopf.

So wurde es allmählich besser. Ich fühlte mich in Sicherheit, als würde es den kleinen Bahnhof außerhalb meines Kopfs gar nicht geben.

Dann wurde die Stille zwischen den ein- und abfahrenden Zügen immer länger. Ich hörte, dass sich immer weniger Leute in dem kleinen Bahnhof aufhielten, und deshalb öffnete ich die Augen und sah auf die Uhr: 20.07 Uhr. Ich hatte also circa 5 Stunden auf der Bank gesessen, aber es war mir gar nicht wie circa 5 Stunden vorgekommen, nur dass mir der Po wehtat und ich Hunger und Durst hatte.

Und dann merkte ich, dass Toby weg war, weil er nicht in meiner Tasche saß. Das war schlimm, weil wir nicht zu Hause bei Vater oder Mutter waren und weil ihn in dem kleinen Bahnhof niemand füttern konnte und weil er vielleicht unter einen Zug kam oder sonst wie starb.

Ich schaute an die Decke und sah einen langen schwarzen Kasten, eine Tafel, auf der stand:

| | | |
|---|---|---|
| 1 | Harrow & Wealdstone | 2 min |
| 3 | Queens Park | 7 min |

Dann verschob sich die untere Zeile und verschwand, und stattdessen erschien eine andere Zeile, und jetzt stand auf der Tafel:

| | | |
|---|---|---|
| 1 | Harrow & Wealdstone | 1 min |
| 2 | Willesdon Junction | 4 min |

Und dann veränderte sich die Zeile wieder, und jetzt las ich:

| | | |
|---|---|---|
| 1 | Harrow & Wealdstone | |
| ** | STAND BACK TRAIN APPROACHING | |

Ich hörte wieder ein Geräusch, als würde man mit Schwertern kämpfen, und das Tosen eines Zugs, der in den Bahnhof einfuhr, und mir wurde klar, dass da irgendwo ein großer Computer stand, der wusste, wo sich all die Züge befanden, und der die Botschaften an die schwarzen Kästen in den kleinen Bahnhöfen schickte, um zu melden, wann die Züge ankamen. Und da ging es mir gleich besser, weil alles seine Ordnung hatte und nach einem Plan verlief.

Der Zug fuhr in den kleinen Bahnhof und hielt an. 5 Leute stiegen ein, und es kam noch jemand angerannt, und der stieg auch noch ein, und nachdem 7 Leute ausgestiegen waren, schlossen sich die Türen automatisch, und der Zug fuhr ab. Als der nächste Zug kam, hatte ich nicht mehr so große Angst, denn auf dem Schild stand ZUG FÄHRT EIN. Ich wusste, was passieren würde.

Ich beschloss, jetzt Toby zu suchen, weil nur noch 3 Personen in dem kleinen Bahnhof waren. Ich stand auf und schaute überall hin, auch in die Eingänge der Tunnel, aber ich konnte ihn nirgends entdecken. Dann guckte ich in das schwarze, tiefer gelegene Stück hinunter, dort, wo die Schienen sind.

Und da sah ich zwei Mäuse, die vor Schmutz ganz schwarz waren. Das gefiel mir, weil ich Mäuse und Ratten mag. Aber Toby war nicht dabei, also suchte ich weiter.

Und dann sah ich ihn, und er befand sich auch in dem tiefer gelegenen Stück bei den Schienen. Ich erkannte meine Ratte auf Anhieb, weil sie weiß war und auf dem Rücken einen braunen eiförmigen Fleck trug. Sofort kletterte ich vom Beton hinunter. Toby fraß gerade ein altes Bonbonpapier. Jemand rief: »Mein Gott! Was machst du denn da?«

Ich bückte mich, um Toby zu fangen, aber er rannte weg. Ich ging ihm nach, bückte mich wieder und sagte: »Toby... Toby... Toby« und streckte die Hand aus, damit er roch, dass ich es war.

Da rief jemand: »Bist du des Wahnsinns. Komm da sofort raus!« Als ich hochsah, stand da ein Mann in einem grünen Regenmantel und schwarzen Schuhen. Auf seinen grauen Socken war ein kleines Rautenmuster.

Ich sagte: »Toby... Toby...« Aber er lief wieder weg.

Der Mann mit dem Rautenmuster auf den Socken wollte mich an der Schulter packen, deshalb brüllte ich. Und dann hörte ich das Geräusch, das so klingt, als würde man mit Schwertern kämpfen, und meine Ratte rannte wieder los, aber diesmal in die andere Richtung, an meinen Füßen vorbei, und da packte ich zu und erwischte sie am Schwanz.

Der Mann mit dem Rautenmuster auf den Socken sagte: »O Gott! O Gott!«

Und dann hörte ich das Tosen und hob Toby auf und packte ihn mit beiden Händen, und er biss mich in den Daumen, und es kam Blut heraus, und ich schrie, und Toby wollte aus meinen Händen springen.

Und dann wurde das Tosen lauter, und als ich mich umdrehte, sah ich den Zug aus dem Tunnel kommen. Er würde mich überfahren und töten, deshalb versuchte ich auf den Beton hinaufzuklettern, aber der Bahnsteig war hoch, und ich hielt Toby mit beiden Händen fest.

Da packte mich der Mann mit den grauen Socken und zog mich hinauf. Ich zappelte und brüllte, aber er zog weiter und zog mich ganz auf den Beton hinauf, und wir fielen hin, und ich brüllte immer weiter, weil er mir an der Schulter wehgetan hatte. Und dann fuhr der Zug in den Bahnhof ein, und ich stand auf und rannte wieder zu der Bank und steckte Toby in die innere Anoraktasche, und er wurde ganz still und rührte sich nicht mehr.

Der Mann, der mich an der Schulter gepackt hatte, stand neben mir und sagte: »Was sollte das denn werden, verdammt noch mal?«

Aber ich sagte nichts.

Und er sagte: »Was hast du da unten gemacht?«

Jetzt öffneten sich die Zugtüren, und Leute stiegen aus, und hinter dem Mann mit dem Rautenmuster auf den Socken stand eine Frau, die einen Gitarrenkoffer trug, wie Siobhan einen hat.

Und da sagte ich: »Ich habe Toby gesucht. Er ist meine Hausratte.«

Und der Mann sagte: »Das ist doch nicht zu fassen!«

Und die Frau mit dem Gitarrenkoffer fragte: »Fehlt ihm was?«

Und der Mann, der mich an der Schulter gepackt hatte, sagte: »Dem? Sie machen mir Spaß! Mein Gott!... Eine Hausratte. Ach, verdammt, den muss ich nehmen!« Er rannte zum Zug und knallte gegen die Tür, die sich gerade schloss, und der Zug fuhr ab, und der Mann fluchte.

»Fehlt dir was?«, fragte die Frau. Als sie mich am Arm berührte, begann ich wieder zu schreien.

Da sagte sie: »Okay, okay, okay.«

An ihrem Gitarrenkoffer klebte ein Sticker:

Ich saß auf dem Boden, und die Frau ließ sich neben mich auf ein Knie nieder und sagte: »Kann ich dir irgendwie helfen?«

Wenn sie jetzt eine Lehrerin in der Schule gewesen wäre, hätte ich sagen können: »Wo ist 451 c Chapter Road, Willesden, London NW2 5NG?« Aber sie war eine Fremde, und deshalb sagte ich: »Gehen Sie weiter weg«, weil es mich störte, dass sie so nah bei mir war. Und ich sagte: »Ich habe ein Schweizer Armeemesser, das hat eine Sägeklinge, und mit der könnte man jemand den Finger abschneiden.«

Da meinte sie: »Okay, Kumpel. Schon verstanden«, und sie stand auf und ging weg.

Der Mann mit dem Rautenmuster auf den Socken sagte: »Total durchgeknallt. Mein Gott.« Er presste sich ein Taschentuch gegen das Gesicht, und auf dem Taschentuch war Blut.

Dann fuhr wieder ein Zug ein, und der Mann mit dem Rautenmuster auf den Socken und die Frau mit dem Gitarrenkoffer stiegen ein und fuhren weg.

Dann kamen noch 8 Züge, und ich beschloss, dass ich in einen Zug steigen und dann überlegen würde, was zu tun war.

Also stieg ich in den nächsten Zug.

Toby versuchte aus der Innentasche zu klettern. Ich packte ihn, steckte ihn in die Außentasche und hielt ihn dort fest.

Es waren 11 Leute im Waggon, und es gefiel mir nicht, in einem Raum mit 11 Leuten in einem Tunnel zu sein, deshalb konzentrierte ich mich auf die Plakate im Waggon. Ich las an den Wänden: **In Skandinavien und Deutschland gibt es 53.9663 Ferienhäuser** und **VITABIOTICS** und **3435** und **£10 Bußgeld, wenn Sie kein gültiges Ticket für die gesamte Fahrt vorweisen können** und **Entdecken Sie erst Gold, dann Bronze** und **TVIC** und **EPBIC** und **Lutsch meinen Schwanz** und **Blockieren der Türen kann zu gefährlichen Situationen führen** und **BRV** und **Con. IC** und **SPRECHEN SIE MIT DER WELT.**

Und die Wände hatten dieses Muster:

Und die Sitze hatten dieses Muster:

Dann schwankte der Zug so heftig, dass ich mich am Geländer festhalten musste, und wir fuhren in einen Tunnel, der sehr laut war, und ich schloss die Augen und spürte, wie seitlich in meinem Hals das Blut pumpte.

Dann kamen wir aus dem Tunnel heraus und fuhren in einen weiteren kleinen Bahnhof ein, und der hieß **Warwick Avenue,** was in großen Lettern an der Wand stand, und das gefiel mir, weil man wusste, wo man gerade war.

Ich stoppte die Entfernung zwischen allen Bahnhöfen bis Willesden Junction, und sämtliche Zeiten zwischen den Bahnhöfen waren ein Vielfaches von 15 Sekunden, also:

| | |
|---|---|
| **Paddington** | **0:00** |
| **Warwick Avenue** | **1:30** |
| **Maida Vale** | **3:15** |
| **Kilburn Park** | **5:00** |
| **Queen's Park** | **7:00** |
| **Kensal Green** | **10:30** |
| **Willesden Junction** | **11:45** |

Endlich hielt der Zug im Bahnhof **Willesden Junction,** und die Türen öffneten sich automatisch, und ich lief aus dem Zug hinaus. Die Türen schlossen sich wieder, und der Zug fuhr weg. Jetzt gingen alle, die ausgestiegen waren, eine Treppe hinauf und über eine Brücke, außer mir, und dann sah ich nur noch drei Personen. Eine davon war ein Mann, und er war betrunken und hatte braune Flecken auf dem Mantel, und seine Schuhe passten nicht zusammen, und er sang, aber ich hörte nicht, was er sang. Die andere Person war ein Inder in einem Laden mit einem kleinen Fenster in einer Wand.

Eigentlich wollte ich mit keinem von ihnen sprechen, weil ich müde und hungrig war und schon mit so vielen Fremden gesprochen hatte, was gefährlich ist. Je öfter man etwas Gefährliches tut, desto wahrscheinlicher wird es, dass etwas Schlimmes passiert. Aber da ich nicht wusste, wie man 451 c Chapter Road, London NW2 5 NG fand, musste ich jemanden fragen.

Also ging ich auf den Mann in dem kleinen Laden zu und sagte: »Wo ist 451 c Chapter Road, London NW2 5 NG?«

Er nahm ein kleines Buch, gab es mir und meinte: »Zwei fünfundneunzig.«

Das Buch hieß **LONDON A-Z Straßenatlas und Register Geographers A-Z Map Company.** Ich schlug es auf, und es waren viele Karten drin.

Der Mann in dem kleinen Laden fragte: »Willst du es kaufen oder nicht?«

»Ich weiß nicht«, antwortete ich.

»Dann fass es gefälligst nicht mit deinen Dreckspfoten an!«, sagte er und nahm es mir weg.

Und ich fragte: »Wo ist 451 c Chapter Road, London NW2 5 NG?«

»Entweder kaufst du jetzt den A bis Z«, sagte er, »oder du verziehst dich. Ich bin doch kein wandelndes Lexikon.«

»Ist das der A bis Z?«, fragte ich und zeigte auf das Buch.

»Nein, das ist ein Krokodil«, sagte er.

»Ist das der A bis Z?«, fragte ich, weil es kein Krokodil war. Ich dachte, ich hätte mich wegen seines Akzents verhört.

Da sagte er: »Ja, das ist der A bis Z.«

»Kann ich ihn kaufen?«, fragte ich.

Er schwieg.

»Kann ich ihn kaufen?«, fragte ich.

Da sagte er: »Zwei Pfund fünfundneunzig, aber gib mir erst das Geld. Nicht, dass du mir noch abhaust«, und da wurde mir klar, dass er £ 2.95 gemeint hatte, als er *Zweifünfundneunzig* sagte.

Ich gab ihm £ 2.95 von meinem Geld und ging ein Stück weiter, setzte mich auf den Boden, mit dem Rücken an der Wand, wie der Mann mit den schmutzigen Kleidern, aber weit von ihm weg, und schlug das Buch auf.

Auf der inneren Umschlagseite war ein großer Plan von London, mit verschiedenen Orten drauf, wie **Abbey Wood** und **Poplar** und **Acton** und **Stanmore**. Und da stand **KARTENREGISTER.** Jede Karte war mit einem Gitternetz bedeckt, und in jedem Quadrat des Gitternetzes standen zwei Zahlen. Und **Willesden** war in dem Quadrat mit der Zahl **42** und **43**. Ich fand heraus, dass die Zahlen sich auf die Seiten bezogen, auf denen man das jeweilige Quadrat von London in größerem Maßstab fand. Das ganze Buch war eine große Karte von London, aber man hatte sie zerstückelt, damit man ein Buch daraus machen konnte, und das gefiel mir.

Aber Willesden Junction war nicht auf den Seiten 42 und 43. Ich fand die Station auf Seite 58, die sich auf dem

**KARTENREGISTER** direkt unter Seite 42 befand und an Seite 42 anschloss. Ich betrachtete die Gegend um Willesden Junction in einer Spirale, so wie ich nach dem Bahnhof in Swindon gesucht hatte, nur jetzt mit dem Finger auf der Karte.

Und auf einmal stand der Mann, dessen Schuhe nicht zusammenpassten, vor mir und sagte: »Hohes Tier. Oh, ja. Die Krankenschwestern. Niemals! Verdammter Lügner! Gottverdammter Lügner.«

Dann ging er weg.

Und ich brauchte lange, um Chapter Road zu finden, weil sie nicht auf Seite 58 war. Sie war davor auf Seite 42, in Quadrat 5C.

Und so sahen die Straßen zwischen Willesden Junction und Chapter Road aus:

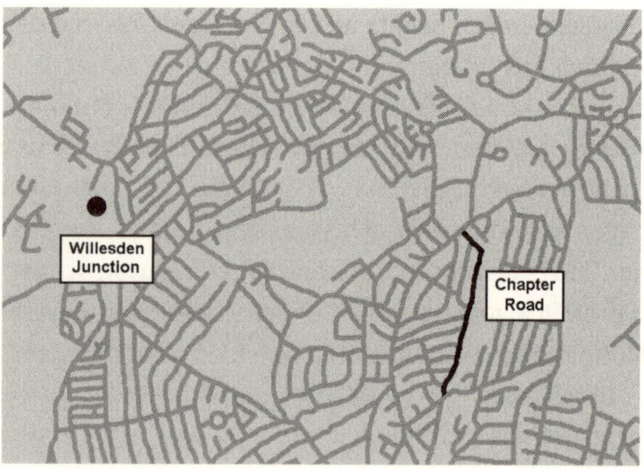

Und das war meine Route:

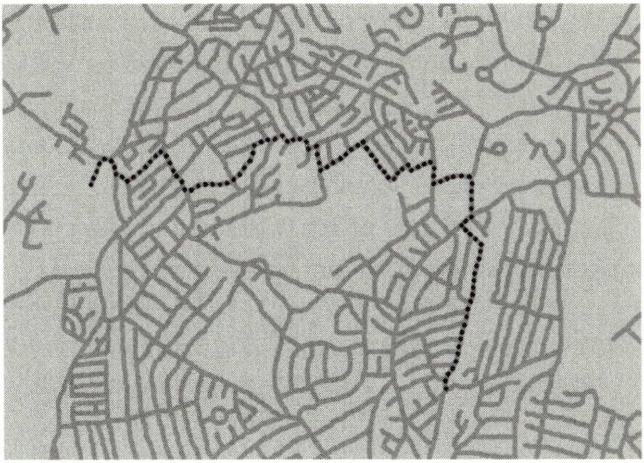

Also lief ich die Treppe hinauf und über die Brücke, steckte mein Ticket in den Schlitz an der kleinen grauen Sperre und trat durch das Drehkreuz.

Draußen stand ein Bus und eine riesige Maschine mit einem Schild dran mit der Aufschrift **English Welsh and Scottish Railways,** aber sie war gelb. Ich sah mich um, und es war dunkel, und es gab viele helle Lichter, und da ich schon lang nicht mehr im Freien gewesen war, wurde mir schlecht. Ich presste ganz fest die Lider zusammen und schaute mir einfach nur die Form der Straßen an, und dann wusste ich, welche Straßen **Station Approach** und **Oak Lane** waren, weil ich die entlanggehen musste.

Ich fing also an zu laufen, aber Siobhan hat mal gesagt, dass ich nicht alles, was passiert, beschreiben muss, sondern nur die interessanten Dinge.

Ich brauchte 27 Minuten, bis ich 451 c Chapter Road, London NW2 5NG erreicht hatte. Ich drückte den Knopf, auf dem **FLAT C** stand, aber nichts geschah. Das einzig Interessante, das ich unterwegs hierher erlebt hatte, waren 8 grölende Männer in Wikingerkostümen mit gehörnten Helmen gewesen, aber es waren keine echten Wikinger, denn die Wikinger haben vor fast 2000 Jahren gelebt. Außerdem musste ich wieder pinkeln, und so betrat ich den Durchgang neben einer Autowerkstatt namens **Burdett Motors,** die geschlossen war. Ich wollte mich nicht wieder nass machen.

Ich hoffte nur, dass Mutter nicht in Ferien war, denn dann wäre sie unter Umständen länger als eine ganze Woche weg, aber ich versuchte, nicht darüber nachzudenken, denn ich konnte ja nicht nach Swindon zurück.

Ich setzte mich auf den Boden hinter die Mülltonnen in dem kleinen Garten vor 451 c Chapter Road, London NW2 5NG, und zwar unter einen großen Strauch. Eine Frau kam in den Garten. Sie trug eine kleine Box mit einem Metallgitter an der Seite und einem Griff obenauf, so wie die, in denen man eine Katze zum Tierarzt bringt. Aber ich konnte nicht erkennen, ob eine Katze in der Box saß. Die Frau trug hochhackige Schuhe und bemerkte mich nicht.

Dann begann es zu regnen, und ich wurde nass und zitterte vor Kälte.

Um 23.32 Uhr hörte ich Stimmen von Leuten, die die Straße entlangkamen.

Eine Stimme sagte: »Es ist mir egal, ob du das witzig gefunden hast oder nicht.« Es war die Stimme einer Frau.

Und eine andere Stimme sagte: »Na gut, Judy, es tut mir Leid, okay.« Und das war die Stimme eines Mannes.

Die Frauenstimme sagte: »Vielleicht hättest du dir das überlegen sollen, bevor du mich wie eine komplette Idiotin hinstellst.«

Die Frauenstimme war Mutters Stimme.

Und Mutter kam in den Garten, und Mr. Shears war bei ihr, und die andere Stimme war seine gewesen.

Ich stand auf und sagte: »Du warst nicht daheim, deshalb hab ich auf dich gewartet.«

Da sagte Mutter: »Christopher.«

Und Mr. Shears sagte: »*Was*?«

Mutter schlang die Arme um mich und sagte: »Christopher, Christopher, Christopher.«

Ich stieß sie weg, weil sie mich festhielt und ich das nicht mochte. Ich machte eine so heftige Bewegung, dass ich selbst umfiel.

Mr. Shears fragte: »Was soll denn das, verdammt noch mal?«

Und Mutter sagte: »Entschuldige vielmals, Christopher, ich hab nicht drangedacht.«

Ich lag auf dem Boden, und Mutter hielt ihre rechte Hand hoch und spreizte die Finger wie einen Fächer, so dass ich ihre Finger berühren konnte, aber dann sah ich, dass Toby aus meiner Tasche entwischt war und ich ihn einfangen musste.

Mr. Shears sagte: »Das heißt wohl, dass Ed hier ist.«

Da um den Garten eine Mauer war, kam Toby nicht raus. Er saß in einer Ecke fest und kam nicht schnell genug die Mauer hinauf. Ich packte ihn, steckte ihn in die Anoraktasche zurück und sagte: »Er ist hungrig. Hast du etwas, das ich ihm zum Fressen geben kann, und ein wenig Wasser?«

Da fragte Mutter: »Wo ist dein Vater, Christopher?«

»Wahrscheinlich in Swindon«, erwiderte ich.

»Gott sei Dank«, sagte Mr. Shears.

Und Mutter fragte: »Aber wie bist du denn hierher gekommen?«

Meine Zähne klapperten vor Kälte, ich konnte nichts dagegen machen. »Ich bin mit dem Zug gekommen«, sagte ich. »Und das hat mir schrecklich Angst gemacht. Ich habe Vaters Scheckkarte mitgenommen, damit ich Geld aus den Automaten ziehen kann, und ein Polizist hat mir geholfen. Aber dann wollte er mich zu Vater zurückbringen. Zuerst war er bei mir im Zug. Aber später nicht mehr.«

Mutter sagte: »Christopher, du bist ja klatschnass. Roger, steh doch nicht so komisch in der Gegend herum.« Dann sagte sie: »O mein Gott, Christopher. Ich hätte nie ... ich hätte nie gedacht, dass ich ... Warum bist du allein hergekommen?«

»Kommt ihr jetzt rein, oder wollt ihr die Nacht hier draußen verbringen?«, fragte Mr. Shears.

Und ich sagte: »Ich werde bei euch wohnen, weil Vater Wellington mit einer Mistgabel getötet hat und ich Angst vor ihm habe.«

»Ach, du großer Gott!«, rief Mr. Shears.

»Roger, bitte! Komm, Christopher«, sagte Mutter, »wir gehen jetzt rein und ziehen dir was Trockenes an.«

Ich stand auf, und Mutter sagte: »Geh einfach Roger nach.« Also folgte ich Mr. Shears die Treppe hinauf, und da war ein Treppenabsatz und eine Tür, auf der stand *Flat C*, und ich hatte Angst hineinzugehen, weil ich nicht wusste, was drinnen auf mich wartete.

Da sagte Mutter: »Komm schon, du holst dir noch den Tod!« Ich wusste nicht, was *du holst dir noch den Tod* bedeutete, und ging hinein.

Mutter sagte: »Ich lass dir ein Bad ein.« Ich lief einmal durch die Wohnung, um mir im Kopf einen Plan zu machen, damit ich mich sicherer fühlte.

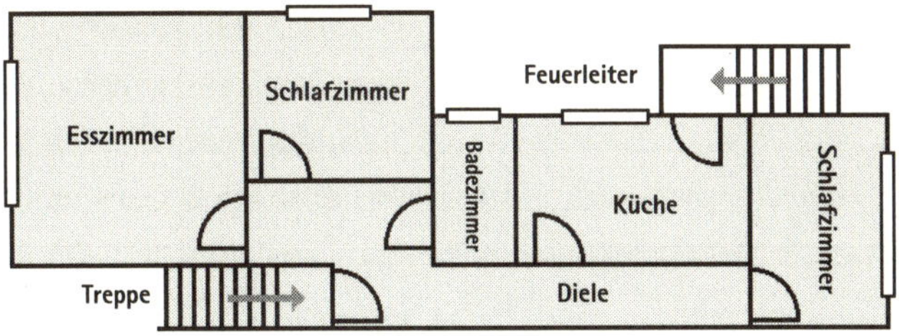


Mutter sagte, ich solle mich ausziehen und in die Wanne steigen. Ich könne ihr Handtuch benutzen, das rot sei, mit grünen Blumen am Rand. Für Toby stellte sie eine Untertasse voll Wasser und ein paar Bran Flakes hin. Ich ließ ihn im Badezimmer herumlaufen, während ich in der Wanne lag. Er machte drei kleine Häufchen unter dem Waschbecken, und ich hob sie auf, spülte sie in der Toilette runter, und dann stieg ich wieder in die Badewanne, weil das Wasser so schön warm war.

Mutter kam ins Badezimmer, setzte sich auf den Klodeckel und sagte: »Alles okay, Christopher?«

»Ich bin sehr müde«, antwortete ich.

»Ich weiß, mein Schatz«, sagte sie. »Du bist sehr tapfer.«

»Ja«, sagte ich.

Und sie: »Du hast mir nie geschrieben.«

»Ich weiß.«

Und sie fragte: »Warum hast du mir nie geantwortet, Christopher? Ich hab dir all diese Briefe geschrieben. Ich hatte schon befürchtet, dass dir etwas Furchtbares passiert ist oder dass ihr umgezogen seid und ich dich nie mehr finden würde!«

»Vater hat behauptet, du wärst tot«, sagte ich.

»*Was?*«, fragte sie.

»Er hat gesagt, du wärst ins Krankenhaus gekommen, weil mit deinem Herzen was nicht stimmt. Und dann hättest du einen Herzanfall bekommen und seist gestorben. Und er hat all deine Briefe in einer Hemdenschachtel aufbewahrt, im Schrank in seinem Schlafzimmer. Ich hab sie nur gefunden, weil ich nach einem Buch gesucht habe, das ich über den Mord an Wellington schrieb, und das hatte er mir weggenommen und in der Hemdenschachtel versteckt.«

»Mein Gott.« Sie sagte lange Zeit nichts mehr. Und dann stieß sie einen lauten, klagenden Ton aus, wie ein Tier in einer Natursendung im Fernsehen.

Das gefiel mir nicht, weil es sehr laut war, und ich fragte: »Warum tust du das?«

»Oh, Christopher, es tut mir so Leid!«

»Ist ja nicht deine Schuld«, erwiderte ich.

Und da sagte sie: »Dreckskerl. Dieser Dreckskerl!«

Und nach einer Weile: »Christopher, lass mich deine Hand halten. Nur einmal. Nur für mich. Geht das? Ich halte sie auch nicht fest«, und sie streckte ihre Hand aus.

»Ich mag es nicht, wenn jemand meine Hand hält«, sagte ich.

Da zog sie ihre Hand zurück und sagte: »Nein. Okay. Ist schon gut.«

Und dann: »Komm, jetzt steigst du aus der Wanne, und wir trocknen dich ab, ja?«

Ich stieg aus der Wanne und trocknete mich mit dem purpurroten Handtuch ab. Da ich keinen Pyjama hatte, zog ich ein weißes T-Shirt und gelbe Shorts an, die waren von Mutter, aber es störte mich nicht, weil ich so müde war. Sie ging in die Küche und machte Tomatensuppe warm, weil sie rot war.

Jemand öffnete die Wohnungstür, und ich hörte draußen eine fremde Männerstimme, deshalb schloss ich das Bad ab. Draußen gab es eine Auseinandersetzung, und ein Mann sagte: »Ich muss ihn sprechen«, und Mutter erwiderte: »Er hat heute schon genug mitgemacht«, und der Mann sagte: »Ich weiß. Aber ich muss ihn trotzdem sprechen.«

Da klopfte Mutter an die Tür und sagte, ein Polizist wolle mit mir sprechen, und ich müsse die Tür aufmachen. Und sie sagte, sie würde nicht zulassen, dass er mich mitnimmt, das verspreche sie mir. Ich nahm Toby auf den Arm und öffnete die Tür.

Draußen stand ein Polizist und sagte: »Bist du Christopher Boone?«

Und ich sagte, der sei ich.

»Dein Vater behauptet, du bist weggelaufen. Stimmt das?«, fragte er.

»Ja«, antwortete ich.

»Ist das deine Mutter?«, fragte er und zeigte auf Mutter.

»Ja«, sagte ich.

»Warum bist du weggelaufen?«, fragte er.

»Weil Vater Wellington umgebracht hat, das ist ein Hund, und seitdem habe ich Angst vor ihm.«

»Ja, das habe ich gehört«, sagte er. Und dann: »Möchtest du trotzdem zu deinem Vater nach Swindon zurückkehren, oder möchtest du hier bleiben?«

»Ich möchte hier bleiben«, erwiderte ich.

»Und wäre das okay?«, fragte er.

»Ich möchte hier bleiben.«

»Moment. Ich hab deine Mutter gefragt«, sagte der Polizist.

Und Mutter antwortete: »Er hat Christopher erzählt, ich sei tot.«

»Okay. Wir wollen... wir wollen uns jetzt nicht darüber streiten, wer was gesagt hat«, meinte der Polizist. »Ich möchte nur wissen, ob...«

»Natürlich kann er bleiben«, sagte Mutter.

Da meinte der Polizist: »Gut, was mich betrifft, ist dann so weit alles in Ordnung.«

»Bringen Sie mich nach Swindon zurück?«, fragte ich.

»Nein«, sagte er.

Ich war froh, dass ich hier bleiben durfte.

Der Polizist wandte sich an Mutter: »Falls Ihr Ehemann auftaucht und Ärger macht, rufen Sie uns einfach an. Alles Übrige müssen Sie beide untereinander regeln.«

Dann verabschiedete sich der Polizist, und ich aß meine Tomatensuppe, Mr. Shears stapelte im Gästezimmer ein paar Kisten aufeinander und legte eine aufblasbare Matratze auf den Boden, und ich legte mich darauf und schlief ein.

Irgendwann wachte ich auf, weil sich in der Wohnung Leute anschrien. Einer davon war Vater, und ich hatte Angst. Aber die Tür des Gästezimmers konnte man nicht abschließen.

Vater schrie: »Ich rede mit ihr, ob's Ihnen passt oder nicht! Und Sie sind der Letzte, von dem ich mir sagen lasse, was ich zu tun habe!«

Und Mutter schrie: »Roger! Bitte... lass doch...«

Da schrie Mr. Shears: »So lasse ich in meinem Haus nicht mit mir reden!«

Und Vater schrie: »Mit Ihnen rede ich, wie's mir passt!«

Und da schrie Mutter: »Du hast doch gar kein Recht, hierher zu kommen!«

»Kein Recht? Kein Recht?«, schrie Vater. »Verdammt noch mal, er ist mein Sohn, falls du's vergessen hast!«

Da schrie Mutter: »Was hast du dir eigentlich dabei gedacht, als du ihm solche Dinge erzählt hast, um Himmels willen?«

»Was ich mir dabei gedacht habe? *Du* warst es doch, die abgehauen ist.«

»Und da hast du einfach beschlossen, mich aus seinem Leben zu löschen?«, rief Mutter.

Und da schrie Mr. Shears: »Können wir uns vielleicht alle ein bisschen beruhigen?«

Und Vater schrie: »Hast du das nicht selber gewollt?«

Und Mutter schrie: »Ich hab ihm jede Woche einen Brief geschrieben! Jede Woche!«

Und Vater schrie: »Briefe? Was zum Teufel nutzt es, wenn du ihm Briefe schreibst?«

Da schrie Mr. Shears: »Hey, hey, hey!«

Und Vater schrie: »Ich hab für ihn gekocht! Ich hab seine Sachen gewaschen! Ich hab mich jedes Wochenende mit ihm beschäftigt! Ich hab mich um ihn gekümmert, wenn er krank war! Ich hab ihn zum Arzt gebracht! Ich war jedes Mal krank vor Sorge, wenn er nachts spazieren ging! Ich bin in die Schule gegangen, wenn er mal wieder Ärger hatte! Und du? Hä? Du hast ihm ein paar Scheißbriefe geschrieben!«

Da schrie Mutter: »Du hast also nichts dabei gefunden, ihm einfach zu erzählen, dass seine Mutter tot sei?«

Und Mr. Shears schrie: »Das ist doch jetzt nicht der richtige Zeitpunkt!«

Und Vater schrie: »Mischen *Sie* sich nicht ein, sonst...!«

Und Mutter schrie: »Ed, um Gottes willen!«

Da sagte Vater: »Ich geh jetzt zu ihm. Und wenn du mich zu hindern versuchst...«

Dann kam Vater in mein Zimmer. Aber ich hatte schon mein Schweizer Armeemesser in der Hand, mit aufgeklappter Sägeklinge, falls er mich packen würde. Mutter kam auch ins Zimmer und sagte: »Alles in Ordnung, Christopher. Ich lass nicht zu, dass er dir etwas tut. Hab keine Angst.«

Vater kniete sich neben das Bett und sagte: »Christopher?«

Aber ich schwieg.

Er sagte: »Christopher, es tut mir sehr, sehr Leid. Die Sache mit Wellington. Die Sache mit den Briefen. Dass ich dich so weit gebracht habe, dass du weggelaufen bist. Ich wollte dich doch nicht... Ich versprech dir, dass ich so etwas nie mehr tue. Hey! Komm schon, Junge.«

Und dann hob er die rechte Hand und spreizte die Finger wie einen Fächer, so dass ich seine Finger berühren konnte, aber ich tat es nicht.

Vater sagte: »Scheiße. Christopher, bitte!«

Und dabei tropften ihm Tränen aus den Augen.

Eine Weile sagte niemand etwas.

Dann sagte Mutter: »Ich glaube, du solltest jetzt gehen.« Damit meinte sie Vater, nicht mich.

Und dann kam der Polizist zurück, weil Mr. Shears bei der Polizeiwache angerufen hatte, und er bat Vater, sich zu beruhigen, und verließ mit ihm die Wohnung.

Da sagte Mutter: »Geh jetzt wieder schlafen. Alles wird gut, das verspreche ich dir.«

Und dann legte ich mich wieder auf die Matratze.

# 229

Im Schlaf hatte ich einen meiner Lieblingsträume. Manchmal habe ich ihn auch am Tag, dann ist es ein Tagtraum. Aber meistens träume ich ihn nachts.

In diesem Traum sind fast alle Menschen auf der Erde tot, weil sie sich einen Virus eingefangen haben. Aber es ist kein normaler Virus, sondern eine Art Computervirus, den man sich einfängt durch das, was eine infizierte Person sagt oder auch durch das, was sich, während sie es sagt, in ihrem Gesicht abspielt. Das heißt, man kann sich schon dann anstecken, wenn man nur einen Infizierten im Fernsehen sieht. So verbreitet sich der Virus sehr rasch um die Welt.

Und wenn die Leute diesen Virus haben, sitzen sie nur noch auf dem Sofa herum und tun nichts mehr. Sie essen nicht mehr und trinken nicht mehr, und deshalb sterben sie. Manchmal habe ich verschiedene Versionen dieses Traums, so, als sähe man zwei Filmfassungen, die normale Fassung und den *Director's Cut*, wie bei **Blade Runner**. Und in manchen Versionen des Traums bringt der Virus die Leute dazu, ihre Autos zu Schrott zu fahren oder ins Meer zu laufen und zu ertrinken oder in Flüsse zu springen, und ich finde, das ist die bessere Version, weil dann nicht überall Leichen herumliegen.

Irgendwann gibt es dann niemanden mehr auf der ganzen Welt bis auf die Menschen, die anderen Menschen nicht ins Gesicht sehen und nicht wissen, was diese Bilder bedeuten:

und das sind so besondere Menschen wie ich. Sie sind gern für sich allein, und ich sehe sie fast nie, denn sie sind wie die Okapis im Dschungel im Kongo, das ist eine sehr scheue und seltene Giraffenart.

Ich kann überall hingehen und weiß, dass mich niemand anspricht oder anfasst oder etwas fragt. Ich kann aber auch einfach zu Hause bleiben und die ganze Zeit Brokkoli, Orangen und Lakritzschnüre essen oder eine ganze Woche lang Computerspiele machen oder in einer Ecke sitzen und mit einer 1-Pfund-Münze über die Rippen des Heizkörpers reiben. Und ich müsste nicht mehr die Ferien in Frankreich verbringen.

Ich gehe aus Vaters Haus und laufe die Straße hinunter. Es ist sehr ruhig, obwohl es helllichter Tag ist, und ich höre kein Geräusch, außer dem Vogelgesang und dem Wind und manchmal ein in der Ferne einstürzendes Gebäude, und wenn ich sehr nah bei den Verkehrsampeln stehe, höre ich ein leises Klicken, sobald die Farben wechseln.

Ich gehe in die Häuser anderer Menschen und spiele Detektiv, und ich kann die Fenster einschlagen, um ins Haus zu gelangen, weil die Leute ja tot sind und es niemanden stört. Ich gehe in die Läden und nehme alles mit, was mir gefällt, zum Beispiel rosa Kekse oder Himbeerpudding und Mango-Softeis oder Computerspiele, Bücher, Videos.

Ich hole eine Leiter aus Vaters Lieferwagen und klettere aufs Dach, und wenn ich an den Dachrand komme, lege ich die Leiter über die Lücke und klettere aufs nächste Dach, denn im Traum darf man alles.

Dann finde ich jemandes Autoschlüssel und steige in seinen Wagen und fahre los, es macht ja nichts, wenn ich irgendwo anstoße, und ich fahre ans Meer, halte an und steige bei strömendem Regen aus. Ich hole mir aus einem Laden ein Eis und esse es. Und dann gehe ich hinunter zum Strand. Und an dem Strand gibt es große Felsen, und auf einer Landspitze steht ein Leuchtturm, aber das Licht brennt nicht mehr, denn der Leuchtturmwärter ist tot.

Ich stehe in der Brandung, und sie schlägt hoch und schwappt über meine Schuhe. Ich gehe nicht schwimmen, weil es ja Haie geben könnte. Ich stehe da, schaue zum Horizont, ziehe mein langes metallenes Lineal heraus, halte es gegen die Linie zwischen Meer und Himmel und demonstriere, dass die Linie eine Kurve ist und die Erde rund. Und wenn die Brandung hochschlägt, über meine Schuhe schwappt und wieder hinabfließt, geschieht das in einem Rhythmus, wie Musik oder Trommeln.

Und dann hole ich mir trockene Kleidung aus dem Haus einer toten Familie. Und ich fahre zu Vaters Haus, nur dass es jetzt nicht mehr Vaters Haus ist, sondern meines. Und ich koche mir ein Goby Aloo Sag mit roter Lebensmittelfarbe, und zum Trinken mixe ich mir ein Erdbeermilchshake, und dann schaue ich mir ein Video über das Sonnensystem an, mache noch ein paar Computerspiele und gehe ins Bett.

Dann ist der Traum vorbei, und ich bin glücklich.

# 233

Zum Frühstück am nächsten Morgen aß ich getrocknete Tomaten und eine Dose grüner Bohnen, die Mutter in einer Kasserolle geschmort hatte.

Beim Frühstücken sagte Mr. Shears: »Okay, er kann ein paar Tage bleiben.«

»Er wird bleiben, so lange es nötig ist«, sagte Mutter.

»Diese Wohnung reicht kaum für zwei Leute, geschweige denn für drei«, meinte Mr. Shears.

»Übrigens versteht er, was du sagst«, erwiderte Mutter.

»Was will er denn machen?«, sagte Mr. Shears. »Hier gibt's keine Schule, auf die er gehen könnte. Wir sind beide berufstätig. Das ist doch lächerlich.«

»Roger, es reicht allmählich«, sagte Mutter.

Sie machte mir einen Red-Zinger-Tee mit Zucker, aber er schmeckte mir nicht, und da sagte sie: »Du kannst bleiben, so lange du willst.«

Und nachdem Mr. Shears zur Arbeit gegangen war, rief sie im Büro an und nahm etwas, das *Sonderurlaub aus familiären Gründen* heißt – den kriegt man, wenn jemand in der Familie gestorben oder krank geworden ist.

Dann sagte sie, wir müssten ein paar Sachen zum Anziehen für mich kaufen, und einen Pyjama, eine Zahnbürste und einen Waschlappen. Wir verließen die Wohnung und gingen zur Hauptstraße, und das war Hill Lane, die A4088. Es herrschte starker Verkehr, und wir nahmen den Bus Nr. 266 bis zum Brent-Cross-Einkaufszentrum.

Aber in John Lewis hielten sich zu viele Leute auf. Ich bekam Angst und legte mich auf den Boden neben die Armbanduhren und fing an zu schreien. Mutter musste mich im Taxi nach Hause bringen.

Sie ging allein ins Einkaufszentrum zurück, um mir ein paar Sachen zum Anziehen zu kaufen, und eine Zahnbürste, einen Pyjama und einen Waschlappen. Ich blieb solange im Gästezimmer ihrer Wohnung, weil ich nicht im gleichen Raum mit Mr. Shears sein wollte. Vor ihm hatte ich Angst.

Als Mutter heimkam, brachte sie mir ein Glas Erdbeermilchshake und zeigte mir meinen neuen Pyjama, der mit 5-zackigen blauen Sternen auf purpurrotem Hintergrund gemustert war:

»Ich muss nach Swindon zurück«, sagte ich.

»Aber Christopher, du bist doch gerade erst angekommen.«

»Ich muss mein Mathe-Abitur machen.«

»Ehrlich?«, fragte sie.

»Ja. Am Mittwoch, Donnerstag und Freitag nächste Woche.«

»Großer Gott.«

»Reverend Peters wird Aufsicht führen«, erwiderte ich.

»Das ist ja phantastisch«, sagte Mutter.

»Ich kriege bestimmt eine Eins«, sagte ich. »Und deshalb muss ich nach Swindon zurück. Aber ich möchte Vater nicht begegnen. Deshalb muss ich mit dir nach Swindon zurück.«

Jetzt legte Mutter die Hände vors Gesicht, atmete tief aus und sagte: »Ich weiß nicht, ob das möglich sein wird.«

»Aber ich muss dorthin.«

»Lass uns ein andermal darüber reden, okay?«

»Okay. Aber ich muss nach Swindon.«

»Christopher, bitte!«

Da trank ich meinen Milchshake.

Und später, um 22.31 Uhr, ging ich auf den Balkon, um nachzuschauen, ob man Sterne sehen konnte, aber das war nicht möglich, wegen der vielen Wolken und der so genannten *Lichtverschmutzung*, das heißt, Licht von Straßenlampen, Autoscheinwerfern und Gebäuden, das von winzigen Partikeln in der Atmosphäre reflektiert wird und dem Licht der Sterne im Weg ist. Deshalb ging ich wieder rein.

Aber ich konnte nicht schlafen. Um 2.07 stand ich erneut auf, und da ich Angst vor Mr. Shears hatte, ging ich hinunter und durch die Haustür auf die Chapter Road. Niemand befand sich auf der Straße, und es war stiller als am Tag, obwohl man in der Ferne Verkehrslärm und Sirenen hörte. Ich ging die Chapter Road entlang und betrachtete die Autos und die Muster der Telefondrähte vor den orangefarbenen Wolken und die Gegenstände, die die Leute in ihren Vorgärten hatten, zum Beispiel einen Gartenzwerg oder einen Grill oder einen Teddybären.

Ich hörte zwei Leute die Straße entlangkommen und duckte mich zwischen dem Müllcontainer und einem Ford

Transit. Sie unterhielten sich in einer Sprache, die nicht Englisch war, sahen mich aber nicht. Im schmutzigen Wasser des Rinnsteins lagen neben meinen Füßen zwei winzige Messingzahnrädchen, wie die Zahnrädchen einer Uhr.

Da es mir zwischen dem Müllcontainer und dem Ford Transit gefiel, blieb ich dort lange sitzen und schaute auf die Straße hinaus. Die einzigen Farben, die man sah, waren Orange und Schwarz und Mischungen aus beiden. Man hätte nicht sagen können, welche Farbe die Autos bei Tag hatten.

Ich überlegte, ob man Kreuze ohne Zwischenraum aneinander fügen kann, und fand heraus, dass es ging, indem ich mir dieses Bild vorstellte:

Und dann hörte ich ihre Stimme.

Sie rief: »Christopher…? Christopher…?« und rannte die Straße entlang, deshalb kam ich zwischen dem Müllcontainer und dem Ford Transit hervor. Mutter rannte auf mich zu und sagte: »Mein Gott!« Als sie vor mir stand, zeigte sie mit dem Finger auf mein Gesicht und sagte: »Wenn du das noch mal machst… ich schwöre bei Gott, Christopher, ich hab dich lieb… aber ich weiß nicht, was ich dann tue!«

Ich musste ihr versprechen, die Wohnung nie mehr allein zu verlassen, weil es gefährlich sei und weil man in London den Leuten nicht trauen könne, denn das seien Fremde. Und als sie am nächsten Tag wieder einkaufen ging, musste ich Mutter versprechen, dass ich nicht aufmachen würde, wenn es an der Tür klingelte. Sie brachte Futterkörnchen für Toby mit und drei **Star-Trek**-Videos, und die schaute ich mir im Wohnzimmer an, bis Mr. Shears heimkam. Dann verschwand ich wieder ins Gästezimmer. Es wäre schön gewesen, wenn 451 Chapter Road, London NW2 5 NG einen Garten gehabt hätte.

Am nächsten Tag rief jemand aus dem Büro an, in dem Mutter arbeitete, und teilte ihr mit, dass sie nicht mehr zurückkommen könne, weil ein anderer ihre Arbeit übernommen habe. Mutter wurde sehr wütend und schimpfte, das sei gesetzwidrig, und sie werde sich beschweren, aber Mr. Shears sagte: »Sei nicht so dumm. Mein Gott, das war doch eh nur ein Aushilfsjob!«

Kurz bevor ich mich schlafen legte, kam Mutter ins Gästezimmer: »Ich muss nach Swindon und mein Abitur machen«, sagte ich.

»Christopher, nicht jetzt. Dein Vater ruft mich an und droht mir damit, mich vor Gericht zu zerren. Roger hackt dauernd auf mir herum. Das wäre wirklich nicht der richtige Zeitpunkt.«

»Ich muss aber zur Schule zurück, weil es so ausgemacht ist und weil Reverend Peters die Aufsicht führen wird.«

»Schau, es ist doch nur ein Examen. Das kann man verschieben, ich werde die Schule anrufen. Die Prüfung kannst du später machen.«

»Nein, kann ich nicht. Es ist so ausgemacht. Und ich habe

den Stoff so oft wiederholt. Und Mrs. Gascoyne sagt, wir könnten einen Raum in der Schule benutzen.«

»Christopher, ich krieg das hier gerade noch auf die Reihe«, sagte Mutter. »Aber ich bin kurz davor durchzudrehen, verstehst du? Also, bitte, gib mir noch…«

Sie sprach nicht weiter, legte die Hand vor den Mund, stand auf und ging aus dem Zimmer. Und ich spürte wieder einen Schmerz in der Brust wie neulich in der U-Bahn-Station, weil ich jetzt nicht nach Swindon fahren und mein Abitur machen durfte.

Ich schaute aus dem Esszimmerfenster und zählte die Autos auf der Straße, um zu sehen, ob es ein **Recht Guter Tag** oder ein **Guter Tag** oder ein **Superguter Tag** oder ein **Schwarzer Tag** würde. Aber es war anders, als wenn man auf dem Schulweg aus dem Bus schaut, weil man hier so lange aus dem Fenster starren konnte, wie man wollte, und so viele Autos sehen konnte, wie man wollte. Ich starrte drei Stunden aus dem Fenster und sah 5 rote Autos hintereinander und 3 gelbe Autos hintereinander, was hieß, dass es beides war, ein **Guter Tag** und ein **Schwarzer Tag**. Das System funktionierte also nicht mehr. Aber wenn ich mich darauf konzentrierte, die Autos zu zählen, brauchte ich wenigstens nicht an mein Abitur und den Schmerz in meiner Brust zu denken.

Am nächsten Tag fuhr Mutter im Taxi mit mir nach Hampstead, und wir saßen oben auf einem Berg und schauten uns die Flugzeuge an, die vom weit entfernten Flughafen Heathrow kamen. An einem Eiswagen durfte ich ein rotes Eis am Stiel kaufen. Mutter sagte, sie habe Mrs. Gascoyne angerufen und mit ihr besprochen, dass ich mein Mathe-Abitur nächstes Jahr machen werde. Da warf ich mein rotes Eis am Stiel weg und schrie lange Zeit, und der

Schmerz in meiner Brust tat so weh, dass ich kaum noch atmen konnte. Ein Mann kam zu uns und fragte, ob alles in Ordnung sei. Mutter sagte: »Tja, was würden Sie meinen?« Da ging er wieder.

Irgendwann war ich müde vom Schreien, und Mutter fuhr in einem anderen Taxi mit mir zur Wohnung zurück. Am nächsten Morgen war Samstag, und sie schickte Mr. Shears in die Bücherei, um mir ein paar Bücher über Naturwissenschaften und Mathematik zu holen. Sie hießen **100 Zahlenpuzzles** und **Die Ursprünge des Universums** und **Kernkraft**, aber sie waren für Kinder und nicht besonders gut geeignet, deshalb las ich sie nicht, und Mr. Shears sagte: »Schön, dass meine Mitwirkung so gewürdigt wird.«

Seit ich auf Hampstead Heath das rote Eis weggeworfen hatte, hatte ich nichts mehr gegessen. Mutter machte eine Tabelle mit Sternen, wie damals, als ich ganz klein war, und sie goss Erdbeersaft in einen Complan-Messbecher, und ich bekam einen bronzenen Stern, wenn ich 200 ml trank, und einen silbernen Stern, wenn ich 400 ml trank, und einen goldenen Stern, wenn ich 600 ml trank.

Sobald Mutter und Mr. Shears wieder miteinander stritten, holte ich mir das kleine Radio aus der Küche, setzte mich damit ins Gästezimmer und stellte es zwischen zwei Sendern ein, so dass ich nur noch weißes Rauschen hörte. Ich drehte es ganz laut auf und hielt es mir ans Ohr, und das Geräusch füllte meinen Kopf und tat so weh, dass ich keinen anderen Schmerz mehr fühlte, wie zum Beispiel den in meiner Brust. Ich hörte nicht mehr das Geschrei von Mutter und Mr. Shears und dachte nicht länger darüber nach, dass ich mein Abitur nicht machen durfte oder dass 451c Chapter Road, London NW2 5 NG keinen Garten hatte oder dass ich hier keine Sterne sehen konnte.

Und dann war Montag. Es war sehr spät abends, als Mr. Shears in mein Zimmer kam und mich weckte. Er hatte Bier getrunken und roch so wie Vater, wenn er mit Rhodri in einer Kneipe gewesen war. »Du hältst dich wohl für verdammt clever, wie?«, sagte er. »Denkst du eigentlich nie auch nur eine Sekunde an andere? Jetzt bist du sicher voll zufrieden mit dir, stimmt's?«

Mutter kam herein, zog ihn aus dem Zimmer und sagte: »Christopher, entschuldige, ich kann nichts dafür.«

Am nächsten Morgen, nachdem Mr. Shears zur Arbeit gegangen war, packte Mutter eine Menge ihrer Sachen in zwei Koffer und sagte, ich solle mit Toby herunterkommen und ins Auto steigen. Sie legte das Gepäck in den Kofferraum, und wir fuhren los. Aber es war Mr. Shears' Auto, und deshalb fragte ich: »Hast du den Wagen gestohlen?«

»Ich leihe ihn mir nur«, erwiderte sie.

»Wo fahren wir denn hin?«, fragte ich.

»Wir fahren heim«, sagte sie.

»Meinst du nach Swindon?«, fragte ich.

»Ja.«

»Wird Vater auch da sein?«

»Bitte, Christopher, nerv mich jetzt nicht, okay?«

»Ich will aber nicht bei Vater sein.«

»Nur bis ... nur ... alles wird gut, Christopher, okay? Alles wird gut.«

»Fahren wir nach Swindon zurück, damit ich mein Mathe-Abitur machen kann?«

»Was?«

»Ich soll morgen mein Mathe-Abitur machen.«

Da sprach Mutter ganz langsam und sagte: »Wir fahren nach Swindon zurück, denn wenn wir in London bleiben ...

würde jemandem sehr wehgetan. Und ich meine nicht unbedingt dich.«

»Was meinst du damit?«, fragte ich.

»Du musst jetzt eine Weile still sein«, sagte sie.

»Wie lange muss ich still sein?«

Da sagte sie: »Mein Gott.« Und dann: »Eine halbe Stunde, Christopher. Du musst jetzt eine halbe Stunde lang still sein.«

Wir fuhren die ganze Strecke nach Swindon zurück, und es dauerte 3 Stunden und 12 Minuten. Wir mussten zum Tanken halten, und Mutter kaufte mir einen Milchriegel, den ich jedoch nicht anrührte. Und einmal gerieten wir in einen langen Verkehrsstau, dessen Ursache war, dass die Leute langsamer fuhren, um die Folgen eines Unfalls auf der Gegenspur zu beobachten. Mithilfe einer Formel versuchte ich zu ermitteln, ob ein Stau nur dadurch entstehen kann, dass die Leute langsamer fahren, und wie dies beeinflusst wird durch a) die Verkehrsdichte b) die Fahrtgeschwindigkeit und c) die Zeit, die die Fahrer zum Bremsen benötigen, wenn das Bremslicht des Vordermanns aufleuchtet. Aber ich war zu müde, um das alles auszurechnen. Ich hatte die Nacht davor nicht geschlafen, weil ich die ganze Zeit daran denken musste, dass ich mein Mathe-Abitur verpasste.

Als wir in Swindon ankamen, hatte Mutter die Schlüssel zum Haus, und wir gingen rein, und sie sagte: »Hallo?« Aber es war niemand da. Die Uhrzeit war 13.23. Ich hatte Angst, aber Mutter sagte, es würde mir nichts passieren, deshalb ging ich in mein Zimmer hinauf und machte die Tür zu. Ich nahm Toby aus der Tasche und ließ ihn herumrennen und spielte **Minesweeper** und schaffte die Expertenversion in 174 Sekunden, also 75 Sekunden langsamer als meine Bestzeit.

Um 18.35 Uhr hörte ich Vater in seinem Lieferwagen heimkommen. Ich schob mein Bett vor die Tür, damit er nicht in mein Zimmer eindrang. Kaum dass er im Haus war, schrien er und Mutter sich an.

»Wie zum Teufel bist du hier reingekommen?«

Und Mutter schrie: »Das ist auch *mein* Haus, falls du's vergessen hast!«

Vater schrie: »Ist dein scheiß Lover auch da?«

Ich nahm die Bongos, die mir Onkel Terry gekauft hat, kniete mich in die Zimmerecke, presste den Kopf zwischen die beiden Wände, schlug auf die Trommeln und stöhnte vor mich hin. Das machte ich eine Stunde lang, bis Mutter an die Tür klopfte. Ich schob das Bett beiseite, ließ sie herein, und sie sagte, Vater sei weg. Er werde jetzt eine Weile bei Rhodri wohnen, und wir würden uns in den nächsten Wochen eine eigene Wohnung suchen.

Dann ging ich in den Garten. Ich fand Tobys Käfig hinter dem Schuppen und trug ihn ins Haus. Ich säuberte ihn und setzte Toby wieder hinein.

Schließlich fragte ich Mutter, ob ich am nächsten Tag mein Mathe-Abitur machen könne.

Sie seufzte und sagte, dass es ihr sehr Leid tue.

»Kann ich mein Mathe-Abitur machen?«, fragte ich.

»Du hörst mir wohl nicht zu, Christopher«, erwiderte sie.

»Ich höre dir zu«, sagte ich.

»Du weißt doch, dass ich deine Rektorin angerufen habe. Ich hab ihr gesagt, dass du in London bist. Ich hab ihr gesagt, dass du die Prüfung nächstes Jahr machst.«

»Aber jetzt bin ich hier und kann sie machen«, erwiderte ich.

Und Mutter sagte: »Verzeih mir, Christopher. Ich wollte

alles richtig machen. Ich wollte wirklich nicht alles verpfuschen.«

Und mein Brustkorb begann wieder wehzutun, und ich verschränkte die Arme, schaukelte vor und zurück und stöhnte.

»Als ich Mrs. Gascoyne am Telefon sprach, konnte ich doch nicht ahnen, dass wir so schnell zurückkommen«, sagte sie.

Aber ich schaukelte weiter vor und zurück.

Und Mutter sagte: »Na komm. Das bringt doch nichts.«

Dann fragte sie, ob ich eines meiner **Blue-Planet**-Videos anschauen wollte, über das Leben unter dem arktischen Eis oder über den Zug der Buckelwale, aber ich sagte nichts, weil ich mein Mathe-Abitur verpassen würde, und das war so, als würde man einen Daumennagel gegen einen sehr heißen Heizkörper drücken, und dann kommt der Schmerz, und man möchte am liebsten weinen, und der Schmerz hört nicht auf, auch wenn man den Daumen vom Heizkörper nimmt.

Mutter kochte Karotten und Brokkoli mit Ketchup, aber ich aß nichts davon.

Und in dieser Nacht konnte ich wieder nicht schlafen.

Am nächsten Tag fuhr Mutter mich in Mr. Shears' Wagen zur Schule, weil wir den Bus verpasst hatten. Und als wir ins Auto stiegen, kam Mrs. Shears über die Straße und sagte zu Mutter: »Sie haben vielleicht Nerven!«

»Steig ein, Christopher«, sagte Mutter.

Aber die Beifahrertür war verriegelt.

Mrs. Shears sagte: »Na, hat er Sie auch sitzen gelassen?«

Mutter öffnete ihre Tür und stieg ein, und nachdem sie meine Tür entriegelt hatte, konnte auch ich einsteigen, und wir fuhren los.

Als wir in der Schule ankamen, kam Siobhan auf uns zu: »Sie sind also Christophers Mutter.« Siobhan sagte auch, sie freue sich sehr, mich wieder zu sehen. Dann fragte sie mich, wie es mir gehe, und ich antwortete, ich sei müde. Mutter erklärte, ich sei ziemlich durcheinander, weil ich mein Mathe-Abitur nicht machen könne, und ich hätte kaum geschlafen und fast nichts gegessen.

Nachdem Mutter sich verabschiedet hatte, zeichnete ich ein perspektivisches Bild von einem Bus, damit ich nicht mehr an den Schmerz in meiner Brust denken musste.

Und nach dem Mittagessen sagte Siobhan, sie habe mit Mrs. Gascoyne gesprochen, und die habe immer noch meine Abiturfragen in 3 versiegelten Umschlägen in ihrem Schreibtisch.

Ich fragte, ob ich mein Abitur dann nicht doch machen könne.

»Ich glaube schon«, meinte Siobhan. »Wir rufen heute Nachmittag mal Reverend Peters an, ob er immer noch die Aufsicht führen kann. Und Mrs. Gascoyne wird in einem Brief an das Prüfungsamt schreiben, dass du die Prüfung doch jetzt schon ablegst. Und die geben dann hoffentlich grünes Licht. Aber ganz sicher kann man sich da natürlich nicht sein.« Die Lehrerin schwieg ein paar Sekunden. »Ich dachte, ich sage es dir lieber jetzt. Damit du in Ruhe darüber nachdenken kannst.«

»Damit ich worüber nachdenken kann?«, fragte ich.

»Möchtest du die Prüfung wirklich schon jetzt ablegen, Christopher?«, fragte sie.

Ich dachte über diese Frage nach, war aber nicht sicher, wie die Antwort lauten musste. Einerseits wollte ich unbedingt mein Mathe-Abitur machen, andrerseits war ich sehr müde. Und wenn ich versuchte, an Zahlen und Gleichungen zu denken, funktionierte mein Gehirn nicht richtig, und wenn ich versuchte, mich an bestimmte Formeln zu erinnern, zum Beispiel an die logarithmische Näherungsformel für die Anzahl der Primzahlen kleiner als **(x)**, fielen sie mir nicht ein. Und das machte mir Angst.

Siobhan sagte: »Du brauchst dich nicht schon heute prüfen zu lassen, Christopher. Wenn du die Prüfung lieber verschieben willst, wird dir das niemand übel nehmen.«

Da sagte ich: »Ich will es aber jetzt machen.« Ich streiche nicht gern etwas aus meinem Zeitplan, das ich einmal eingetragen habe. Immer wenn ich das tue, wird mir ganz schlecht.

»Gut«, sagte Siobhan.

Sie rief Reverend Peters an, der um 15.27 Uhr in die Schule kam und fragte: »Na, junger Mann, kann's losgehen?«

Ich ging in den Kunstraum, wo ich **Teil 1** meines Mathe-Abiturs lösen sollte. Reverend Peters führte die Aufsicht. Er saß an einem Pult, las ein Buch mit dem Titel **Nachfolge** von Dietrich Bonhoeffer und aß ein Sandwich. Mitten in der Prüfung ging er hinaus und rauchte eine Zigarette, aber er beobachtete mich durchs Fenster, damit ich nicht mogeln konnte.

Als ich den Umschlag öffnete und mir die Aufgaben von **Teil 1** durchlas, fiel mir zu keiner einzigen Frage eine Antwort ein, und atmen konnte ich auch nicht mehr richtig. Ich hätte gern jemanden geschlagen oder mit meinem Schweizer Armeemesser nach jemandem gestochen, aber es war niemand da außer Reverend Peters, und der war sehr groß, und wenn ich ihn schlug oder mit meinem Schweizer Armeemesser nach ihm stach, konnte er für das restliche Examen nicht mehr die Aufsicht führen. Also atmete ich ganz tief durch. Siobhan hatte mir geraten, das zu tun, wenn ich in der Schule jemanden schlagen wollte. Ich zählte fünfzig Atemzüge und erhob beim Zählen die Kardinalzahlen in die dritte Potenz, also so:

**1, 2, 27, 64, 125, 216, 343, 512, 729, 1000, 1331, 1728, 2197, 2744, 3375, 4096, 4913** ... etc.

Danach fühlte ich mich schon besser.

Für das Examen hatte ich 2 Stunden Zeit, aber es waren schon zwanzig Minuten vergangen. Ich musste also sehr schnell arbeiten und hatte keine Zeit mehr, die Antworten richtig zu überprüfen.

An jenem Abend war ich kaum daheim, da kehrte Vater ins Haus zurück. Ich schrie, aber Mutter sagte, sie werde nicht zulassen, dass mir etwas passiert. Ich ging in den Garten, legte mich auf den Rasen und schaute zu den Sternen am Himmel hinauf und machte mich *unerheblich.* Und als Vater aus dem Haus kam, betrachtete er mich lange, dann schlug er so fest mit der Hand gegen den Zaun, dass ein Loch entstand, und ging weg.

In dieser Nacht schlief ich ein bisschen, weil ich ja mein Mathe-Abitur machte. Abends hatte ich etwas Spinatsuppe gegessen.

Am nächsten Tag löste ich **Teil 2**, und Reverend Peters las **Nachfolge** von Dietrich Bonhoeffer, aber diesmal rauchte er keine Zigarette, und Siobhan ließ mich vor dem Examen auf die Toilette gehen und danach eine Weile für mich allein sitzen, damit ich in Ruhe atmen und zählen konnte.

An dem Abend spielte ich gerade **The Eleventh Hour** am Computer, als ein Taxi vor dem Haus hielt. Mr. Shears stieg aus und kippte einen großen Karton mit Mutters Sachen auf den Rasen. Es waren ein Föhn und ein paar Schlüpfer, L'Oreal-Shampoo, eine Müsli-Schachtel, zwei Bücher, **DIANA, Ihre wahre Geschichte** von Andrew Morton und **Rivalen** von Jilly Cooper und eine Fotografie von mir in einem Silberrahmen. Und das Glas im Rahmen zerbrach, als es auf den Rasen fiel.

Das Taxi war inzwischen weggefahren, und Mr. Shears holte seinen Schlüsselbund aus der Jackentasche und ging auf sein eigenes Auto zu. Mutter rannte aus dem Haus und auf die Straße und schrie: »Wag es ja nicht, noch mal zurückzukommen!« Sie warf ihm die Müsli-Schachtel nach und traf den Kofferraum des Wagens, und gerade in diesem Augenblick schaute Mrs. Shears aus dem Fenster. Dann fuhr der Wagen mit großem Lärm los.

Am nächsten Tag löste ich **Teil 3** der Prüfung, und Reverend Peters las die *Daily Mail* und rauchte drei Zigaretten.

Und das war meine Lieblingsfrage:

Beweisen Sie das folgende Ergebnis:

»Ein Dreieck, dessen Seiten sich in der Formel **$n^2 + 1$, $n^2 - 1$ und $2n$ (wenn $n > 1$)** ausdrücken lassen, ist rechtwinklig.«

Zeigen Sie anhand eines Gegenbeispiels, dass die Umkehrung falsch ist.

Ich wollte aufschreiben, wie ich diese Frage beantwortet hatte, aber Siobhan meinte, das sei nicht so interessant. Als ich fragte, warum nicht, erklärte sie, in einem Buch, das eine Geschichte erzählt, würde man nicht so gern mathematische Gleichungen und Formeln lesen. Sie schlug daher vor, die Lösung in einem Anhang darzustellen, also ein extra Kapitel am Ende des Buchs zu schreiben, das die Leute lesen können oder auch nicht, ganz wie sie wollen. Und so habe ich es dann auch gemacht.

Dann tat es in meiner Brust nicht mehr so weh, und ich konnte wieder leichter atmen. Aber mir war immer noch schlecht, weil ich nicht wusste, ob ich das Examen bestanden hatte und ob die Leute im Prüfungsamt meine Examensunterlagen überhaupt noch zulassen würden, nachdem Mrs. Gascoyne ihnen ja mitgeteilt hatte, dass ich mich dieses Jahr nicht mehr prüfen lassen wollte.

Am besten ist es, wenn man weiß, dass etwas Schönes passiert, zum Beispiel eine Mondfinsternis, oder dass man zu Weihnachten ein Mikroskop bekommt. Und es ist schlimm, wenn man weiß, dass etwas Hässliches passiert, zum Beispiel, dass man eine Zahnfüllung kriegt oder nach Frankreich verreisen muss. Aber ich glaube, am allerschlimmsten ist es, wenn man nicht weiß, ob etwas Schönes oder etwas Hässliches passieren wird.

Als Vater an jenem Abend ins Haus kam, saß ich auf dem Sofa, schaute mir **University Challenge** an und beantwortete gerade die Wissenschaftsfragen. Da stand er in der Wohnzimmertür und sagte: »Nicht schreien, okay, Christopher? Ich tu dir nichts.«

Mutter stand hinter ihm, deshalb schrie ich nicht.

Er kam ein bisschen näher und ging in die Hocke, so wie man es bei einem Hund macht, um ihm zu zeigen, dass man kein Angreifer ist, und sagte: »Ich wollte dich fragen, wie es mit dem Examen ging.«

Aber ich schwieg.

Und Mutter bat: »Sag's ihm, Christopher.«

Aber ich schwieg immer noch.

Da bat Mutter: »Bitte, Christopher.«

Deshalb sagte ich: »Ich weiß nicht, ob ich alle Fragen richtig beantwortet habe, weil ich sehr müde war und nichts gegessen hatte, so dass ich nicht richtig denken konnte.«

Da nickte Vater und schwieg ein Weilchen. Dann sagte er: »Danke.«

»Wofür?«, fragte ich.

Und er sagte: »Einfach nur... danke.« Dann sagte er: »Ich bin sehr stolz auf dich, Christopher. Sehr stolz. Ich bin sicher, du hast es ganz prima gemacht.«

Und dann ging er, und ich schaute mir den Rest von **University Challenge** an.

In der nächsten Woche sagte Vater zu Mutter, sie müsse aus dem Haus ausziehen, aber das konnte sie nicht, weil sie kein Geld hatte, um die Miete für eine Wohnung zu bezahlen.

Und ich fragte, ob Vater verhaftet würde und ins Gefängnis kam, weil er Wellington getötet hatte, denn wenn er im Gefängnis war, konnten wir ja im Haus wohnen. Aber

Mutter sagte, die Polizei würde Vater nur verhaften, wenn Mrs. Shears *Anklage erhob*, das heißt, dass man der Polizei sagt, sie soll jemanden wegen eines Verbrechens verhaften. Die Polizei verhaftet nämlich niemand für ein kleines Verbrechen, das tut sie nur dann, wenn man sie darum bittet, und Mutter sagte, dass der Mord an einem Hund nur ein kleines Verbrechen ist.

Aber dann war alles okay, weil Mutter einen Job als Kassiererin in einer Gärtnerei bekam und der Arzt ihr Pillen gab, die sie jeden Morgen einnehmen musste, damit sie nicht mehr traurig war. Allerdings wurde ihr manchmal schwindlig davon, und wenn sie morgens zu schnell aufstand, fiel sie gleich wieder um.

Bald darauf zogen wir in ein Zimmer in einem großen Haus aus rotem Backstein. Das Bett war im selben Zimmer wie die Küche, und es gefiel mir nicht, weil es klein war. Außerdem war der Flur braun angestrichen. Das Bad und die Toilette wurden von anderen Leuten mitbenutzt, und Mutter musste die Toilette immer erst putzen, bevor ich sie benutzte, weil ich mich sonst weigerte, und manchmal machte ich mich nass, weil andere Leute in der Toilette waren. Der Flur vor dem Zimmer roch nach Bratensoße und nach dem Bleichmittel, mit dem die Schultoiletten sauber gemacht werden. Und drinnen stank es nach Socken und Kiefernduftspray.

Ich fand es schlimm, auf das Ergebnis meiner Mathe-Prüfung warten zu müssen. Immer wenn ich über die Zukunft nachdachte, sah ich in meinem Kopf nichts Klares, und dann bekam ich Panik. Siobhan riet mir, nicht ständig über die Zukunft nachzudenken. »Denk einfach an heute«, sagte sie. »Denk an das, was heute passiert ist. Vor allem, wenn es etwas Schönes war.«

Etwas Schönes war, dass Mutter mir ein Puzzle aus Holz kaufte, das so aussah:

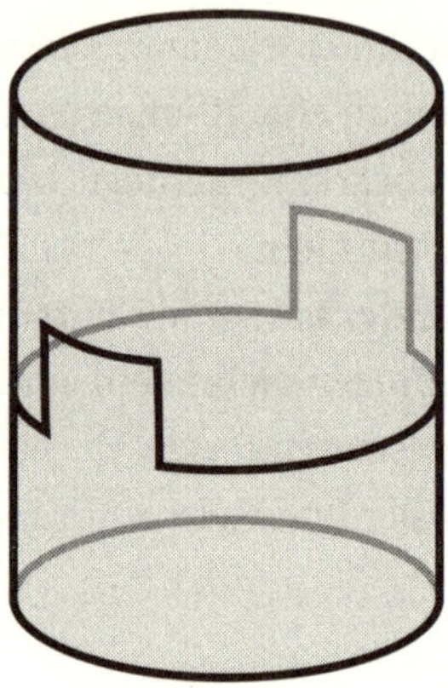

Und man musste den oberen Teil des Puzzles vom unteren trennen, und das war wirklich schwierig.

Und noch etwas Schönes war, dass ich Mutter half, ihr Zimmer **Weiß mit einem Anflug von Weizengelb** zu streichen. Aber ich kriegte Farbe ins Haar, und Mutter wollte sie auswaschen und meinen Kopf mit Shampoo einreiben, als ich in der Badewanne saß, aber das ließ ich nicht zu, und deshalb hatte ich 5 Tage lang Farbe im Haar. Dann schnitt ich sie mit der Schere heraus.

Aber es passierten mehr hässliche Dinge als schöne.

Zum Beispiel, dass Mutter erst um 17.30 Uhr aus der Arbeit kam, so dass ich zwischen 15.49 Uhr und 17.30 Uhr zu Vater musste, weil ich nicht allein sein durfte. Mutter sagte, ich hätte keine Wahl, und deshalb schob ich das Bett in meinem Zimmer vor die Tür, falls Vater reinkommen wollte. Manchmal wollte er durch die Tür mit mir reden, aber ich gab keine Antwort. Und manchmal hörte ich, wie er lange Zeit still vor der Tür auf dem Boden saß.

Und schlimm war auch, dass Toby starb, weil er 2 Jahre und 7 Monate alt war, was für eine Ratte sehr alt ist. Ich wollte ihn begraben, aber Mutter hatte ja keinen Garten, deshalb begrub ich ihn in einem Plastiktopf mit Erde, in so einem Topf, in den man eine Pflanze einsetzt. Ich hätte gern wieder eine Ratte bekommen, aber Mutter sagte, unsere Wohnung sei dafür zu klein.

Ich löste das Puzzle, indem ich herausfand, dass sich in dem Puzzle zwei Bolzen befanden, und zwar Tunnel mit Metallstäbchen, die so aussahen:

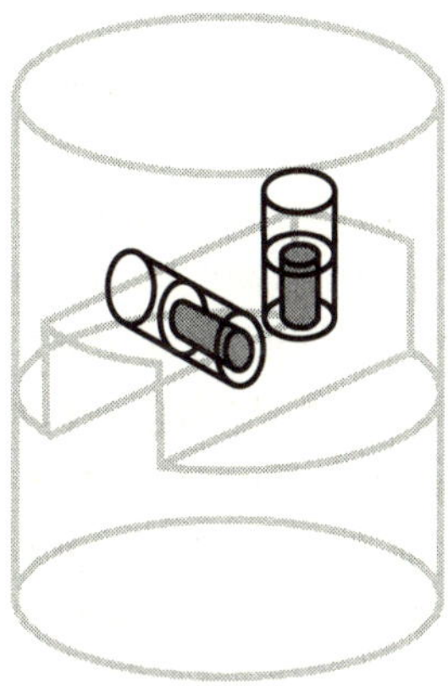

Und man musste das Puzzle so halten, dass beide Stäbchen bis zum Ende ihres Tunnels glitten und nicht den Schnittpunkt zwischen den beiden Puzzleteilen kreuzten, und dann konnte man sie auseinander ziehen.

Eines Tages holte mich Mutter wieder von Vater ab, nachdem sie vor der Arbeit zurückgekehrt war, und Vater sagte: »Christopher, kann ich mal mit dir reden?«

Ich sagte: »Nein.«

»Es ist okay. Ich bin ja dabei«, meinte Mutter.

»Ich will nicht mit Vater reden«, erwiderte ich.

Und Vater sagte: »Wir treffen eine Vereinbarung.« Und er hielt den Küchenwecker in der Hand, der aussieht wie eine große Plastiktomate, die in der Mitte durchgeschnitten ist, und als er ihn aufgezogen hatte, begann der Wecker zu ticken. »Nur fünf Minuten«, sagte Vater. »Okay? Dann kannst du gehen.«

Ich saß also auf dem Sofa, er im Lehnsessel, und Mutter war im Flur. »Schau mal, Christopher«, sagte Vater. »So können wir nicht weitermachen. Ich weiß nicht, wie's dir geht, aber das… das tut doch zu weh. Dass du im Haus bist und dich weigerst, mit mir zu sprechen… Du musst lernen, mir wieder zu vertrauen… Und es ist mir egal, wie lang es dauert… Wenn es an einem Tag eine Minute ist, und am nächsten zwei und am übernächsten drei, und wenn es Jahre dauert, das ist mir egal. Weil es mir wichtig ist. Wichtiger, als irgendetwas sonst.«

Und dann riss er seitlich am Daumennagel seiner linken Hand einen kleinen Hautfetzen ab.

Dann sagte er: »Nennen wir es… nennen wir es ein Projekt. Ein Projekt, das wir gemeinsam in Angriff nehmen müssen. Du musst mehr Zeit mit mir verbringen. Und ich… ich muss dir zeigen, dass du mir vertrauen kannst. Und am Anfang wird es schwierig sein, weil… weil es ein schwieriges Projekt ist. Aber mit der Zeit wird es besser. Das verspreche ich dir.«

Dann rieb er sich mit den Fingerspitzen die Schläfen und sagte: »Du brauchst nichts zu sagen, nicht jetzt gleich. Du sollst nur darüber nachdenken. Und, äh… ich habe ein Geschenk für dich. Um dir zu zeigen, dass es mir wirklich ernst ist. Und um mich bei dir zu entschuldigen. Und weil… na ja, du wirst gleich sehen, was ich meine.«

Dann stand er auf, ging zur Küchentür hinüber und öffnete sie. Auf dem Boden stand ein großer Karton, in dem eine Decke lag, und er bückte sich, steckte die Hände in die Kiste und holte einen kleinen, sandfarbenen Hund heraus.

Dann kam er zurück und gab mir den Hund. »Er ist zwei Monate alt«, sagte er. »Es ist ein Golden Retriever.«

Jetzt saß der Hund auf meinem Schoß, und ich streichelte ihn.

Eine Weile sagte niemand etwas.

Dann sagte Vater: »Christopher, ich würde niemals, niemals etwas tun, das dir schadet.«

Niemand sagte etwas.

Dann kam Mutter ins Zimmer und meinte: »Du wirst ihn leider nicht mitnehmen können. Unser möbliertes Zimmer ist zu klein. Aber dein Vater wird sich hier um ihn kümmern. Und du kannst jederzeit herkommen und ihn spazieren führen.«

»Hat er einen Namen?«, fragte ich.

Und Vater sagte: »Nein. Du kannst selbst entscheiden, wie er heißen soll.«

Und der Hund kaute auf meinem Finger herum.

Dann waren die 5 Minuten vorbei, und der Tomatenwecker schrillte. Deshalb fuhren Mutter und ich zu ihrem Zimmer zurück.

In der nächsten Woche gab es ein Gewitter. Ein Blitz traf einen großen Baum im Park in der Nähe von Vaters Haus und warf ihn um. Dann kamen Männer, die mit Kettensägen die Äste zersägten, und sie transportierten die Klötze auf einem Lastwagen ab. Am Schluss war nur noch ein großer, schwarzer, spitz zulaufender Strunk aus verkohltem Holz übrig.

Endlich erfuhr ich die Ergebnisse meines Mathe-Abiturs. Ich hatte eine Eins und fühlte mich so:

Den Hund nannte ich Sandy. Vater kaufte ihm ein Halsband und eine Leine, und ich durfte den Golden Retriever spazieren führen, zum Laden und zurück. Und wir spielten mit einem Gummiknochen.

Mutter bekam Grippe, und ich musste drei Tage bei Vater bleiben und in seinem Haus wohnen. Aber das war okay, weil Sandy auf meinem Bett schlief und gebellt hätte, wenn in der Nacht jemand in mein Zimmer gekommen wäre. Und Vater legte im Garten ein Gemüsebeet an, und ich half ihm. Wir pflanzten Karotten und Erbsen und Spinat. Und wenn sie fertig sind, werde ich sie ernten und aufessen.

Ich ging mit Mutter in eine Buchhandlung und kaufte ein Buch, das **Höhere Mathematik für Abiturienten** hieß, und Vater teilte Mrs. Gascoyne mit, dass ich nächstes Jahr eine Prüfung in höherer Mathematik ablegen würde, und die Rektorin war einverstanden.

Ich werde den Test bestehen und bestimmt wieder eine Eins bekommen. Und in zwei Jahren kann ich dann mein Physik-Abitur machen, auch wieder mit einer Eins.

Und wenn ich das geschafft habe, werde ich in einer anderen Stadt die Universität besuchen. Es muss nicht London sein, wo es mir nicht so gefällt, und Universitäten gibt es ja an vielen Orten, und nicht jeder davon ist so groß wie London. Dann kann ich in einer Wohnung leben, die einen Garten und eine richtige Toilette hat. Und ich werde Sandy und meine Bücher und meinen Computer mitnehmen können.

Und dann mache ich ein Prädikatsexamen und werde Wissenschaftler.

Ich weiß, dass ich das schaffe, weil ich tapfer war, ganz allein nach London gefahren bin und das Rätsel *Wer hat Wellington umgebracht?* gelöst habe. Außerdem habe ich meine Mutter gefunden und ein Buch geschrieben, und das heißt, dass ich alles schaffen kann.

# Anhang

**Frage**

Beweisen Sie das folgende Ergebnis:
»Ein Dreieck, dessen Seiten sich in der Formel $n^2 + 1$, $n^2 - 1$ und $2n$ (wenn $n > 1$) ausdrücken lassen, ist rechtwinklig.«
Zeigen Sie anhand eines Gegenbeispiels, dass die Umkehrung falsch ist.

**Antwort**

Zuerst muss man bestimmen, welches die längste Seite eines Dreiecks ist, dessen Seiten sich in der Formel $n^2 + 1$, $n^2 - 1$ und $2n$ (wenn $n > 1$) ausdrücken lassen.
$n^2 + 1 - 2n = (n - 1)^2$
und wenn $n > 1$ dann ist $(n - 1)^2 > 0$
folglich ist $n^2 + 1 - 2n > 0$
folglich ist $n^2 + 1 > 2n$
entsprechend ist $(n^2 + 1) - (n? - 1) = 2$
folglich ist $n^2 + 1 > n^2 - 1$

Dies bedeutet, dass $n^2 + 1$ die längste Seite eines Dreiecks ist, dessen Seiten sich in der Formel $n^2 + 1$, $n^2 - 1$ und $2n$ (wenn $n > 1$) ausdrücken lassen.
Dies lässt sich auch anhand folgenden Diagramms darstellen (was aber nichts beweist):

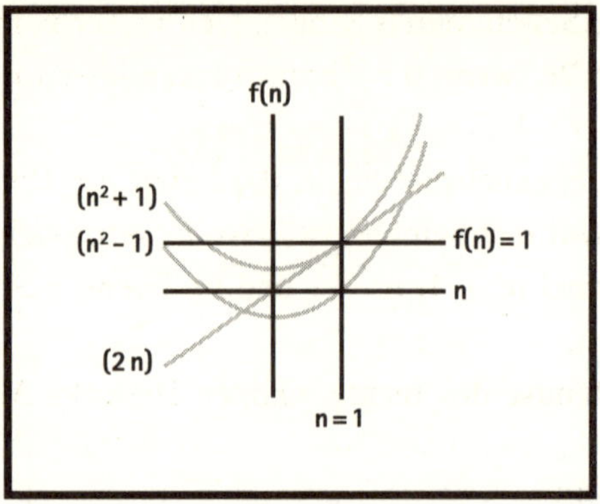


Dem pythagoreischen Lehrsatz zufolge ist ein Dreieck rechtwinklig, wenn die Summe der Quadrate der beiden kürzeren Seiten dem Quadrat der Hypotenuse entspricht. Um also zu beweisen, dass es sich um ein rechtwinkliges Dreieck handelt, müssen wir zeigen, dass dies der Fall ist.

Die Summe der Quadrate der beiden kürzeren Seiten ist
$(n^2 - 1)^2 + (2n)^2$
$(n? - 1)^2 + (2n)^2 = n^4 - 2n^2 + 1 + 4n^2 = \underline{n^4 + 2n^2 + 1}$

Das Quadrat der Hypotenuse ist $(n^2 + 1)^2$

$(n^2 + 1)^2 = \underline{n^4 + 2n^2 + 1}$

Folglich entspricht die Summe der Quadrate der beiden kürzeren Seiten dem Quadrat der Hypotenuse und das Dreieck ist rechtwinklig.

Und die Umkehrung von »Ein Dreieck, dessen Seiten sich in der Formel $n^2 + 1$, $n^2 - 1$ **und** $2n$ **(wenn** $n > 1$**)** ausdrücken lassen, ist rechtwinklig« lautet: »Ein Dreieck, das rechtwinklig ist, hat Seiten, deren Längen sich in der Formel **$n^2 + 1$, $n^2 - 1$ und $2n$ (wenn $n > 1$)** ausdrücken lassen.«

Und ein Gegenbeispiel heißt, dass man ein Dreieck sucht, welches zwar rechtwinklig ist, dessen Seiten sich aber nicht in der Formel **$n^2 + 1$, $n^2 - 1$ und $2n$ (wenn $n > 1$)** ausdrücken lassen.

Die Hypotenuse des rechtwinkligen Dreiecks ABC sei also AB

und **$AB = 65$**

und **$BC = 60$**

Dann ist **$CA = \sqrt{(AB^2 - BC^2)}$**

$$= \sqrt{(65^2 - 60^2)} = \sqrt{(4225 - 3600)} = \sqrt{625} = 25$$

Und wenn **$AB = n^2 + 1 = 65$**

dann ist **$n = \sqrt{(65 - 1)} = \sqrt{64} = 8$**

folglich ist **$(n^2-1) = 64 - 1 = 63 \neq BC = 60 \neq CA = 25$**

**und $2n = 16 \neq BC = 60 \neq CA = 25$**

Folglich ist das Dreieck **ABC** rechtwinkelig, hat aber keine Seiten, die sich in der Formel **$n^2 + 1$, $n^2 - 1$ und $2n$ (wenn $n > 1$)** ausdrücken lassen« **q.e.d.**

Romain Sardou

## Das dreizehnte Dorf

*Aus dem Französischen von Karin Meddekis*

*ISBN 3-89667-239-8*

Es ist ein eisiger Winter im Jahre 1284, und die Einwohner von Draguan leiden unter »der Kälte des Teufels«. Die Angst geht um in ihren Bistum, seit Mädchen in einem Fluss die Gebeine dreier brutal ermordeter Reisender entdeckt haben. Die Bauern und Handwerker glauben, dass diese Schreckensfunde mit den Gerüchten um Heurteloup zusammenhängen; jenem rätselhaften Dorf, dessen Existenz jahrzehntelang vergessen worden war.
Der Bischof von Draguan ist zutiefst beunruhigt und lässt zur Aufklärung des Rätsels einen jungen Priester kommen. Noch bevor Henno Gui eintrifft, ist der Bischof Opfer eines Anschlags geworden. Gui ist sich der Gefahr bewusst, bricht aber dennoch mit zwei unerschrockenen Gehilfen in das nur wenige Hütten zählende vergessene Dorf auf. Es wird eine Reise in das Herz einer ungeheuren Verschwörung, deren Geheimnisse im Lateranpalast von Rom und in den Archiven von Paris gehütet werden, eine Reise in die Urängste des Mittelalters - einer Zeit, in der Wissen und Glauben im Krieg miteinander lagen.
Ein großer historischer Roman - der Überraschungserfolg aus Frankreich.

Olivier Rolin

## Die Papiertiger von Paris

*Roman · ca. 256 Seiten · September 2003 · 3-89667-263-3*
*Aus dem Französischen von Sabine Herting*

»Das Familienalbum einer ganzen Generation«
*Neue Zürcher Zeitung*

Die Milleniumsnacht: In seinem klapprigen Citroen DS jagt der knapp 60-jährige Martin über den Autobahnring um Paris. Neben ihm sitzt die Tochter seines besten Freundes, der vor Jahren unter sonderbaren Umständen verstarb. Während Reklametafeln und Verkehrsschilder vorbeiflirren, erzählt Martin der jungen Frau, wie er und ihr Vater als Mitglieder einer radikalen linken Gruppe die Welt aus den Angeln heben wollten. Sie hört ihm zu, unterbricht ihn mit Bemerkungen, die von zeitgmäßer politischer Ahnungslosigkeit zeugen – und trifft ihn am Ende doch mit einer scheinbar simplen Frage ins Herz. Martin erzählt, wie er und seine Gefährten Pässe fälschten, Piratensender aufbauten, Geld für Flugblätter beschafften und sich in immer abenteuerlichere Aktionen verstrickten. Er enthüllt den Preis, den das Individuum für die vollständige Politisierung zu zahlen hat.
»Rolins bisherige Bücher waren nur Vorstudien zu diesem Roman, dessen ganzer Aufbau Energie, Strudel, Bewegung ist«, schreibt »Le Monde«. Für »L'Express« sind »Die Papiertiger von Paris« schlicht »das Buch des Jahres«.

Karl Blessing Verlag